UN RISQUE À PRENDRE

JEUX DANGEREUX

EMMA HART

UN RISQUE À PRENDRE

JEUX DANGEREUX

Traduit de l'anglais (États-Unis)
par Tiphaine Scheuer

BLACK MOON
Romance

Traduit de l'anglais (États-Unis) par Tiphaine Scheuer

L'édition originale de cet ouvrage a paru en langue anglaise
chez Hodder & Stoughton, sous le titre :

THE GAME # 4: WORTH THE RISK

Hachette Livre, 58 rue Jean Bleuzen, 92170 Vanves.

CHAPITRE 1
ROXY

Six mois.

Vingt-six semaines. Cent quatre-vingt-deux jours. Deux cent soixante-deux mille quatre-vingts minutes. Ou, pour être encore plus précise : quinze millions sept cent vingt-quatre mille huit cents secondes.

J'ai l'impression de ne pas avoir vu mon frère depuis une éternité, mais je me souviens de l'instant de sa mort comme si c'était hier. Il défile aussi clairement qu'un film dans mon esprit. Je me souviens de l'éclat des phares, du crissement des pneus quand la voiture a fait une embardée. De mon cri perçant quand je l'ai vue s'écraser contre un arbre.

Et la culpabilité. La culpabilité de ne pas l'avoir forcé à monter dans la voiture de Selena plutôt que dans celle de Stu. Ce sentiment est presque pire que le souvenir en lui-même – savoir que j'aurais pu empêcher l'accident si je n'avais pas cédé aussi facilement, comme à mon habitude.

Six mois ont passé et la douleur est toujours aussi forte que ce jour-là. Il me manque avec la même intensité chaque jour qui passe depuis sa mort, et je sais maintenant sans le moindre doute que celui qui a dit que le temps guérissait tout n'est qu'un enfoiré de menteur. Rien n'a guéri ; *je* n'ai pas guéri. J'ai été anéantie et mon cœur a été déchiré en mille morceaux ; je suis seule avec ma douleur et incapable d'expliquer à qui que ce soit ce que je ressens.

Alors je n'explique pas. Je n'essaie même pas et je ne ressens rien. Je fais barrage. Je sais que c'est là, mais je choisis de ne pas me l'avouer.

Sans quoi, je perdrais l'infime volonté qui me maintient encore en vie. Je n'ai pas seulement perdu mon frère, cette nuit-là, j'ai aussi perdu une partie de mon âme.

La vodka me brûle la gorge. Elle forme une flaque chaude dans mon ventre et je savoure cette sensation pendant un moment. Elle disparaîtra aussi vite qu'elle est apparue, une étincelle de bonheur fugace. J'observe la bouteille, et je me demande si je peux m'en servir une autre avant que Selena me retrouve.

Et elle le fera. Elle saura exactement où je suis allée me cacher… là où elle ne peut pas me surveiller.

— Tu en as bu combien ?

La voix de Selena me parvient par-dessus la musique qui résonne à travers la maison.

Merde.

Je soupire.

— Deux.

— N'importe quoi, Roxy. (Ma meilleure amie se plante devant moi, les poings sur les hanches.) Combien ?

— Quatre, je mens pour la deuxième fois. Promis.

Elle me scrute de ses yeux bruns, et son regard alterne entre mon visage et la bouteille derrière moi.

— Hmm. D'accord.

— T'as pas confiance en moi, Leney ? je raille.

Elle hausse les sourcils.

— À peu près autant qu'en ma sœur quand elle touche à ma trousse de maquillage.

— Aïe. (Je plaque une main sur ma poitrine.) Ça fait mal.

Selena ricane.

— Épargne-moi ton petit numéro, Roxy. Tu sais que je te fais confiance, sauf en ce qui concerne la merde que tu n'arrêtes pas de t'enfiler.

— Ce n'est que de la vodka.

— Et le reste.

— Je ne vois pas du tout de quoi tu parles.

— Si tu crois que je ne t'ai pas vue t'éclipser avec Layla, tu te trompes.

— Pitié. (J'écarte mes cheveux de mon visage et je me retourne pour me servir un verre.) Je n'ai rien fait du tout.

— Regarde-moi, ordonne Selena.

— Tu te fiches de moi ?

Je repose la bouteille avec un claquement qui retentit par-dessus la musique.

— Si tu n'avais rien pris, tu te retournerais pour me regarder.

Bon sang.

— D'accord. (Je tourne mon visage vers elle et je la regarde dans les yeux.) Tu vois ? Je n'ai rien pris.

Ce soir. Pour l'instant.

— Très bien, je te crois. Pour cette fois. (Elle pousse un soupir et s'empare du verre que je lui tends.) Je m'inquiète seulement pour toi…

— Ouais, ouais. Je connais la chanson. (Je bois une gorgée.) Tu t'inquiètes pour mes relations et ma soi-disant consommation de drogue et d'alcool. Ma mère m'a déjà fait passer l'interrogatoire. *Encore une fois.*

— D'accord, mais excuse-moi de te le dire, en tant que meilleure amie… tu peux difficilement qualifier ça de « relations ».

— Si si, je le peux. (Je jette un regard circulaire à la pièce bondée.) Même brèves, elles regroupent tous les ingrédients nécessaires : attirance, désir et compréhension mutuelle des attentes respectives. Et, dans mon cas, rien qui dépasse la durée d'une nuit. Hé, des fois, avec un peu de chance, ils peuvent même connaître mon prénom.

Selena secoue la tête et j'éclate de rire.

— Quoi ? Je pousse peut-être un peu, mais je suis toujours prudente. Je m'assure de toujours pouvoir rentrer à la maison saine et sauve si j'ai bu, et je me protège chaque fois.

— T'es une sacrée idiote, ma chérie.

— Sûrement. Mais, au moins, je suis une idiote raisonnable.

Je souris.

Elle fait glisser son doigt sur le rebord de son verre.

— Tu crois qu'il voudrait te voir comme ça ? T'infliger ça ?

Je me fige et je sens chaque partie de mon corps se glacer.

— Je ne m'inflige rien du tout et je n'ai absolument pas envie de parler de lui ce soir, Leney.

Je vide le reste de mon verre, où la vodka est plus forte que le Red Bull, et je m'écarte de la table. Mon regard se fixe sur un type dans la foule, les épaules larges, les cheveux hérissés, courts et blonds, puis je me dirige vers lui, le corps traversé par une multitude d'émotions.

Merde, Selena aurait pu se passer de mentionner mon frère.

Quelqu'un m'attrape par la main et me fait pivoter sur moi-même. Je relève les yeux tandis que je me retrouve plaquée contre un torse ferme.

— Olly. (Je pose la main sur ses pectoraux.) Je peux t'aider ?

Il baisse les yeux sur ma poitrine et les relève.

— De plusieurs façons.

Je glisse ma main sur sa joue et je la caresse du pouce. Il penche la tête et ses lèvres effleurent mon doigt.

— Oh, désolée. Tu as dû louper le sens rhétorique de ma question. (Je lui adresse un sourire doux et je m'écarte pour rompre le contact.) Peut-être une autre fois.

— T'es une allumeuse, Roxy Hugues.

— Moi ? Jamais.

Je lui jette un regard par-dessus mon épaule que j'accompagne d'un clin d'œil. Je n'ai pas fait cinq pas qu'on m'attire contre un autre torse. Un torse très, très ferme. Je relève la tête pour plonger dans des yeux bleus que je ne reconnais pas. *Oh.* C'est sûr que ça n'arrive pas très souvent, à Verity Point.

— Tiens tiens, salut.

Les mots m'ont échappé tout seuls.

— Salut, répond-il en me détaillant d'un air appréciateur. J'ai passé la pire soirée de ma vie, alors sois sympa, dis-moi que tu es ici toute seule.

D'accord. Monsieur Terrible-Entrée-en-Matière, normalement je t'aurais envoyé bouler, mais que je sois maudite si je tourne le dos à quelqu'un d'aussi sexy.

Je parcours des yeux ses cheveux bruns, ses traits anguleux, ses larges épaules et ses bras musclés.

— J'étais ici toute seule. (Je repousse ma chevelure derrière mon épaule et je pose une main sur sa taille.) Mais maintenant, je suis avec toi. Ça te va ?

Il m'adresse un sourire en coin et m'attire contre lui.

— Ça me va même très bien.

La foule se resserre autour de nous ; ma classe de dernière année de lycée n'est qu'une masse de corps comprimés. Le mélange des verres probablement trop nombreux, de la musique assourdissante et du corps musclé contre moi devient grisant, et je me laisse aller.

Je me mets à bouger en rythme avec le type. Il fait glisser ses mains dans mon dos jusqu'à agripper mes fesses. Mon bassin est plaqué contre le sien et, tout en continuant de remuer, je le sens durcir progressivement. Et grossir. *Putain.* Son érection croissante se presse contre ma hanche et je me retiens de me lécher les lèvres et de quitter la soirée sur-le-champ.

Mince, deux sur trois pour une nuit, c'est déjà pas mal. Dieu sait que j'ai Selena sur le dos, ce soir, alors on dirait que ce mec, qui qu'il soit, devra remplacer ma drogue de prédilection.

Mais, bon sang, faites qu'il sache s'y prendre au lit. Pitié.

Il penche la tête vers moi pour m'embrasser. Ses lèvres sont chaudes et inquisitrices, et il ne perd pas de temps pour glisser sa langue entre les miennes. Je m'agrippe à sa nuque pour l'attirer contre moi et je m'ouvre pour lui. Nos langues s'emmêlent à un rythme naturel pour fouiller la bouche de l'autre. J'éprouve la sensation de chaleur familière dans la zone située entre mes jambes en imaginant ce qu'il pourrait faire d'autre avec sa langue. Je presse mes hanches contre lui sans même m'en rendre compte.

Ses lèvres quittent les miennes et remontent jusqu'à mon oreille.

— Comment tu t'appelles ?

Je ris.

— Tu n'as pas vraiment besoin de le savoir, si ?

— Bonne réponse. (Il sourit contre mes cheveux et pose sa main sur ma cuisse. Il passe les doigts sous le bord de ma jupe pour effleurer ma peau nue.) Dans ce cas, j'ai une chambre au Bed & Breakfast au coin de la rue.

— Tant qu'on entre par-derrière… La propriétaire, c'est ma tante.

Et j'imagine l'histoire que ça donnerait à raconter pour le prochain dîner de famille.

— Une fille qui prend des risques, murmure-t-il en me regardant. Ça me plaît.

Je lui jette un regard à travers mes cils.

— Et ça ne va pas s'arrêter là.

Il sourit comme un chat qui vient de trouver un pot de crème, et on se retrouve dans le couloir.

— Sortons d'ici.

— Donne-moi une minute.

Je retrouve Selena dans la cuisine et lui tapote le dos.

— Hé, je m'en vais.

— Qu'est-ce que… (Elle jette un regard par-dessus mon épaule.) *Oh.* Bon, d'accord. Mais tu m'envoies un message plus tard, promis ?

Je lève les yeux au ciel.

— Bon sang, Leney. D'accord, je te promets de t'envoyer un message pour te dire que je ne suis pas bâillonnée et ligotée au fond d'une rivière quelque part.

— T'es une garce, Roxy. (Elle secoue la tête.) C'est qui ?

Je commence à reculer avec un petit sourire aux lèvres.

— Pas la moindre idée.

J'essaie d'ignorer le martèlement dans ma tête tandis que je me faufile hors de chez moi plus tôt que d'habitude. Avec le recul, peut-être que la moitié de la bouteille de Jack avec… quel que soit son prénom… n'était pas la meilleure idée que j'aie eue. En fait, oublions le *peut-être*. Ce n'était définitivement pas une bonne idée. Surtout quand je sais que ma mère va me faire un nouveau sermon dès qu'elle me verra. Le même que m'aurait fait ma tante si je n'avais pas quitté le Bed & Breakfast au milieu de la nuit.

Verity Point est désertique. À huit heures du matin, tout le monde est encore au lit. J'y serais encore moi aussi si on n'était pas samedi. Je serais blottie sous ma couette, soit en train de m'évader dans mes rêves, soit prise au piège de mes cauchemars.

Je traîne mes pieds, qui me paraissent aussi lourds que ma tête, tandis que l'imposante grille en fer forgé du cimetière se profile devant moi. J'hésite à chaque pas. C'est inutile et superflu. Mes pieds et moi savons tous les trois que nous allons passer cette grille, suivre le chemin et nous asseoir devant la tombe de Cam comme on le fait tous les samedis matin. Comme on l'a fait tous les samedis depuis son enterrement.

Je ne me suis pas trompée. Après la grille, je remonte le chemin qui mène à l'endroit où il repose. Les branches des arbres qui bordent le sentier de gravier m'abritent des rayons déjà chauds du soleil levant. Ce court trajet est comme toujours rempli de chagrin, et je me demande encore si, un jour, Cam va surgir derrière les arbres et me dire que tout ça n'était qu'une plaisanterie.

Je l'espère. Je l'espère de la même manière qu'un jour j'ai espéré qu'il arrête de me traiter comme une enfant. Je l'espère de tout mon cœur, de toute mon âme. J'espère qu'un matin je vais me réveiller et réaliser qu'il ne s'agissait que d'un horrible cauchemar. Mais je sais que ça n'arrivera pas… de la même manière qu'il n'a jamais arrêté de me traiter comme la gamine de six ans qu'il aurait voulu que je sois encore. Je déglutis et je relève les yeux quand j'entre dans la partie du cimetière où il repose.

Et je m'arrête parce que, pour la première fois, une autre personne est présente.

Kyle.

C'était évident que je le trouverais là… Je savais qu'il rentrait chez lui hier et que son premier arrêt serait pour Cam. Il est accroupi devant la pierre tombale, le visage dans ses mains, les doigts dissimulés sous ses cheveux bruns. Je peux presque goûter au chagrin qui émane de lui et qui me submerge à mon tour. Moi ? Je peux gérer la peine d'avoir perdu Cam, mais je ne peux pas supporter de voir Kyle en souffrir.

Je ne suis pas la seule à avoir perdu une partie de moi-même, cette nuit-là.

Mon cœur fait un bond presque douloureux dans ma poitrine. C'est mal, vraiment, vraiment mal, mais c'est une réaction instinctive quand je le vois. C'est la même réaction qu'il provoque chez moi depuis ces quatre dernières années – même si ça n'a pas la moindre importance et que personne n'est au courant. Je ne suis que la petite sœur de Cam. C'est tout ce que j'ai toujours été et que je continuerai d'être, et je me suis fait une raison. J'aimerais seulement que cette acceptation puisse étouffer les sentiments omniprésents que j'éprouve pour lui, ceux qui gonflent en moi à cet instant précis. Cette fois, en revanche, mon attirance est mêlée à une pointe de colère.

De la colère parce qu'il n'était pas présent à l'époque. Il n'était pas là quand Cam était en train de mourir à l'hôpital et il n'était pas là quand on l'a fait descendre dans ce fichu trou.

C'est l'unique personne qui aurait pu apaiser ma souffrance après la disparition de mon frère… Mais il n'était pas là. J'avais besoin de lui et il était à l'autre bout de la côte.

— Roxy.

Je cligne des yeux pour réprimer mes larmes.

— Tu n'étais pas là, je dis tout bas avec une pointe d'accusation dans la voix.

Kyle se relève et passe une main dans ses cheveux.

— Je sais. J'aurais voulu… Je… (Il observe la stèle pendant une seconde avant de soupirer.) Comment tu vas ?

— J'espère que tu ne t'attends pas vraiment à ce que je réponde à ça.

Je m'approche de la pierre tombale et m'arrête à côté de lui, tout en observant l'inscription sur le marbre gris.

Cameron John Hugues.

Je ne peux regarder que son nom. Inutile de lire les dates ni l'épitaphe vantant ses mérites. Je les connais déjà et la date de sa mort est imprimée dans mon esprit. *Le 10 janvier.*

— Rox...

Je secoue la tête.

— Non. Ne me fais pas le coup de la compassion, Kyle. Tu as six mois de retard.

— Je venais tout juste de revenir. Je n'avais pas les moyens de me payer un autre vol.

— On te l'aurait payé. Mes parents t'auraient acheté le billet. Tu le sais.

Je me laisse tomber par terre et je croise les jambes.

— Ils venaient tout juste de perdre leur fils. Je n'allais pas leur demander de faire ça pour moi.

Il s'assoit à côté de moi et passe ses bras autour de ses genoux. De la même manière que Cam avait l'habitude de le faire.

Je baisse les yeux sur l'herbe.

— Je serais venue te chercher en voiture. J'aurais roulé toute la nuit s'il le fallait.

— Roxy, tu as déjà du mal à faire la route jusqu'à Portland.

— Je l'aurais fait pour Cam, je réponds tout bas. Il aurait voulu que tu sois là.

Kyle laisse échapper un profond soupir et baisse la tête.

— Mince, je le sais. J'aurais dû être là. Je parie qu'il va revenir me hanter et me maudire de ne pas avoir été présent pour toi.

Je laisse échapper un rire sans joie.

— Tu n'avais pas besoin d'être là pour moi. *(Même si c'est ce que je voulais.)* Tu avais besoin d'être là pour toi-même. Je sais que tu ne te le pardonneras jamais.

J'arrache des brins d'herbe avant de les laisser retomber. Je cause la mort dans un lieu qui en est déjà rempli.

— Je ne me pardonnerai jamais de ne pas l'avoir convaincu de venir à Berkeley avec moi. Ça ne serait jamais arrivé.

— Je ne me pardonnerai jamais de l'avoir laissé monter dans cette voiture avec Stu. On savait tous qu'il avait bu quelques verres. S'il était monté avec Selena et moi, ça ne serait jamais arrivé non plus.

— Bon sang, Rox ! Ce n'est pas ta faute. Cam était aussi têtu qu'une fichue mule. Il ne faisait jamais que ce que Sa Seigneurie avait décidé.

Je le regarde franchement pour la première fois. De légères ombres s'étirent sous ses yeux et une lueur de tristesse que je n'avais jamais vue brille à l'intérieur. À part ça, c'est le même Kyle que j'ai toujours connu. Il a le teint hâlé grâce à sa vie en Californie et son corps est aussi mince qu'il l'a toujours été.

— Alors pourquoi voudrais-tu que ce soit la tienne ? je lui demande.

Il me regarde droit dans les yeux et je vois ses lèvres tressaillir.

— Touché, Roxanne. Touché.

— Ne m'appelle pas Roxanne. (Je lui donne un coup de coude.) Tu sais que je déteste ça.

— Je sais. C'est pour ça que je le fais, réplique-t-il en riant en silence. Tu sais ce qui m'inquiète le plus à propos de sa disparition ?

— Qui va bien pouvoir t'embêter, maintenant ?

— En partie… Mais surtout, je m'inquiète de savoir qui va veiller sur tes fesses.

— Mes fesses n'ont besoin de rien, merci beaucoup.

— Si. Elles ont besoin de rester à l'abri dans leur pantalon.

Je suis des yeux le contour du prénom de Cam.

— Je crois que l'endroit où se trouvent mes fesses ne te regarde absolument pas.

Il ricane.

— Oh que si, si c'est moi qui veille dessus.

Voilà qui me paraît bien plus excitant qu'il ne le faudrait.

— Cam ne veillait pas sur *mes* fesses. Il s'assurait que tous les autres surveillent *les leurs*.

— Alors je ferai la même chose, répond Kyle avec nonchalance.

Je secoue la tête, un rire amer dans la gorge, et je me relève.

— Tu n'es pas mon frère, Kyle. Je n'en aurais toujours qu'un.

Je dépose un baiser au bout de mes doigts et les appuie au sommet de la pierre tombale, puis je laisse ma main retomber lentement avant de tourner les talons.

— Non, mais je lui ai promis que je veillerais sur toi s'il lui arrivait quelque chose.

Je fais une pause.

— Je n'ai pas besoin qu'on veille sur moi. Je ne suis plus une enfant.

Il rit.

— Je le sais, Rox. *Crois-moi*, je sais que tu n'es plus une enfant. Mais je ne suis pas d'accord avec toi sur l'autre point.

— Il n'y a rien à dire.

Je me tourne vers lui en croisant les bras sur ma poitrine.

— Ce n'est pas ce que j'ai entendu. (Il me jette un regard perçant.) Certaines personnes estiment que tu aurais sacrément besoin qu'on veille sur toi.

— C'est surréaliste. Me dire ça ici, c'est carrément surréaliste. Tu es revenu depuis quoi ? Douze heures ? Et les gens te parlent déjà de moi. (Je laisse échapper un rire amer et je secoue de nouveau la tête.) Je te le répète : je n'ai pas besoin qu'on veille sur moi, malgré ce que pensent les gens. Tu n'étais pas là pour moi quand j'avais besoin de toi, Kyle, quelles qu'aient été tes raisons, alors c'est inutile d'être là pour moi maintenant que je n'ai plus besoin de toi !

— Personne ne parle de toi. (Il se lève et s'approche de moi, pour s'arrêter à quelques centimètres.) Ça va peut-être te surprendre, mais, pendant que j'étais à la fac et que tu étais ici en train de te transformer en petite rebelle dévergondée, je parlais à tes parents chaque week-end. (Il fait brièvement glisser ses yeux sur mon corps.) Tu m'as dit que je n'étais pas là pour toi, mais j'étais là pour ta mère quand toi tu étais absente.

— Comment oses-tu…

— Quoi ? Te dire la vérité ? (Il hausse les sourcils.) Personne d'autre ne le fait, c'est ça ?

Je ne réponds rien.

— C'est bien ce qu'il me semblait. Tu penses peut-être que je n'étais pas là pour toi, Rox, mais j'étais là. Chaque jour qui passe, je n'ai pas besoin d'être ici pour me soucier de toi. (Sa voix s'adoucit et il cale une mèche de mes cheveux derrière mon oreille.) Tu n'y as simplement jamais fait attention.

Je laisse retomber mes bras et je déglutis, la poitrine serrée. Un nœud obstrue ma gorge et je lutte contre les larmes qui me brûlent les yeux.

— Peu importe. (Je recule et pointe le doigt vers le sol.) Tu n'étais pas *là*. Tu n'étais pas où il fallait quand il le fallait !

— Rentre chez toi. (Kyle me regarde fermement.) Rentre et dors pour cuver ta gueule de bois. On se verra plus tard, quand tu te seras calmée.

Je pivote sur mes talons en serrant les poings.

— Souviens-toi, tu n'es pas mon frère ! je lui jette au visage.

— Je sais. Mais je suis ce qui s'en approche le plus.

C'est bien le problème. Et ce le sera toujours.

Je ne sais pas ce qui me met le plus en colère – le fait qu'il soit de retour et qu'il m'ait débité toutes ces conneries, ou le fait qu'il me voie encore comme la petite sœur de Cam. Une partie de moi, une toute petite partie, espérait qu'à son retour j'aurais représenté plus que ça pour lui. Qu'il me verrait autrement qu'avec le regard fraternel qu'il a toujours posé sur moi.

Une stupide et fichue partie de moi qui mérite des claques.

J'essuie les larmes de colère qui coulent sur mes joues et je m'éloigne à travers les bois. Kyle est peut-être de retour pour l'été, mais ça ne lui donne pas le droit de se montrer surprotecteur avec moi. Ça ne lui donne aucun droit du tout.

Qu'il aille au diable.

CHAPITRE 2

KYLE

Ce n'est plus la fille que j'ai laissée ici en début d'année. Non, Roxy Hugues a définitivement beaucoup changé. Disparue, la gentille fille à la voix douce que je connaissais. Elle a été remplacée par quelqu'un de totalement différent. Une étrangère.

Jusqu'à ce matin, je ne voulais pas croire ce que tout le monde me disait. Je ne voulais pas croire que ma petite Roxy puisse être aussi insouciante et désinvolte, mais c'est le cas. Je n'ai aucun mal à l'imaginer en train de se saouler chaque week-end et de faire je ne sais quoi avec je ne sais qui.

Merde. Mais qu'est-ce qui lui est arrivé ? De toutes les manières dont elle aurait pu affronter la mort de Cam, il a fallu qu'elle choisisse celle-ci ? L'autodestruction ?

Je secoue la tête entre mes mains et mon regard tombe sur la photo encadrée accrochée au-dessus de la cheminée. Elle nous représente, Cam, Rox et moi, l'année dernière, juste après notre dernier match de football du lycée. Cam et moi sourions de toutes nos dents après notre victoire, nos casques calés sous le bras et Roxy entre nous deux. Ses cheveux noirs sont regroupés sur une épaule, un sourire effleure ses lèvres et ses yeux bleus étincellent.

Un profond sentiment de solitude s'empare de moi. Je suis à peine revenu à la maison depuis un jour, mais je le sens. Je sens le trou béant laissé par l'absence de Cam. C'est comme si Verity Point avait perdu une partie d'elle-même. Elle a perdu la vie et l'âme de la fête, le blagueur, le clown de la classe. C'était ça, Cam ; le type qui était capable de faire rire tout le monde sans même le vouloir. Mais j'ai perdu bien plus que ça. J'ai perdu mon meilleur ami, mon complice et mon frère.

M'arracher ma fichue jambe aurait été moins douloureux que de rentrer à la maison en sachant qu'il n'est plus là. En sachant qu'il ne reviendra jamais.

Les portes s'ouvrent, et je garde les yeux rivés sur la photo.

— Tout va bien, fiston ? demande mon père en entrant dans la pièce.

— C'est plus pareil, hein ? je dis sans me retourner. Sans lui.

Il soupire et jette sa veste sur le canapé avant de s'asseoir à côté de moi. Il se penche en avant, pose ses coudes sur ses genoux et joint ses mains. Filou, notre terrier, bondit vers moi en agitant la queue contre ma jambe. Je lui gratte le sommet du crâne d'un air absent.

— Non. Ce n'est plus pareil depuis le jour de sa mort. C'est trop calme, dans le coin. C'était déjà suffisamment triste quand tu es parti – il ne nous restait plus que la moitié du duo qu'on adorait tous secrètement, malgré les sales tours que vous nous jouiez.

Je souris.

— Ton départ pour l'université avait déjà laissé un grand vide. Mais Cam… Sa mort a carrément laissé un fichu gouffre. Il n'y a pas une seule personne dans cette ville à qui il ne manque pas.

— Je n'ai pas besoin que tu me le dises, papa. Tout le monde aimait Cam. C'était l'enfant chéri.

Mon père hoche la tête.

— C'est Roxy qui douille le plus.

— Ouais... je l'ai vue tout à l'heure.

Je me passe une main sur le visage.

— Charmantes retrouvailles, on dirait, réplique-t-il sèchement.

— Aussi charmantes qu'un examen de fin d'année. Elle m'a presque agressé à un moment. J'imagine que tout le monde la traite comme une princesse, non ?

— J'ai l'impression, oui. (Mon père se renfonce dans le canapé.) Au début, personne n'osait lui dire non. Tout le monde pensait que son comportement, c'était sa manière de faire face et d'extérioriser, mais ça n'a fait qu'empirer. Le temps que Ray et Myra réalisent à quel point elle allait mal, c'était trop tard. Je leur ai parlé d'elle la semaine dernière et ils sont perdus, ils ne savent pas quoi faire. Elle ne les écoute pas.

— Tu sais bien que non. Roxy était la fille la plus douce du monde, mais ça n'empêche qu'elle a toujours été têtue. Dis-lui qu'elle a tort, et elle fera tout pour prouver le contraire. Dis-lui non, et tu peux être sûr qu'elle le fera quand même. (Je marque une pause.) Et Selena ? Elle a bien dû essayer.

— Tous les week-ends, d'après Ray. Maintenant, on en est au point où Selena l'accompagne partout juste pour s'assurer qu'elle rentre chez elle en toute sécurité. Enfin, d'après ce qu'elle dit. Si l'on en croit les rumeurs, Roxy fait généralement un petit détour avant de rentrer à la maison, si tu vois ce que je veux dire.

Mes mâchoires se crispent et je serre les dents. Ça me met en boule et ça fait ressortir mes instincts protecteurs. L'idée que Roxy puisse s'envoyer des types au hasard après s'être saoulée…

— Laisse-moi deviner, il y a une fête ce soir ? je demande à mon père.

— Même s'il n'y en avait pas, aucun doute que Roxy s'en trouverait une.

Je me lève, je sors mon téléphone de ma poche et je fais défiler mon répertoire jusqu'au nom de Si. Mon ami le plus proche à part Cam. Je lui envoie un message pour lui demander s'il sait où Roxy sera ce soir. Quand je relève les yeux, je croise le regard compatissant de mon père.

— Je sais que tu as toujours promis à Cam…

— Je lui dois bien ça, papa. Je n'étais pas là, il y a six mois, mais j'y suis maintenant, alors je peux essayer de la sortir du merdier dans lequel elle s'est fourrée.

Mon téléphone se met à vibrer. Je parcours la réponse de Si et enregistre le lieu de la soirée.

— Très bien. Si quelqu'un peut la ramener à la raison, c'est bien toi.

— Je vais au moins essayer.

Et moi non plus, je n'ai pas vraiment envie de la voir continuer de se détruire.

L'entraînement de football de Miami a fait le plus grand bien à Si. Depuis la dernière fois que je l'ai vu, à Noël, il s'est encore étoffé d'une bonne couche de muscle. C'était de loin notre meilleur défenseur de deuxième ligne – bon sang, c'était même probablement le meilleur élément de toute l'équipe, à l'école.

— J'aurais jamais cru voir Selena organiser une fête, je murmure.

Si ricane tandis qu'on entre.

— Je te laisse trouver qui l'a convaincue.

Pas très difficile à deviner, même si j'aurais préféré que ça le soit.

— C'est vraiment à ce point-là ?

— Tu le verras par toi-même ce soir.

Si se fraie un chemin à travers un groupe de filles en direction du frigo. Il en sort deux bières, m'en tend une et s'appuie sur le côté.

— Génial, je dis sèchement en l'imitant.

J'observe la grande cuisine et je passe les nombreuses têtes en revue à la recherche des cheveux noir corbeau que je connais si bien.

— Mince alors, mais y a combien de personnes ici ?

— Beaucoup trop. En partie grâce à...

— Roxy, je finis à sa place.

— Elle a participé à une soirée en dehors de la ville il y a environ un mois. Selena m'a dit qu'elle était sortie avec un des mecs et, apparemment, elle s'est constitué un petit fan-club. Ils sont là ce soir.

— D'où la raison de ta présence.

— Comme si j'allais laisser ma cousine avec un groupe de mecs que je connais pas. Je suis furax qu'elle ait quitté Verity pour participer à ce genre de soirée. (Si boit une gorgée de sa bière en m'observant.) Tu crois vraiment que je serais là, sinon ? Selena, c'est la plus raisonnable des deux.

Un éclat de cheveux noirs attire mon attention dans le coin de la cuisine. Je sens mes muscles se crisper en voyant avec quelle minauderie elle balance ses cheveux par-dessus son épaule. Le sourire sur son visage ne ressemble à rien que j'aie connu, presque vorace, concentré sur un type devant elle que je ne connais pas non plus. Elle pose une main sur sa hanche et trace de petits cercles avec ses doigts sur sa poitrine.

Sa poitrine complètement exhibée.

Le chemisier rouge qu'elle porte laisse peu de place à l'imagination ; il est tellement serré que les boutons de son décolleté menacent de craquer. Son jean bleu délavé, rentré dans une paire de UGG, la moule au point qu'on dirait presque une seconde peau. Elle a l'air à l'aise et décontractée… et sexy. Fichtrement sexy.

Je remue, gêné par cette pensée qui me traverse l'esprit. Je n'ai jamais perçu Roxy de cette manière auparavant. Évidemment, je l'ai toujours trouvée très belle, j'ai peut-être même éprouvé de l'attirance quelquefois, mais je n'ai jamais dévoré son corps des yeux comme je suis en train de le faire.

Son rire parvient jusqu'à mes oreilles par-dessus la musique, et je bois une gorgée de ma bière pour dissimuler la crispation de mes mâchoires.

— C'est qui cet abruti ? me demande Si, qui me donne un petit coup de coude accompagné d'un hochement de tête en direction de Roxy.

— J'en sais pas plus que toi.

— T'as l'air furax.

— J'aime pas sa façon de la regarder, c'est tout.

— On dirait qu'il veut plus que simplement faire connaissance.

— Si…

— Quoi ? C'est vrai. (Si rit.) Tu veux que je le fasse sortir ?

Je me joins à son rire.

— Nan. Je vais juste le garder à l'œil – et elle avec – et m'assurer que ses mains restent bien en vue.

— Tom Parks, vingt-deux ans, originaire de Portland. Il rend visite à une tante malade qui vit de l'autre côté des chutes, déclare Selena en s'arrêtant devant nous, deux bières à la main.

— Comment tu sais ça ? lui demande Si, les sourcils froncés.

— Roxy se fiche peut-être du prénom des mecs avec qui elle couche, mais moi je finis toujours par le trouver. (Elle incline son verre en direction de Roxy.) Je ne peux pas l'empêcher de faire ce qu'elle veut, mais je peux essayer de surveiller ses arrières.

— C'est un abruti, je dis. Est-ce qu'il sait qu'elle n'a que dix-huit ans ?

— Bien sûr que oui. Ici, tout le monde connaît Roxy. (Elle laisse échapper un rire amer.) Il le sait et il s'en fiche. Il aime les filles plus jeunes, d'après ce que j'ai entendu dire.

— Mince, Leney. Les rumeurs valent rien et tu le sais, raille Si.

— Hé, toutes les rumeurs ont une part de vérité. Sinon, d'où veux-tu qu'elles sortent ?

Elle lui donne un petit coup de doigt dans la poitrine.

— Elle marque un point, j'admets en suivant des yeux Roxy qui emmène Tom dans la pièce principale. Et *lui*, il va avoir un choc.

— Elle va te tuer, Kyle. Elle t'en veut encore beaucoup.

— C'est ce qu'elle m'a dit ce matin. (Je lui jette un regard en décapsulant une bière.) Est-ce que j'ai l'air de me soucier de ça, qu'elle m'en veuille ou non ?

Selena ricane.

— Pas vraiment.

— Alors, c'est parti. (Je me dirige vers la pièce principale.) Si vous voulez bien m'excuser, j'ai un petit cul rebelle à remettre dans le droit chemin.

Le volume de la musique augmente tandis que je me fraye un chemin à travers la foule, en m'arrêtant ici et là pour saluer des personnes avec lesquelles j'ai grandi. Je remarque une chose : le nom de Cam n'est jamais mentionné. Le sujet n'est même pas évoqué et ça m'agace, même si je sais que ça ne signifie pas qu'on l'a oublié. Mais je peux encore parler de lui.

Quand je pénètre dans l'immense salon de Selena, je repère facilement Roxy. Elle est au beau milieu, en train de remuer ses hanches au rythme de la musique tout en passant ses mains dans ses cheveux. Et sa façon de bouger...

Je ne suis pas le seul à avoir les yeux rivés sur elle. Tous les types de la pièce la déshabillent du regard. Ils voudraient tous être le petit chanceux qui a les mains sur ses hanches, plaqué contre son dos, un petit sourire suffisant fourré dans ses cheveux.

Moi je voudrais simplement lui coller un pain.

Je m'assois dans un coin de la pièce et je fais la conversation à des personnes que je n'ai pas revues depuis Noël. Mais je garde toujours un œil sur Roxy. Je serre les poings à chaque nouveau verre qu'elle boit et, à minuit, j'ai depuis longtemps perdu le compte.

Je suis moitié furieux contre elle et moitié impressionné par la quantité que son petit corps peut encaisser.

Elle trébuche légèrement et repousse Tom après qu'il l'a rattrapée. Elle passe devant moi sans me voir et se dirige vers la cuisine, Tom sur ses talons. Bordel... Je me lève pour les suivre et j'aperçois Roxy au moment où elle met un pied dehors. Selena capte mon regard quand je la dépasse en poussant un soupir de découragement.

Dehors, il fait froid mais je le remarque à peine. Tout ce que je vois, c'est Roxy qui secoue la tête et Tom qui se rapproche d'elle plus qu'il ne le faudrait dans son état. Elle lève les mains et il la saisit fermement par les poignets.

— Lâche-moi.

Elle essaie de le repousser.

— Il faut juste que tu te calmes, réplique-t-il – et elle fait la grimace.

Oh bon sang, non.

Je traverse le jardin comme une flèche et je lui jette un regard dur comme de la pierre. Je lui prends les mains et retire ses doigts un par un. Roxy baisse les bras.

— Fais gaffe sur qui tu poses tes putains de mains, je dis sur un ton d'avertissement.

Quiconque fait du mal à Roxy récoltera la même chose.

Je passe un bras autour de ses épaules et l'attire contre moi. Elle me regarde avec une expression perplexe.

— Je t'ai cherchée toute la soirée.

— C'est qui, lui ? éructe Tom, son regard alternant entre Roxy et moi.

— Je suis son petit ami, je réponds sans laisser à Roxy le temps de réfléchir. (Elle se raidit et je la regarde.) T'as gagné. T'as prouvé que tu pouvais te lever quelqu'un avant moi, mais je pense qu'il est temps qu'on y aille.

Je nous fais pivoter avant que Tom puisse ajouter quelque chose et je l'entraîne de l'autre côté de la maison tout en sortant mes clés de ma poche. Roxy s'écarte de moi.

— Qu'est-ce que tu viens de me faire, Kyle ?

— Monte dans la voiture.

Je la déverrouille et lui ouvre la portière côté passager.

— Sûrement pas, crache-t-elle. Tu as bu.

Je relève les yeux.

— J'ai bu deux bières il y a trois heures – je suis aussi sobre que possible. Maintenant, pose tes fesses dans ma putain de voiture avant que je ne t'y mette de force.

Elle me jette un regard noir. Je tapote la portière. Lentement, elle prend place à l'intérieur et je referme derrière elle. Je la vois se frotter les poignets l'un après l'autre.

— Il t'a fait mal ?

— Qu'est-ce que c'était, ce numéro ? répète-t-elle.

— Est-ce qu'il t'a fait mal ?

Je donne un coup sur le volant avant de la regarder droit dans les yeux.

— Ça va, murmure-t-elle.

— D'accord. Et, pour répondre à ta question, je ne vois pas du tout de quoi tu parles.

— Ça, là ! Dans le jardin ! (Elle se tourne sur son siège.) Mon fichu *petit ami* ?

Je réprime le tressaillement de mes lèvres.

— C'est tout ce que j'ai trouvé.

— Putain ! (Elle se prend le front entre les mains.) Pourquoi tu as fait ça ?

— Roxy, tu es complètement bourrée. Il était hors de question que je te laisse rentrer avec ce sale type.

— Je suis assez grande pour décider ça toute seule.

— Mais pas assez lucide. En plus, tu n'avais pas vraiment l'air de bien accueillir ses avances, je réplique en lui jetant un regard significatif.

Elle se mord la lèvre inférieure.

— J'avais seulement besoin de quelques minutes.

— Mmm. Et si je n'étais pas sorti ?

Elle ne répond pas.

— J'ai eu une bonne idée en venant ce soir, hein ?

— Je te l'ai dit tout à l'heure, je n'ai pas besoin de toi.

J'arrive devant chez elle et je me gare derrière la voiture de sa mère.

— Apparemment, si.

— T'es un enfoiré, Kyle.

Elle ouvre sa portière et je viens me planter devant elle avant qu'elle ne puisse s'éloigner.

— Peut-être, mais je suis un enfoiré qui t'a sûrement évité de te faire violer ce soir.

Roxy se fige.

— Ce n'est pas ce qui se serait passé.

Ses mots sont teintés d'incertitude, une petite hésitation que je reconnais sans peine.

— Qu'est-ce que t'en sais ?

Silence.

— Ça valait pas le coup de prendre ce risque, si ? Comme je te l'ai dit, heureusement pour toi, j'étais là.

Elle lève la tête jusqu'à planter ses yeux bleus dans les miens.

— Tu es en droit de considérer que tu as tenu la promesse que tu as faite à Cam. Maintenant, tu peux me laisser tranquille.

— Pour que tu puisses recommencer le week-end prochain ?

— Ça ne te regarde pas.

— Faux. Ça me regarde complètement.

— Et pourquoi ça ?

— Parce que je me fais du souci, parce que je me préoccupe de toi.

— Eh bien ce n'est pas la peine. (Elle me contourne et se dirige vers sa porte.) Retourne en Californie, Kyle. Je ne veux pas que tu te fasses du souci.

La porte se referme derrière elle et je reste planté là une seconde. Mais qu'est-ce qui a bien pu lui arriver ? Que ce soit sa conduite de ce soir, ses paroles ou même les expressions de son visage, je ne reconnais plus rien de la personne dont je me souvenais. Comme si quelqu'un ou quelque chose d'autre avait pris possession d'elle.

Et ça ne me plaît pas du tout.

Je pousse un soupir et je tourne les talons.

— Bonne nuit, Roxy.

CHAPITRE 3
ROXY

Les lendemains matin, c'est toujours l'horreur. La gueule de bois, l'estomac creux, l'état nauséeux, les souvenirs flous. Mon cerveau a bloqué des fragments aléatoires de la soirée à partir de vingt-deux heures environ et, tout ce que je me rappelle, c'est avoir dansé avec Tom et être repartie avec Kyle. Je n'ai aucune idée du déroulement du reste de la soirée, et je ne sais pas pourquoi mes poignets sont endoloris.

— Roxy ! Debout ! crie ma mère en haut de l'escalier.

— Ça y est ! je réponds en roulant hors de mon lit.

— Je dois ouvrir le café et on va être en retard !

— D'accord ! Donne-moi cinq minutes.

Je me frotte le visage tout en attrapant mon jean sur le dossier de ma chaise. J'enfile un tee-shirt et un pull, j'expédie le maquillage et les cheveux en deux minutes, et je manque de tomber en me précipitant dans l'escalier.

Maman me parcourt des yeux de haut en bas tandis que je mets mes bottes.

— Au moins, tu es présentable.

— Ravie que ça te plaise, je murmure sèchement.

Elle soupire.

— Roxy…

— Allons-y, maman. (Je lui ouvre la porte.) On ne veut pas être en retard, tu te souviens ?

Je l'entends soupirer de nouveau pendant que je me dirige vers sa voiture. Elle peut soupirer autant qu'elle veut – elle m'a demandé de me dépêcher, alors je ne vais pas m'arrêter pour une discussion à cœur ouvert dans le fichu couloir. Je veux seulement aller au café, faire mon service et ensuite appeler Selena pour savoir ce que j'ai fait – ou n'ai pas fait – hier soir.

On se gare devant le R&C, le café dont ma mère est propriétaire depuis douze ans. Elle l'a appelé R&C en référence à Cam et moi – elle disait qu'on était sa joie et sa fierté, tout comme son café, alors il lui semblait logique de lui donner nos initiales. L'intérieur est même décoré avec nos couleurs préférées, le bleu et le violet. Du moins quand elle l'a rafraîchi, il y a cinq ans déjà.

Je traverse le carrelage bleu roi jusqu'au comptoir, puis je parcours la salle des yeux. Les murs blancs sont recouverts de photos de la gorge du Columbia et du mont Hood au fil des saisons. Elles commencent au printemps sur la gauche du comptoir et s'étendent sur tout le tour pour finir en hiver à droite du comptoir. Les images sont accrochées entre des menus qui présentent les spécialités, et les cadres successivement bleus et violets créent un vif contraste avec le mur.

Les tables sont recouvertes de nappes alternées sur le modèle des cadres et des menus. À nappe bleue, carte violette.

Maman s'est vraiment donnée à fond dans la décoration. Elle a mis autant d'amour dans l'ouverture de son café qu'elle en a mis dans notre éducation, et c'est ce qui l'a fait tenir au cours de ces derniers mois.

Ma mère retourne la pancarte indiquant « Ouvert » et je mets en route la machine à café. Le dimanche est un jour assez tranquille : le vieux M. Yeo arrivera dans un quart d'heure pour prendre son café et ses gaufres, suivi par les sœurs Stevens dix minutes plus tard pour leur part de gâteau hebdomadaire. Ensuite viendra le tour de Louisa, ma cousine, qui épuisera toute notre réserve de café pendant qu'elle écrira un nouveau chapitre de son prochain roman. Toujours les mêmes personnes aux mêmes heures.

Exactement comme j'aime. Ça me donne une chose sur laquelle me concentrer et, pendant ce temps, je ne pense pas à la photo de Cam posée juste devant moi sur le comptoir. Si je ne pense pas à lui, je peux presque faire comme si je n'avais pas mal.

Exactement comme maman.

Deux semaines pour faire son deuil, pour purger sa peine, et elle était de retour pour se jeter la tête la première dans le travail. Elle insistait pour que le café reste ouvert, pour dire que la vie devait continuer. Nos vies ne s'arrêtaient pas en même temps que celle de Cam. Cette vérité me torture et me hante chaque jour, et je ne comprendrai jamais avec quelle fichue facilité elle arrive à venir ici chaque matin, à plaquer un sourire sur son visage et à faire comme si tout était parfait dans le meilleur des mondes.

Je ne sais pas comment elle fait. Je ne le saurai jamais.

Je noue mon tablier autour de ma taille et fourre un bloc-notes et un stylo dans ma poche tandis que la porte s'ouvre. M. Yeo entre avec dix minutes d'avance, et je comprends instantanément que la journée va être horrible.

M. Yeo n'est jamais en avance.

— Bonjour, jeune Roxanne, dit-il de son ton enjoué habituel.

Je souris malgré l'emploi de mon prénom entier.

— Bonjour, monsieur Yeo. Comme d'habitude ?

— Bien sûr, jeune fille. Est-ce que j'ai déjà pris autre chose ? glousse-t-il en s'asseyant à sa table près de la fenêtre.

Il pose sa canne contre le mur derrière lui.

— Maman, je dis en passant la tête dans la cuisine, M. Yeo est là.

— Il est en avance, répond-elle en me regardant, surprise.

— Oui.

Je pousse un soupir. Tout en lui préparant son café, je tape du pied en rythme silencieux avec le son de la radio que maman insiste pour mettre en fond. J'apporte sa boisson à M. Yeo. Il sort son journal, qu'il étale sur la table.

— Comment allez-vous, ma chère ? demande-t-il.

— Ça va, merci. Et comment va mon client préféré ?

— Votre client préféré ? Il y a du favoritisme ? s'écrie Isla Stevens en entrant dans le café. Eh bien, Roxy, moi qui croyais être votre préférée !

— Non, ce serait moi, intervient sa sœur jumelle, Marie, d'une voix aiguë, en tapotant ses cheveux gris.

Je les guide jusqu'au comptoir en riant.

— Pas la peine de vous battre, mesdames. Et si on disait que vous étiez mes clientes féminines préférées ?

— Hum. Je suppose qu'on peut bien se partager ce titre, murmure Isla.

— Seigneur, Isla. On a partagé un utérus, des vêtements, une maison, et tu te plains pour un titre de cliente préférée. (Marie secoue la tête et se penche vers moi.) Elle a toujours été la plus tatillonne de nous deux.

— Tu as oublié les petits amis, ajouta Isla. Il me semble qu'on en a partagé quelques-uns aussi dans le passé.

Je hausse les sourcils et me dirige vers les gâteaux.

— Je ne suis pas sûre de vouloir en entendre plus.

Les jumelles rient.

— Oh, chérie, glousse Isla. Pas comme *ça*.

— Comme quoi ? Je n'ai rien dit.

Je leur sers deux parts de gâteau à la carotte.

— Non, mais vous le pensiez. Après tout...

— ... on sait comment vous êtes, vous les jeunes, de nos jours, finit Marie à sa place. Toutes ces émissions de télévision...

— Que tu adores.

— Chut, Isla. Pas la peine de le dire à tout le monde.

Je souris. Isla lève les yeux au ciel.

— Bref, Roxy.

Je relève les yeux et je me fige quand je vois la petite lueur dans son regard.

— Heu, oui ?

— On a entendu quelque chose, déclare Marie en tapotant le comptoir.

— C'est ce qui arrive quand on a des oreilles, je réponds en l'imitant.

Elle jette un coup d'œil à sa sœur.

— Elle se trouve drôle.

Je souris.

Marie se tourne de nouveau vers moi.

— On a entendu des rumeurs. Sur vous, ma chère.

Tiens donc, quelle surprise.

— Éclairez ma lanterne.

Isla se penche en avant et presse sa poitrine contre le comptoir.

— On a entendu dire, murmure-t-elle, que ce beau garçon, Kyle, était votre petit ami.

Les jumelles me regardent avec espoir, une lueur d'excitation dans leurs yeux noisette.

Je ricane bruyamment et je plaque ma main sur ma bouche.

— Heu, mesdames, il y a une raison pour qu'on appelle ça des rumeurs. C'est parce que ce n'est pas vrai.

Leurs visages se décomposent.

— Oh, bon sang, murmure Isla. Ça aurait donné de si jolis bébés.

— Exactement, Isla. Adorables. Et Cam aurait approuvé.

— Le seul mâle que Cam aurait approuvé, c'est une star de Hollywood, et même là il aurait fallu qu'il soit à l'affiche d'un blockbuster, je leur rappelle.

— Eh bien, c'est quand même dommage, murmure Marie en approchant son assiette. On aurait bien besoin d'un peu d'action dans le coin, ces jours-ci. Il ne se passe plus jamais rien d'excitant.

— Je suis d'accord… acquiesce Isla – puis toutes deux se dirigent vers leur table.

Je les regarde s'éloigner avec désespoir et je secoue la tête. La cloche de la cuisine retentit ; les gaufres de M. Yeo sont prêtes.

— Je suis sûre d'avoir entendu les jumelles, dit ma mère.

— Elles sont là. Complètement folles, comme d'habitude. (Je m'empare de l'assiette.) À cancaner.

Elle laisse échapper un rire.

— On ne croirait pas qu'elles ont la cinquantaine. On dirait plutôt la *quinzaine*, si on peut utiliser l'expression.

— Je crois que oui. Ça leur est réservé.

Je quitte la cuisine et j'apporte son petit-déjeuner à M. Yeo.

Je suis en train de donner un coup de chiffon sur le comptoir quand les portes s'ouvrent de nouveau. Je jure, si c'est Louisa en avance elle aussi, je…

— T'as une sale tronche, déclare Selena.

— Merci bien ! Tu as l'air en forme toi aussi.

Elle s'assoit au comptoir.

— Je vais prendre une limonade avec une part de... Qu'est-ce qui tournait pas rond chez toi hier soir ?

Je pince les lèvres et je remplis un verre de glace.

— Je ne vois pas de quoi tu parles.

— Bien sûr que non.

Elle pousse un soupir tandis que je dépose son verre devant elle avant de me pencher sur le comptoir.

— Vraiment. Je ne vois pas. Je ne me souviens pas de grand-chose.

Ses lèvres s'étirent d'un côté.

— Tu veux dire que tu ne te souviens pas de Kyle qui prétend être ton petit copain ? Oh, génial.

— Il... quoi ? (Je jette un coup d'œil aux jumelles par-dessus mon épaule.) Tu sais quoi ? Tout vient de s'expliquer.

— Il a prétendu être ton petit copain pour éloigner ce Tom avec qui tu flirtais.

— Qu'est-ce qui lui a pris de faire ça ?

— Tu étais trop saoule et Tom était un peu trop collant. (Selena hausse les épaules.) Il t'a presque traînée pour t'éloigner de là.

— L'enfoiré !

— Oui, apparemment c'est plus ou moins ce que tu lui as répété deux ou trois fois hier soir. Il m'a appelée après t'avoir déposée chez toi.

— J'arrive pas à croire qu'il ait fait ça, je grommelle. C'est pas mon fichu tuteur ou je ne sais quoi !

— Tu en aurais bien besoin, déclare la voix de ma cousine dans l'embrasure de la porte.

Je relève les yeux tandis qu'elle s'approche d'un pas tranquille.

— Oh, tu ne vas pas t'y mettre toi aussi.

Je me redresse pour lui servir sa première tasse de café.

— Je dis ça comme ça, Rox. (Louisa lève les mains, la sacoche de son ordinateur suspendue à son épaule.) Tu te crois maligne, mais tu ne l'es pas.

Je croise son regard, et mon cœur se serre quand je comprends ce qu'elle veut dire.

— S'il te plaît, dis-moi que tu n'étais pas au Bed & Breakfast vendredi soir pour ce que je crois.

— La ferme, je siffle entre mes dents tout en jetant un coup d'œil à Isla et Marie, étrangement silencieuses, puis je tends son café à Louisa. Je ne compte pas parler de ça ici.

— Ça veut dire oui. (Ma cousine soupire.) Bon sang, Rox, il faut vraiment que tu…

— Lâche-moi un peu, je réplique sèchement. Je ne suis plus une gamine.

— Tu sais qu'il n'aurait pas aimé te voir agir comme ça, intervient Selena d'une voix douce.

— Elle a raison, approuve Louisa. Cam deviendrait fou s'il te voyait.

— Alors il n'aurait pas dû monter dans la voiture en sachant que Stu était complètement bourré, non ? Il aurait dû venir avec nous.

— Tu sais que c'est injuste, rétorque Lou avec une drôle de nuance dans la voix.

— Non, ce qui est injuste, c'est qu'il soit mort. Ce qui est injuste, c'est que j'essaie de faire face et que je ne peux même pas faire mon deuil sans que tout le monde me tombe dessus à tout bout de champ.

— Tu ne fais pas ton deuil, Roxy.

— Chacun sa manière. Et ça, c'est la mienne, d'accord ? (Je la dévisage et je désigne la sacoche de son ordinateur.) Tu ne travailles pas sur ton livre ? Il ne va pas s'écrire et se publier tout seul, tu sais.

Louisa se mord l'intérieur de la joue et soupire.

— D'accord. Je m'y mets.

Elle tourne les talons et va s'asseoir à la table la plus proche du comptoir.

Je reprends inutilement mon nettoyage du comptoir, mais je sens le regard de Selena sur moi. Je me tourne pour lui faire face.

— Quoi ?

Elle sirote sa limonade.

— Elle a raison, tu sais.

Je lui jette un regard noir avant de m'approcher de la machine à café.

— Oh, arrête les lamentations, tu veux ?

— Je disais ça comme ça.

— Eh bien retiens-toi.

Ce n'est pas un problème si j'ai conscience de ce que je fais.

C'est ce que je me dis ; c'est ce qu'il faut que je me dise. Il faut bien que je me persuade que je n'ai aucun problème et que mon mécanisme de deuil ne s'est pas développé autrement. Ce n'est pas le cas. C'est impossible. L'alcool, le sexe, la consommation de drogue… *occasionnelle*… C'est une habitude, pas une addiction. Je peux vivre sans.

Sûrement…

Sa chambre est intacte. Je le sais parce que je suis la seule à en ouvrir la porte. Je suis la seule à avoir le courage d'entrer dans ce qui constituait son sanctuaire, une pièce remplie de tout ce qui faisait de Cam celui qu'il était.

Son parfum flotte encore dans l'air. Son flacon de *Davidoff* est posé sur son bureau, à moitié plein, et l'odeur musquée embaume la pièce comme si on en avait diffusé une bouffée récemment. La couverture est parfaitement tirée sur le lit et l'équivalent d'une semaine de linge est empilée sur son fauteuil. Il ne le rangeait jamais ; soit il attendait que maman finisse par céder et s'en occupe, soit il me soudoyait pour m'en charger.

Je m'assois sur son lit et je m'appuie contre le mur. Je remonte mes jambes et je passe mes bras autour de mes genoux. Je ressens le manque dans chaque cellule de mon corps. C'est un sentiment imprimé plus profondément que tout ce que j'ai jamais connu, si profond que je le sens jusque dans mes os. Les moments que je passe dans sa chambre ne font qu'aggraver les choses, mais c'est tout ce qui me reste de lui. Pour l'instant, les souvenirs ne suffisent pas encore.

J'ai besoin de me retrouver dans son univers. Entourée par son odeur, par les vêtements que je fauche en cachette quand maman n'est pas là pour ne les rapporter qu'une fois qu'ils n'ont plus son parfum. Il m'arrive encore d'appeler son téléphone pour entendre sa voix sur le répondeur. Je vérifie chaque jour sa page Facebook en quête d'un statut stupide ou d'une photo d'un chat avec une légende idiote.

Ils ne viennent jamais, bien entendu. Et c'est dur – chaque fois que je regarde la date de son dernier post, une photo de chat grincheux, mon estomac se crispe un peu plus et un peu plus douloureusement. C'est la même chose quand je regarde les baskets qu'il ne portera plus jamais ou la chemise rose qu'il avait achetée pour mon diplôme, juste pour m'énerver.

La chemise qu'il ne portera jamais. La remise de diplôme à laquelle il n'a pas pu assister.

Je tends la main sur la droite pour caresser le couvre-lit. La laine polaire bleu marine cède la place au drap d'un bleu plus clair au-dessous, et tous les deux sentent son *Davidoff* et le linge propre. Je suis stupéfaite que sa chambre ait gardé son odeur. Comme si elle non plus n'était pas prête à le laisser partir, alors qu'il n'a plus de prise sur la vie.

J'espère que son parfum ne disparaîtra jamais. J'espère que ses affaires resteront encore longtemps imprégnées de mon grand frère, mon idole, aussi longtemps que je serai là. Je sais que je la souille chaque fois que j'entre dans cette pièce, mais je ne peux pas m'en empêcher. C'est une impasse… soit je préserve ce qui me le rappelle le plus en restant à l'écart, ce qui fait perdre toute pertinence à la préservation, soit je continue d'en voler des fragments en venant ici quand je me sens seule.

L'odeur finira de toute façon par disparaître, je le sais, et c'est ce qui me pousse à revenir encore et encore. À un moment ou à un autre, le parfum à la fois frais et musqué se dissipera, alors autant m'en imprégner le plus possible tant que je le peux. En plus, j'adore cette odeur, même si je le taquinais constamment à ce sujet quand il était en vie.

Je l'avais prévenu en m'appuyant contre le chambranle de sa porte :

— Tu vas l'étouffer !

— Oh, ah-ah. Et tu es experte en matière de rencontres, si je comprends bien.

— Je n'ai pas le droit de sortir avec des garçons, Cameron. Tu te rappelles ?

Il a gloussé et s'est aspergé d'une nouvelle bouffée de parfum.

J'ai plissé le nez.

— OK, sérieusement. Elle va se noyer dans ton truc.

— Si j'arrive là où je veux, elle va se noyer dans l'Eau de Cam.

Mon frère m'a lancé un clin d'œil et j'ai fait mine de vomir.

— Tu sens la pute bon marché.

Un nouveau gloussement accompagné d'un baiser sur mon front.

— Qui te dit que je n'en suis pas une ?

Je quitte le lit et ouvre un de ses tiroirs. Ses pulls sont empilés, soigneusement pliés, et j'attrape le premier. Je l'enfile et je me regarde dans le miroir. La capuche est immense, mais je m'en fiche. Je voûte mes épaules et je fourre mon nez dans le col avec un sourire quand je reconnais *Davidoff*. Il a dû le porter juste avant de mourir et le remettre dans son tiroir.

Le petit fumier. Je savais bien qu'il était capable de ranger tout seul son fichu linge.

La maison est toujours plongée dans le silence, puisque le jeudi mon père aide ma mère au café. Je serre mon téléphone dans ma main tout en descendant l'escalier, le pouce en lévitation au-dessus de la touche de déverrouillage.

Je pourrais appeler Layla tout de suite. Je pourrais lui demander de me retrouver, de me donner ce que je veux, et ensuite je ne souffrirais plus. Je ne me sentirais plus aussi perdue sans Cam, parce que je serais perdue ailleurs.

Quelque part, loin…

On frappe à la porte au moment où je pose la main sur la poignée.

— Kyle ! je dis avec une exclamation de surprise.

Qu'est-ce qu'il fait là ? Est-ce qu'il n'a pas compris ? Je n'ai pas besoin de lui.

Ou plutôt, je ne veux pas avoir besoin de lui.

— Roxy. Je n'étais pas sûr que tu serais là. (Il se gratte l'aile du nez en me regardant avec des yeux doux.) Je peux entrer ?

Je m'écarte.

— Pas la peine de demander. Tu ne le faisais jamais avant.

— Ouais, bon. C'est plus pareil depuis qu'il n'est plus là. (Il baisse les yeux sur le pull de Cam et je serre mes bras contre moi.) Tu le portes mieux qu'il l'a jamais fait.

Je ricane et referme la porte derrière lui.

— C'est ça. On dirait que je porte une tente sur le dos.

Kyle hausse les épaules et avance dans la pièce en jetant un regard circulaire. Il ne dit rien pendant un moment, balayant du regard les différentes photos. Moi. Cam. Cam et Kyle. Cam et moi. Nous trois.

— Je voulais te parler.

— Je n'ai pas envie de t'entendre.

Je me hâte jusqu'à la cuisine.

— C'est charmant. Tu ne sais même pas de quoi je veux te parler.

— Sûrement des mêmes conneries que tous les autres.

— Ou peut-être que ça n'a rien à voir avec toi. Ça va peut-être te surprendre d'apprendre que tout ne tourne pas autour de toi, Roxanne Hugues. Même si tu as l'air de croire le contraire, achève-t-il.

Ma mâchoire tombe et je me retourne vers lui. Il est appuyé contre la porte entre la cuisine et le salon, les mains enfoncées dans les poches, et ses cheveux retombent librement sur son front.

— Waouh, je ne me souvenais pas que t'étais aussi con quand t'es parti l'été dernier, je réplique en masquant la véritable portée de ses mots sur moi.

— Et je ne me souviens pas que t'étais une telle garce, alors j'imagine qu'on est sur un pied d'égalité.

Je pointe mon pouce en direction de la porte.

— Tu connais la sortie.

Kyle ne bouge pas. Il penche la tête sur le côté pour m'observer.

— Tu es mignonne.

— Pardon ?

— J'ai dit : tu es mignonne.

— J'ai entendu. (Je relève ma mâchoire.) « Pardon » voulait dire : qu'est-ce qui te prend ?

— Je sais.

Cet enfoiré sourit. Bon sang, il *sourit.*

— Qu'est-ce qu'il y a de drôle ?

— Tu ne veux vraiment, vraiment pas que je te réponde.

Je le regarde froidement en essayant d'ignorer les torsions dans mon ventre. Sa façon de sourire… Je l'ai vu le faire des milliers de fois et l'effet reste le même. Espiègle et attachant et agaçant, tout ça à la fois.

— Je voudrais t'arracher ton sourire, je dis.

Mensonge.

— Vraiment ? Parce que moi j'aimerais que quelqu'un t'en colle un sur le visage.

— J'y arriverais peut-être si tu arrêtais de venir ici pour me parler comme si j'étais de la merde.

Kyle rit.

— C'est ça. On dirait que tu as oublié qui a commencé ?

J'ouvre la bouche et je m'arrête. Ah oui. C'est moi…

— Exactement.

Il s'écarte de la porte et traverse la cuisine d'un pas ferme et décidé. Je ne le quitte pas des yeux quand il s'approche et appuie sa hanche contre le comptoir.

— Tu sais, ce n'est pas parce que je veux te parler que je veux nécessairement te parler de toi, reprend-il.

— C'est la principale raison des autres quand ils viennent me parler, ces derniers temps.

— Et la faute à qui ? (Il lève un sourcil.) Je suis rentré il y a quatre jours et, même moi, je peux voir que tu as besoin d'un sacré sermon.

— Hé…

— Mais ce n'est pas de ça que je veux parler.

Je plisse les yeux et je fourre mes mains dans la poche avant du pull de Cam.

— De quoi, alors ?

— De Cam.

Je secoue la tête.

— Si.

— Non. (Je m'éloigne de lui.) Je ne peux pas...

— Tu n'as peut-être pas besoin de moi, mais peut-être que moi j'ai besoin de toi, pour ça.

Ses paroles me figent net.

— Pourquoi ? Tu pourrais en parler avec Si, ou Ben, ou même Lewis. Pourquoi moi ?

— Parce que. (Il s'interrompt et pousse un profond soupir.) Parce que personne ne connaissait Cam comme toi, Rox. Personne ne peut comprendre à quel point c'est dur d'être là sans lui. Sauf toi.

Je ferme les yeux et j'ouvre la porte d'entrée.

— Je suis désolée, je murmure. Je ne peux pas t'aider.

— Bon sang, Roxy. (Ses pieds martèlent le sol stratifié et je sens un souffle d'air quand il s'arrête devant moi. Il prend une mèche de mes cheveux et l'entortille autour de son doigt.) Ce n'est même plus de l'entêtement, à ce niveau-là. J'ai besoin de parler de lui, d'accord ? J'ai besoin de me souvenir de lui avec quelqu'un qui l'aimait encore plus que moi. Sans lui... je me sens perdu. Complètement largué.

Je rouvre les yeux. Son visage est à quelques centimètres du mien, son regard rivé sur moi. Je déglutis. Notre proximité accélère les battements de mon cœur, et la douleur brute dans sa voix me transperce jusqu'aux os.

— Je ne suis pas prête à parler de lui.

— Ça fait six mois.

— Et alors ? (Je retire sa main de mes cheveux.) Je le sais. Mais ça ne veut pas dire pour autant que j'ai envie de parler de lui, Kyle. Tu dois le comprendre.

Il sourit tristement.

— C'est bien ça ton problème.

— Je n'ai pas de problème.

— Oh si, tu en as plusieurs. (Son rire est aussi désespéré que son sourire est triste.) Tu es seulement trop occupée à te cacher derrière tout ce que tu t'infliges à toi-même pour en prendre conscience.

— Tu as dit que tu ne voulais pas parler de ça.

— J'ai dit que je ne voulais pas. Pas que je n'allais pas le faire.

— Enfoiré.

— Tu n'as que ce mot à la bouche. (Il s'éloigne de la maison, ses clés suspendues au bout de ses doigts.) Je ne laisserai pas tomber, Roxy.

— Laisser tomber quoi ?

Je fronce les sourcils.

— Essayer de te faire parler de lui. Tu en as besoin autant que moi. La seule différence, c'est que moi je suis capable de l'admettre.

— Kyle…

— Iz revient dans quelques jours. Elle voulait que tu le saches.

Après avoir mentionné sa sœur, il monte dans sa voiture, m'adresse un signe de la main et fait marche arrière. Je le suis des yeux jusqu'à la route. Je sors mon téléphone, qui semble peser lourd dans ma poche. Je fais défiler les numéros jusqu'à celui de Layla et j'hésite un instant.

Une grosse larme roule sur ma joue. J'appuie sur la touche. Cette conversation m'a mise à cran et a rouvert ma plaie déjà béante. La réalité me frappe de plein fouet ; je ne suis plus la personne que j'étais avant, et Kyle non plus. On a tous les deux grandi et été transformés par la mort de la personne qui nous liait.

Je compose le numéro de Layla et j'accepte la vérité.

Le jour où j'ai perdu Cam, j'ai aussi perdu Kyle.

Chapitre 4

Kyle

— Qu'est-ce que tu fais là ? demande Roxy quand je passe la porte du café.

— Ton service au client mériterait quelques améliorations, je réponds en m'asseyant sur un tabouret au comptoir.

— Je suis désolée. (Elle m'adresse un sourire doux.) Qu'est-ce que je te sers ?

— Un café.

— Dans une tasse ou directement sur ton visage ?

— Sur le tien, si possible.

Elle pince les lèvres et se tourne vers la machine. Sa queue-de-cheval oscille au-dessus de ses épaules et expose la courbe de sa nuque. Je plisse les yeux.

— Tu devrais relâcher tes cheveux.

— Quoi ? Pourquoi ? La queue-de-cheval, c'est trop immoral ? aboie-t-elle.

— Non, mais le petit suçon sur la nuque que tu n'as manifestement pas remarqué, oui.

Elle plaque la main dans son cou.

— Tu plaisantes ? fait-elle en se retournant lentement vers moi.

Si mon regard est aussi dur que ma mâchoire est serrée, elle ne devrait même pas avoir à poser la question.

— Est-ce que j'en ai l'air ? Couvre-moi ce fichu machin, Rox.

— Je ne peux pas lâcher mes cheveux.

— N'importe quoi. Selena ne les attache jamais quand elle travaille. (Je désigne ses cheveux d'un petit coup de menton.) Lâche-les.

— Va te faire foutre.

Je bondis à bas de mon tabouret et contourne le comptoir. Je retire son élastique d'un geste prompt et ses cheveux tombent en cascade sur ses épaules.

— Kyle ! (Elle fait volte-face et me dévisage, les yeux écarquillés.) Rends-moi ça !

— Non.

— Si !

Je lui fais une grimace et fourre l'élastique à l'avant de mon pantalon.

— Tu le veux toujours ?

Elle se fige.

— Tu n'es plus un gamin. Ne sois pas stupide.

Je pose mes coudes sur le comptoir et je me penche vers elle.

— Et toi, tu n'es pas une pute, alors ne sois pas stupide.

— Encore une fois, ça ne te regarde pas.

— Ça me regarde, si quelqu'un essaie de te manger le cou chaque fois que tu baisses ta culotte.

— Aïe. Surtout, sois franc, ne te gêne pas.

— Il faut bien que quelqu'un le fasse.

— Qu'est-ce qu'il y a ? (Elle se penche à son tour par-dessus le comptoir, son visage au même niveau que le mien, les lèvres retroussées.) Est-ce que personne ne te demande de baisser ton pantalon ?

Je m'approche encore et je penche légèrement la tête sur le côté.

— Rox, si quelqu'un me faisait baisser mon pantalon, tu l'entendrais à travers toute la ville.

— Sûrement parce que la fille te hurlerait de la laisser tranquille.

— Faux. Tu l'entendrais parce qu'elle me supplierait de continuer, tu peux en être certaine.

Elle déglutit et se raidit.

— Tu mériterais vraiment que quelqu'un te colle son poing dans la figure, tu le sais, ça ?

— Et toi tu en mériterais plusieurs, je réplique en riant.

— Tu es hilarant, lâche-t-elle. Tu n'as pas mieux à faire, là ?

Je me rassois sur mon tabouret.

— Pas vraiment. Et j'attends toujours mon café, d'ailleurs.

Elle fait claquer sa langue, soupire et se tourne de nouveau vers la machine. Ses cheveux noirs retombent dans son dos. Je parcours son corps des yeux.

Même dans sa tenue de travail, je devine toutes ses courbes, sa taille et ses hanches, ses fesses et ses cuisses. Je ne devrais pas la regarder de cette façon, mais bon sang !

Je suis incapable de retenir le trouble qui s'empare de tout mon corps. Il faudrait être aveugle pour ne pas être attiré par elle et, chaque fois qu'elle ouvre la bouche pour m'incendier, ça devient de plus en plus dur de ne pas la faire taire avec la mienne.

— Tiens, dit-elle en posant mon café devant moi.

— Merci.

Je soulève ma tasse en lui souriant. Roxy se fige une seconde, ses yeux bleus rivés sur moi.

— Comment tu fais ça ?

— Faire quoi ?

— Ça. (Elle agite ses bras.) Te comporter comme un véritable connard et me sortir ton numéro de charme l'instant après ?

— C'est un de mes talents. Je suis né avec, Rox.

— Ah oui ? Et ça marche bien pour toi ?

— Tu veux le savoir ?

Je hausse les sourcils tandis que la porte s'ouvre et que Mia, une fille qui était avec nous à l'école, entre dans le café.

— Avec elle ? Vraiment ? siffle Roxy.

— Prépare-toi pour une petite leçon de séduction. (Je lui lance un clin d'œil et me retourne vers Mia.) Hé, salut Mia. Comment ça va ?

Elle s'arrête à côté de moi et rejette ses cheveux bruns derrière son épaule.

— Ça va, Kyle. Et toi ?

— Mieux depuis que tu es là. (Je parcours son corps d'un regard appréciateur. Elle n'arrive pas à la cheville de Roxy, mais elle est tout de même correcte.) On dirait que la Floride te réussit. C'est bien là-bas ?

— Oui. (Elle s'appuie contre le comptoir en souriant.) Salut, Roxy, je peux avoir deux cafés à emporter ?

— Bien sûr, répond Roxy, tendue.

Je jette un sourire sexy à Mia. Elle cligne des yeux et prend une profonde inspiration. Je me penche vers elle.

— Hé, qu'est-ce que tu fais demain soir ? je lui demande. Qu'est-ce que tu dirais de… (Je jette un coup d'œil furtif à sa poitrine.)… rattraper le temps perdu ?

Elle passe sa langue sur sa lèvre inférieure.

— Rien que je ne peux pas annuler. Rattraper le temps perdu, ça me tente bien.

— On se retrouve ici vers sept heures ?

— Parfait. (Elle récupère ses deux cafés et dépose un billet de cinq dollars.) On se voit demain, Kyle.

— Et comment.

Je lui adresse mon fameux sourire et elle m'imite, comme une petite fille, en quittant le café. Elle se retourne une dernière fois avant de disparaître au coin et agite légèrement la main.

Je regarde Roxy. Elle observe la porte d'un œil noir et impitoyable.

— Voilà, Roxy, comment ça marche pour moi.

— Elle ne te plaît même pas, me jette-t-elle. Tu n'as fait ça que pour prouver quelque chose.

— Et alors ? (Je hausse un sourcil, je me lève et je dépose un billet sur celui de Mia.) Comme tu l'as dit, personne d'autre ici n'essaie de s'attirer mes faveurs. À plus.

Elle me suit de son regard brûlant quand je sors du café jusqu'à ce que je disparaisse de sa vue et, même ensuite, j'ai l'impression de le sentir encore sur moi.

Elle a tellement raison. Je n'ai proposé à Mia de sortir que pour prouver quelque chose – quoi que ce soit. Sauf que ça s'est un peu retourné contre moi.

Maintenant, je me retrouve coincé avec un rencard qui ne m'intéresse pas. Et un élastique dans le pantalon.

Merde.

— Il faut que tu m'aides, je dis dans le combiné.

— Qu'est-ce que t'as fait cette fois ? soupire ma sœur.

— J'aimerais pouvoir te répondre « rien », mais je ne peux pas. (Je marque une pause.) Comment on annule un rencard ?

Iz éclate de rire.

— Est-ce que la plupart des mecs n'essaient pas d'obtenir un rencard plutôt que de l'annuler ?

— Si tu veux. Mais je ne suis pas la plupart des mecs. Allez, dis-moi.

— Je ne sais pas, Kyle, désolée. Ça ne m'est jamais arrivé. Bizarrement, figure-toi que je n'accepte que ceux dont j'ai envie. (Ses mots sont teintés d'ironie.) En fait, pourquoi tu veux échapper à un rencard ?

— Peu importe, je réponds rapidement. Quelle est la manière la plus douce de laisser tomber une fille ?

Elle ne répond pas.

— Allô ? Iz ?

— Je suis partagée entre deux envies : insister pour que tu m'expliques et te dire qu'il n'y a pas de manière douce de laisser tomber une fille. (Elle grogne.) Et j'essaie de faire mes bagages, là. De fermer cette fichue… satanée… valise… C'est impossible !

Elle prononce ces derniers mots les dents serrées, et je l'imagine en train de s'asseoir sur sa valise en tenant son téléphone d'une main tandis qu'elle cherche la fermeture Éclair de l'autre.

Je glousse.

— Peut-être que tu devrais arrêter d'acheter autant de vêtements.

— Peut-être que tu devrais la fermer… Et merde. La glissière s'est cassée.

— Comment est-ce que tu peux seulement t'offrir autant de fringues ?

— On appelle ça avoir un travail. Tu devrais essayer, un jour, réplique-t-elle d'un ton sarcastique. Fichue valise, murmure-t-elle ensuite.

— Bon sang, tu me fais rire. Alors tu ne peux pas m'aider ?

— Non, désolée.

— C'est agréable de savoir que je viens de perdre dix minutes de ma vie. (Nouveau grognement étouffé dans le téléphone.) Je vais te laisser finir d'emballer ta garde-robe de princesse.

— Attends ! Tu viens toujours me chercher à l'aéroport, dis ?

— Oui, Iz. Je dois y aller. Essaie de ne pas casser d'autre valise.

— Imbécile ! lance-t-elle avant de raccrocher.

Je pousse un soupir et je me rallonge sur mon lit. Quel intérêt d'avoir une sœur – qui est célibataire et fréquente activement d'autres garçons – si elle est incapable de me dire comment planter une fille en douceur ?

Tout ce qui me reste à faire, c'est d'autres projets. Ensuite, appeler Mia pour lui dire que j'ai un engagement très important. Crédible ? Oui. Gentil ? Plus ou moins... Aussi gentil que je pense pouvoir l'être. Je pourrais mentir au sujet d'autres projets... mais ça ferait de moi un salaud. Exactement comme de prévoir un rencard uniquement pour énerver Roxy...

Bon. D'accord. Il faut que je trouve rapidement une excuse bidon, étant donné qu'il est déjà quatre heures et que, si je ne l'appelle pas très vite, je serai bel et bien obligé de sortir avec elle.

La sonnette de l'entrée retentit tandis que je me creuse les méninges. Merde. Je peux peut-être lui dire que je dois aider mon père et espérer qu'elle ne soit pas du genre à poser trop de questions.

De qui je me moque ? C'est une fille.

Je descends l'escalier et j'ouvre la porte à...

— Roxy.

— On peut parler ? (Elle me regarde et rentre avant de me laisser le temps de répondre.) Fabuleux.

Je hausse les sourcils tandis qu'elle se faufile dans le salon.

— Bien sûr, Roxy. Entre et installe-toi.

Ses yeux me lancent des éclairs.

— Pourquoi est-ce que tu tiens autant à me traiter comme une gamine ?

— Et c'est reparti. Pour de vrai ? (Je referme la porte et je m'approche d'elle.) D'une, je ne te traite pas comme une gamine et, de deux, je ne fais que m'assurer que tu ne t'attires pas de gros ennuis.

— C'est ça, réplique-t-elle d'une voix tendue. Comme Cam l'aurait fait ?

— Oui.

Plus ou moins.

— Mais en moins fraternel et en beaucoup plus mesquin.

CHAPITRE 5

ROXY

Kyle s'arrête à quelques centimètres de moi.

— Tu… quoi ?

— Tu as bien entendu. (Je pose les mains sur mes hanches et je le dévisage.) Proposer un rencard à Mia juste pour me prouver quelque chose d'inutile et de superflu ? Joli.

— Qui a dit que c'était pour te prouver quelque chose ?

— Ce n'est certainement pas parce qu'elle te plaît. Tu ne lui as jamais adressé la parole en cours.

— Qu'est-ce que tu en sais ?

Je hausse un sourcil.

— Elle était dans la moitié de nos cours et, un jour, je suis passée à côté d'elle avec Lucy. Elle se plaignait que tu sois aussi « sexy » et que tu ne lui adresses pratiquement pas la parole parce que tu étais plus grand. Et, une autre fois, elle a failli faire dans sa culotte quand tu lui as dit « merci » parce qu'elle t'avait prêté un stylo.

Il sourit et fourre ses mains dans ses poches.

— Vraiment ?

— Argh ! Tu es tellement… cliché !

Je me laisse tomber sur le canapé.

— C'est arrivé pourtant, hein ?

Je saisis un coussin et je le jette dans sa direction.

— Tu ne sors avec elle que parce que tu voulais me montrer ton numéro de charme. J'ai pigé.

Kyle s'assoit à côté de moi et me colle le coussin sur le visage. Je lui donne une tape sur le bras et je serre le coussin contre moi.

— Dis-le, demande-t-il avec un petit sourire.

— Quoi ?

— Dis-le : « Kyle a un extraordinaire pouvoir de séduction et pourrait faire mouiller sa culotte à une bonne sœur. »

Mes lèvres tressaillent malgré moi.

— Tu es sérieux ?

— Dis-le. (Il fait mine de froncer les sourcils.) Et j'annule mon rencard avec Mia.

Qu'il aille au diable !

— Je me fiche pas mal que tu sortes avec Barbie la Bimbo.

— Oh, c'est qu'on est susceptible ! Mais je ne te crois pas.

Je ne me crois pas non plus.

— Bref.

Il glisse sur le canapé et passe un doigt le long de mon bras. Je suis parcourue d'un frisson, mais je repousse Kyle.

— Laisse-moi, je murmure. Je ne le dirai pas.

Un sourire étire ses lèvres, celui qui me ramollit les genoux, et avant que je ne puisse réagir, il m'attrape par la taille. Je pousse un petit cri quand il se met à me chatouiller. Je retombe en arrière, à moitié hilare, et je le supplie d'arrêter.

— Kyle, Kyle… Kyle ! je hurle entre deux gloussements tout en me laissant tomber au bas du canapé.

— Dis-le, répète-t-il, lui aussi secoué de rires.

Un aboiement retentit dans le salon et je me retrouve avec un terrier collé sur le visage.

— Filou ! je m'écrie en fourrant mon visage dans le coussin. Va-t'en, stupide animal !

— Hé, parle pas comme ça à mon pote.

Kyle reprend ses chatouilles et Filou continue d'aboyer. Il bondit loin de moi quand je me mets à donner des coups de pied à Kyle.

— Arrête, je le supplie avec une crampe au ventre.

J'ai besoin de reprendre mon souffle.

— Dis-le, répète Kyle une nouvelle fois.

— On dirait un disque rayé, je marmonne avant de relever la tête vers lui.

Et je réalise qu'il est allongé sur moi, ses mains sur mes côtes, son visage à quelques centimètres du mien. La tension dans mon ventre se transforme en vague de chaleur qui balaie tout mon être.

Je sens le poids de son corps entier sur moi. Je sens chacun de ses muscles et le soulèvement de sa poitrine contre mon flanc. Ma peau me picote chaque fois que son souffle chaud effleure mon cou.

— Dis-le, murmure-t-il de nouveau. Dis que je suis un dieu de la séduction et je te laisse.

La tentation de ne rien dire du tout est presque trop forte, mais mon cerveau est plus intelligent que mon corps et ma bouche forme les mots :

— Moi, Roxy Hugues, j'admets que Kyle Daniels est un véritable dieu de la séduction, capable d'ensorceler un couvent tout entier et de faire frémir les nonnes sous leur ceinture de chasteté.

Kyle sourit et le coin de ses yeux se plisse. L'étincelle d'espièglerie et de joie qui brille à l'intérieur semble me railler et me donne envie de plus. Tellement plus…

Il sort son téléphone de sa poche.

— Ça y est. Rencard annulé.

— Tu as annulé par texto ? Pauvre type.

Je retiens un sourire et je n'ai que trop conscience qu'il ne s'est pas encore relevé.

— Elle s'en remettra.

Il me fait un clin d'œil.

J'essaie de le pousser.

— Allez, relève-toi, idiot.

— Je vois que les hostilités ont repris.

Il se redresse lentement sans me quitter des yeux.

— Oui, c'est le seul moyen de gérer les mecs qui annulent leurs rencards par texto.

Je lutte pour réprimer mon sourire et je me relève, en faisant une pause pour gratter Filou derrière les oreilles.

— Où tu vas ?

— Heu, chez moi, je réponds en haussant un sourcil. Ma mission ici est accomplie.

C'est-à-dire que j'ai réussi à te faire annuler ton rendez-vous avec Barbie la Bimbo sans passer pour une jalouse hystérique.

— Heu, non, je ne crois pas.

Kyle m'attrape par les mains et m'attire de nouveau sur le canapé. Je retombe et mes jambes atterrissent sur ses genoux. Il pose ses mains dessus pour m'empêcher de bouger.

— Pourquoi ?

— Tu m'as fait annuler mon rendez-vous. Maintenant, tu dois me distraire pour le reste de la journée.

Je pense à une multitude de façons dont je pourrais te distraire…

Je ne dois pas oublier qu'il s'agit de Kyle. Et non pas d'un type choisi au hasard dans une soirée. On ne dépassera jamais le stade du flirt… Bon sang, ce n'est sûrement même pas du flirt, c'est juste de la rigolade, malgré la mollesse de mes genoux et les picotements sur ma peau.

— Te distraire comment ?

Filou saute sur mes genoux et se roule en boule. Je souris et je lui caresse la tête.

— Cet idiot de chien se prend encore pour un bébé, murmure Kyle.

— Je croyais qu'il ne fallait pas lui parler comme ça.

— C'est mon chien, moi je peux faire ce que je veux.

J'enfonce mes talons dans ses cuisses et il m'attrape le pied. Je lui fais une grimace.

— Ne sois pas méchant avec Filou. (Le chien lève sa tête vers moi et je me penche vers lui.) Ouh qu'il est vilain, oh oui, je roucoule en lui frottant les oreilles – et Filou halète.

— Il en pince tellement pour toi que c'est troublant, dit Kyle en lui tapotant le dos.

— Il a bon goût, je murmure.

Contrairement à d'autres.

Il grommelle quelque chose dans sa barbe.

— Tu te souviens quand tu as eu Filou ? je lui demande.

Kyle laisse échapper un petit rire.

— Comment oublier ? Il devait avoir six mois environ, c'est ça ?

— Et il avait une profonde attirance pour moi.

— Pas pour toi. Pour ta jambe, dit-il en me tapotant le tibia.

— Cam, moi aussi je veux un chiot !

J'avais levé de grands yeux vers lui.

— Rox, on ne peut pas prendre un chiot. Le chat le dévorerait.

— Le chat va bientôt mourir. Je m'en fiche. (J'ai reposé le chiot.) Je veux un chien.

— Pourquoi tu me demandes ça à moi ? Ce n'est pas moi qui décide.

— Pour que tu puisses convaincre ta mère, évidemment, est intervenu Kyle en levant les yeux au ciel.

— Exactement. (J'ai fait la moue.) S'il te plaît, Cam !

Mon frère a soupiré et penché la tête en arrière.

— Quatorze ans et toujours la même manière de procéder qu'à cinq. Bon sang, Roxy, je demanderai à maman quand on rentrera, d'accord ?

— Génial !

J'ai frappé dans mes mains et je me suis figée quand j'ai senti quelque chose sur ma jambe. Filou s'y collait en la serrant entre ses pattes avant et il se frottait comme un fou furieux.

— Oh, mon Dieu ! Qu'est-ce qu'il fait ?

J'ai crié en secouant ma jambe pour me débarrasser de lui.

— Non, ne… s'est exclamé Kyle entre deux éclats de rire. Bouge pas.

J'ai regardé Cam. Il était appuyé contre le mur, plié en deux.

— Enlève-le ! Cam ! Enlève-le !

Aucun des deux, paralysés par le fou rire, n'était capable de bouger, et j'ai dû repousser le chien moi-même.

— Cam ? ai-je dit une fois qu'ils s'étaient calmés.

— Oui, Roxy ?

— Je ne veux plus de chien.

C'est à ce moment-là. Même si je les détestais tous les deux, c'est à ce moment-là que mon cœur d'adolescente de quatorze ans a développé un béguin pour le garçon assis à côté de moi. Peut-être à cause de son sourire. Ou de l'éclat dans ses yeux quand il m'a regardée. Ou encore de son rire.

C'est peut-être le mélange de tous ces éléments qui a fait naître des papillons hyperactifs dans mon ventre.

— Tu aurais dû l'enlever de ma jambe, tu sais.

Kyle éclate d'un rire joyeux.

— Je sais, Rox. Mais c'était à se tordre de rire. La tête que tu faisais… (Il sourit d'un air moqueur.) Tu étais complètement horrifiée.

— Bien sûr que oui ! Ma première expérience avec l'univers du sexe s'est produite entre ma jambe et ton chien.

— T'entends ça, bonhomme ? (Il tire sur une oreille de Filou.) Peut-être que tu aurais dû demander l'autorisation avant.

— Exactement. Parce que j'aurais accepté, bien sûr. (Je lève les yeux au ciel.) J'espère qu'il sait que je ne lui ai toujours pas pardonné.

Filou relève la tête, me renifle et descend du canapé. Je hausse les sourcils en le regardant trottiner vers la cuisine.

— Susceptible, je murmure.

— Il passe trop de temps avec Iz quand elle est à la maison, explique Kyle.

On échange un sourire, puis je baisse les yeux.

— Je devrais y aller, maintenant.

— Pourquoi ? Tu as un rendez-vous galant ?

— Oh oui, je réplique sèchement. Les rendez-vous galants, c'est tout à fait mon truc.

— Oh, c'est qu'on est vraiment susceptible.

— Va te faire voir. (Incapable de dissimuler mon amusement, je lui donne un petit coup dans le bras.) Non, mais j'imagine que tu as mieux à faire que de passer la soirée avec moi.

— Tu sembles avoir oublié que tu m'as fait annuler mon rencard…

— Faux rencard.

— Si tu veux. Je n'ai rien de prévu. Alors ramène tes fesses dans ma cuisine, fais-moi du popcorn et regarde un film avec moi.

Comme on le faisait quand Cam était encore en vie. C'était leur truc, depuis environ l'âge de sept ans : les vendredis soir à la maison devant un film. Bien sûr, les films ont évolué et on est passés de *Pokemon* à *Rocky* et *Die Hard*, mais c'était leur petite routine.

Jusqu'à ce que je m'incruste. Je ne le faisais que pour les embêter, mais c'était amusant. J'ai commencé à le faire tous les week-ends, jusqu'à ce que ça devienne normal. Et c'était toujours, toujours moi qui préparais le popcorn.

Je déglutis tandis que Kyle me fait lever et me pousse jusqu'à la cuisine. Je m'arrête sur le pas de la porte et je lui jette un coup d'œil par-dessus mon épaule.

— Je ne…

Je prends une profonde inspiration. Il en a plus besoin que moi et, si ça peut le rendre heureux, je vais ravaler le nœud dans ma gorge et le faire. Je ne suis plus celle que j'étais, mais j'éprouve toujours les mêmes choses. Je ferais toujours n'importe quoi pour amener un sourire sur ses lèvres.

— D'accord. Qu'est-ce qu'on regarde ?

Un sourire illumine lentement son visage.

— *Ocean's Eleven.*

George Clooney et Brad Pitt.

Les deux personnes à qui je ne peux rien refuser.

Qu'il aille au diable.

Chapitre 6
KYLE

Je lance le ballon contre le mur et je le rattrape. À chaque rebond, je pense à un mot différent, n'importe quel mot, pour essayer de chasser une certaine beauté aux cheveux noir corbeau de mes pensées.

Ça ne fonctionne pas. Chaque mot la concerne : têtue, ignorante, perdue, coupable, Roxy, Roxy, Roxy.

Depuis mon retour, on s'est chamaillés chaque fois qu'on s'est vus. Elle me met en boule, que ce soit par sa façon de parler ou par son comportement, et je ne suis même pas sûr d'y voir un rapport avec ma promesse faite à Cam. Le sentiment de vouloir la protéger uniquement dans mon intérêt et d'être un peu jaloux des types auxquels elle accorde autant d'attention ne cesse de grandir en moi. C'est comme si je ne pouvais m'empêcher de me disputer avec elle, et je ne me suis jamais senti aussi déboussolé auparavant.

C'est la sœur de Cam, bon sang ! Quand je la regarde, je devrais chercher un moyen de la pousser à changer d'état d'esprit, et non pas la faire sortir de ses gonds et me demander l'effet que feraient ses lèvres sur les miennes. Je ne devrais pas me demander si elles sont aussi exquises qu'elles en ont l'air ou si elles sont aussi douces que Roxy l'est toujours au fond d'elle.

Questions que je n'ai cessé de me poser hier.

Je ne comprends pas pourquoi elle s'est pointée chez moi pour me demander d'annuler Mia. Je l'ai rarement vue aussi furax – en considérant que c'est son humeur générale depuis mon retour, et encore c'était différent. Elle avait une flamme en elle qui allumait quelque chose en moi.

Sa proximité et notre bonne entente, qui est devenue si rare ces derniers temps, n'ont fait qu'alimenter ma démence. Mes mains sur son corps. Son rire dans mes oreilles. Nos lèvres si proches. Si c'était une autre fille, si elle méritait rien de moins que mon respect le plus total, je n'aurais pas laissé le moindre centimètre entre nos deux corps.

Soudain, Ben apparaît dans mon jardin.

— Tu y vas ? demande-t-il.

— Bien sûr que oui, répond Si. Selena est au courant.

— Aller où ?

Je rattrape le ballon et je les regarde.

— À Portland, répond Ben en levant la main.

— Qu'est-ce que vous allez faire à Portland ? je demande en lançant le ballon à Ben.

Comme si j'avais besoin de poser la question.

— On va à Portland parce qu'il y a une fichue fête là-bas ce soir, et Roxy et Selena y vont. Qu'est-ce qu'on irait foutre là-bas, sinon ?

Si serre les dents et récupère le ballon des mains de Ben. Il le jette violemment par terre.

Je sens mes muscles se crisper.

— Amuse-toi bien, mec.

— Compte sur moi. Mais tu viens avec moi.

— Pardon ?

— Je ne peux pas garder les fesses en feu de Roxy sous contrôle, Kyle, tu le sais, grommelle Si. Tu es le seul à en être capable.

— Je n'ai pas l'intention d'aller à Portland. Merde, chaque fois que je m'approche d'elle, on finit par se disputer. Je ne compte pas lui donner une nouvelle raison de me rembarrer ce soir. En plus... (Je m'appuie contre le mur.)... elle est persuadée de ne rien faire de mal, donc de toute façon elle ne m'écoutera pas.

Ben éclate de rire.

— Tout ce que tu redoutes, c'est de la voir partir avec un autre mec.

— Bien sûr que oui ! Et je n'ai pas vraiment envie de coller mon poing dans la figure d'un type parce qu'il a dépassé les limites avec elle. (Parce que c'est une limite qui m'est interdite.) Elles passent la nuit là-bas ?

— Sûrement pas. Je les conduis et je les ramène ! (Si a un petit sourire narquois.) Elles ont un couvre-feu.

Ben et moi éclatons tous les deux de rire.

— T'es sérieux ? bredouille Ben.

— Pour qui tu me prends ? Évidemment que je suis sérieux ! (Si lui jette le ballon contre la poitrine et Ben le rattrape.) Je ne vais pas traîner là-bas plus qu'il ne faut – j'ai pas envie de me faire arrêter par les flics pour une soirée interdite aux mineurs. Elles veulent y être pour neuf heures, mais, ce qu'elles ne savent pas, c'est qu'elles repartiront à onze heures.

— Laisse-moi résumer, j'interviens, un demi-sourire aux lèvres. Tu fais une heure de voiture aller, une heure retour, pour rester deux heures sur place ?

— Ouais. (Il rattrape le ballon que lui lance Ben.) Roxy n'a pas besoin de davantage de mauvaise influence ou de sales cons de la ville pour lui donner des idées. Et, si je dois faire comme toi et jouer la carte du petit copain ce soir, j'hésiterai pas.

Je grogne.

— Contente-toi de tenir ces connards à l'écart de Roxy.

— Tu n'as qu'à y aller et le faire toi-même, rétorque Ben. Épargne ça à Si.

— Si j'y vais ce soir, je serai incapable de me lever à six heures du matin demain pour sortir Roxy de son lit.

C'est au tour de Si de rire.

— Tu vas réveiller Roxy à six heures du matin ? Tu vas t'amuser, mec.

— Ravi que ça te fasse rire, ducon, mais c'est bien ce que je compte faire. Crois-moi.

— Je ne comprends pas ce que tu fous chez moi à six heures du matin.

Je suis appuyé contre la porte, un sourire au coin des lèvres.

— Oh, quel joli petit rayon de soleil par une journée nuageuse.

Roxy me regarde fixement.

— Je préférerais être le coup de foudre qui s'abat sur ta tête pour m'avoir réveillée aussi tôt.

— Oh, je sens que tu vas être un vrai boute-en-train aujourd'hui.

— Qui dit que je vais faire quoi que ce soit avec toi aujourd'hui ? (Elle renifle.) D'abord, c'est le milieu de la nuit, bon sang ! Et ensuite, peut-être que je travaille.

— Mais tu ne travailles pas.

— Tu n'en sais rien.

Je souris.

— Si. Je suis passé au café hier pour poser la question à ta mère.

— J'ai peut-être des choses à faire.

— Mais c'est pas le cas, je répète. Allez, Rox. Arrête de faire la difficile et va te préparer.

— De faire la difficile ? (Elle ouvre grande la porte et rentre à l'intérieur. Je lui emboîte le pas.) Tu débarques à une heure qui devrait être interdite par la loi, et c'est moi que tu accuses de faire la difficile ?

Elle souffle bruyamment, pour mon plus vif amusement, et monte l'escalier d'un pas lourd.

— Eh ben, moi qui croyais que tu avais dix-huit ans et pas dix-huit *mois* !

— Va te faire voir, Kyle !

Je la suis des yeux un instant, hésitant entre l'envie de secouer la tête, celle de soupirer et celle d'éclater de rire. Je choisis le rire et je me dirige vers la cuisine. Ray est assis à la grande table en chêne qui trône au milieu de la pièce et sirote une tasse de café. Il sourit. Quand il croise mon regard, je hausse les épaules et je m'installe à côté de lui.

— C'est trop facile, je murmure.

Il hoche la tête en signe d'assentiment.

— Oui, quand tu as le courage de ne pas rentrer dans son petit jeu.

Je ricane faiblement.

— Je ne suis jamais rentré dans son jeu, et je ne vais pas commencer maintenant juste parce qu'elle traverse une période difficile. Et les autres du groupe aussi. Je ne compte pas la traiter comme une princesse, à moins qu'elle ne se comporte comme telle plutôt que comme une sale gosse.

— Fiston, je suis ravi que tu sois de retour. (Ray glousse d'un air triste.) Personne n'a fait ça depuis la mort de Cam. Je pense qu'on s'est montrés un peu trop indulgents avec elle.

— Hé, je dis en me penchant par-dessus la table pour baisser son journal, personne ne vous tient pour responsables de son comportement, d'accord ? Elle fait ses propres choix et décide de sa propre conduite, pas vous ni Myra. Elle sait exactement ce qu'elle fait.

Il sourit, mais la lueur de tristesse au fond de ses yeux ne fait que s'intensifier. La peine et la culpabilité qui émanent de lui sont presque palpables, tout comme sa résignation. Comme s'il avait abandonné l'idée d'aider Roxy à changer. Comme s'il avait fait tout ce qui était en son pouvoir et qu'il n'y avait plus rien à tenter. Comme s'il était sur le point de céder sous le poids des six derniers mois.

— Oh, je le sais bien, fiston, mais ça ne m'empêche pas de me demander si j'aurais pu faire plus. J'aurais dû la protéger de la voie qu'elle emprunte en ce moment. Cam aurait détesté la voir comme ça.

Tandis que nous méditons sur la véracité de ses paroles, le silence s'étire pendant un moment, uniquement rompu par le tic-tac de l'horloge et les bruits de pas étouffés de Roxy à l'étage. Une porte claque et chasse le poids qui alourdit l'atmosphère.

— C'est pour ça que je suis là, je reprends doucement. Selena a beau avoir essayé, elle n'a aucune fermeté à l'égard de Roxy ; elle est trop douce pour les manières dures et décidées de Roxy, et tous les autres sont trop contents d'être d'accord avec elle et de ne pas la contredire. C'est le problème avec sa classe : ils sont tous comme des petits moutons qui cherchent à suivre quelqu'un et, en ce moment, cette personne c'est Roxy.

— Tu as fini de parler de moi quand je ne suis pas là ?

La fille en question apparaît sur le seuil, ses cheveux relevés en queue-de-cheval. Elle rentre ses mains dans les manches trop longues de son pull et croise les bras sur sa poitrine.

— T'en as pas marre de cette attitude ? Ou bien tu vas garder ton balai dans le cul encore longtemps ? je réplique.

Elle plisse les yeux.

— Je vais le garder encore un peu, merci, on ne sait jamais, il pourrait peut-être me servir d'arme un jour ou l'autre.

Elle tourne les talons et ouvre violemment la porte d'entrée.

J'adresse un clin d'œil à Ray et je me hâte de la rejoindre à l'extérieur. Elle est penchée en avant contre la voiture, la tête posée sur ses bras. Je ne peux m'empêcher d'admirer la façon dont son jean moule son corps et ses fesses à la perfection.

— J'ai une question : est-ce que tu es tellement occupé à penser à ce que souhaiterait mon frère s'il était encore en vie que tu oublies que tu es en train de mater mes fesses sans vergogne ? (Roxy se redresse, se retourne et me cloue sur place avec ses yeux étincelants.) Est-ce que ce n'est pas un peu contradictoire ?

Je m'approche d'elle avec un sourire narquois. Je tends la main derrière elle pour saisir la poignée de la portière, je l'ouvre et ce geste repousse Roxy vers moi. Elle se rattrape juste avant de me tomber dans les bras et une étincelle s'allume dans ses yeux. Elle est assez proche pour que je puisse respirer son parfum floral et remarquer la tache de mascara sur sa paupière qu'elle n'a pas nettoyée. Elle est suffisamment proche pour que je la sente presque contre moi.

Presque.

Je penche légèrement la tête en avant pour m'approcher de son visage. Elle entrouvre les lèvres et plante son regard dans le mien.

— Peut-être que tu devrais porter des vêtements plus larges si tu ne veux pas que les gens te matent les fesses, je murmure avant de reculer.

— Je n'ai jamais dit que je ne voulais pas qu'on me mate les fesses. (Elle me suit du regard tandis que je contourne la voiture du côté conducteur.) Peut-être que ça me plaît.

Je hausse un sourcil.

— Alors de quoi tu te plains ?

Je m'installe sur mon siège tandis qu'elle ouvre et referme la bouche pour essayer de trouver une réplique. Mais elle n'en trouve pas. Elle monte dans la voiture en silence et refuse tout contact visuel. Un petit sourire flotte sur mes lèvres. J'attends le cliquetis de sa ceinture de sécurité avant de démarrer.

Elle avait raison. Je me contredis bel et bien à la moindre occasion. Quand je suis à la maison ou avec les gars, je me sens investi dans ma mission de la protéger en mémoire de Cam, mais, à la seconde où je la vois, je la protège uniquement pour moi et moi seul.

J'ai envie de croire que c'est parce que je la considère comme une sœur, mais je ne suis pas si bête. C'est peut-être ce qu'elle représentait pour moi avant, mais ce n'est plus le cas maintenant. Trop de temps a passé et elle a trop changé pour que je puisse encore la voir de cette manière.

— Tous ceux qui la regardent voient en elle une fille calme qui est toujours la première de la classe. Ils ne voient pas ce que je vois et, le vrai problème, c'est que personne dans cette foutue petite ville n'est assez bien pour elle. Bon sang, aucun dans tout le pays n'est assez bien pour ma sœur, tu le sais. Celui qui s'en approche le plus, c'est toi.

— C'est parce que je suis ton meilleur ami.

— Non. Enfin, peut-être. Ouais. Mais, même si tu ne l'étais pas, pas besoin d'être un génie pour comprendre que t'as rien à voir avec tous ces crétins. Si jamais elle devait se mettre avec quelqu'un, je préférerais vraiment que ce soit toi, mec.

Les paroles prononcées par Cam l'année dernière résonnent clairement dans mon esprit. Il le pensait sincèrement – il mettait Roxy sur un piédestal tel qu'il aurait fallu une échelle pour l'atteindre. Mais c'était comme ça : il l'aimait et la protégeait plus que quiconque en aurait été capable. Je suis réellement la seule personne en qui il avait suffisamment confiance pour lui permettre de l'approcher. Et une grosse partie de moi a vraiment envie de tirer profit de cette confiance.

— Où est-ce que tu m'emmènes ? finit par demander Roxy.

— À ton avis ?

Elle hausse les épaules.

— Si je le savais, je ne te poserais pas la question, si ?

— Tu le sais très bien. Alors tu peux laisser tomber ton petit numéro, Rox.

— Quel numéro ?

— Ton attitude. Tu ne m'auras pas.

— Je n'essaie pas de t'avoir.

Elle remue sur son siège et baisse les yeux sur ses mains.

Je tapote le volant en rythme avec la chanson qui passe à la radio.

— C'est ça, j'insiste, pour qu'elle comprenne que je ne la crois pas.

— Mais non ! proteste-t-elle.

Je bifurque sur le chemin de terre que je sais qu'elle reconnaîtra et je choisis de l'ignorer. Ses protestations n'ont aucun effet non plus sur moi. Le sapin avec un bout d'écorce manquant apparaît enfin, et je me gare juste à côté.

— La gorge, dit doucement Roxy. Je ne suis pas venue ici depuis des lustres.

Je retire ma ceinture et pivote sur mon siège pour lui faire face. Elle se retourne lentement vers moi.

— Ça ne marche pas avec moi, Rox. Tes sarcasmes, ta mauvaise humeur…

— Je ne…

— Tu n'as pas besoin de faire semblant avec moi et tu le sais très bien. Je te connais trop pour croire que tu te fiches de tout et que la seule chose qui t'intéresse, c'est de te mettre la tête à l'envers tous les week-ends. Tu peux parler à tout le monde comme à de la merde et faire comme si tu t'en fichais et que tout allait bien, mais ne t'avise pas de jouer à ça avec moi.

Elle croise mon regard et, dans ses yeux, je vois la Roxy que je connais. La fille douce et gentille qui se cache derrière son attitude je-m'en-foutiste. Quelques secondes plus tard, sa nouvelle personnalité reprend le dessus.

— Quel est le problème ? demande-t-elle avec un demi-sourire. La nouvelle Roxy ne te plaît pas ?

Ah ! Si j'aime la nouvelle Roxy… Quelle question stupide. Je ne vais certainement pas lui dire qu'il n'y a rien de plus sexy qu'une fille qui n'a pas peur de tordre les couilles d'un mec avec ses mots. En fait, je retire. C'est la deuxième chose la plus sexy.

Il n'y a rien de plus sexy qu'une fille qui sait qu'elle est sexy.

Et Roxy Hugues en a parfaitement conscience. Elle sait l'effet qu'elle fait aux garçons et avec quelle facilité elle peut les mener par le bout du nez… Elle sait qu'elle peut tenir un mec par les couilles dans une poigne de fer rien qu'en parlant.

Ce qui veut plus ou moins dire que, en matière de sensualité, elle pourrait même donner du fil à retordre à Mila Kunis.

CHAPITRE 7
ROXY

Il me regarde comme s'il était sur le point de me dévorer et il ne s'en rend même pas compte.

Les flammes dans ses yeux répondent toutes seules à ma question. Ces mêmes flammes font naître le long de ma colonne une vague de chaleur qui chatouille et titille des parties de mon corps inavouées. Mais je n'ai aucun droit d'éprouver ça, même si j'ai rêvé pendant des années de le voir me regarder de cette façon.

Sauf que, dans mes rêves, nous n'étions pas dans une voiture près de la gorge du Columbia et il ne m'en mettait pas plein la figure en m'accusant de me comporter comme une garce.

— Indépendamment de ce que je pense d'elle… (Kyle s'éclaircit la voix et se tourne vers la gorge.)… je doute que *toi* tu aimes la nouvelle Roxy, malgré ce que tu essaies de faire croire.

Je lui jette un regard noir et incrédule, avant de lui emboîter le pas. Des feuilles, des branches et des brindilles craquent sous mes pieds tandis qu'on progresse à travers la forêt qui recouvre presque chaque centimètre de terrain autour des puissantes cascades. Le sol est jonché de pommes de pin, et je donne un coup de pied dans l'une d'elles.

Qu'est-ce qu'il en sait, d'abord ? Il n'est de retour que depuis quelques jours. Il ne sait rien du tout.

Le son de l'eau me parvient aux oreilles. Le courant puissant l'envoie s'écraser contre les rochers qui lui barrent la route. C'est un endroit paisible. Il n'y a ni rumeurs, ni remarques, ni regards mesquins. Il n'y a aucun autre jugement que le mien.

— Où tu vas ? je lance à Kyle quand je le vois dévier du chemin.

Il me jette un regard par-dessus son épaule. Ses yeux, habituellement d'un marron doux, paraissent presque noirs sous l'ombre des arbres qui masquent les rayons du soleil matinal.

— Fais-moi confiance, se contente-t-il de dire.

Je m'arrête en le voyant disparaître derrière les arbres les plus épais et que j'ai toujours évités. Au-delà, le terrain est plus sombre et la pente plus raide. Je jette un regard autour de moi et je comprends que je n'ai que deux options : suivre Kyle dans les sous-bois obscurs ou poursuivre mon chemin sur le sentier habituel, mais toute seule…

Les feuilles et les aiguilles de sapin volent autour de mes pieds quand je me mets à courir derrière lui. Je ne me suis pas trompée : le soleil levant indique que presque aucune lumière ne filtre parmi ces arbres et je m'arrête au bout d'une minute, incapable de retrouver Kyle. Il a disparu. Je n'aurais peut-être pas dû m'arrêter.

— Bouh ! lance sa voix dans mon oreille.

Je pousse un hurlement en sursautant.

Mon cœur martèle ma poitrine aussi rapidement que l'adrénaline afflue dans mes veines. Kyle éclate d'un rire bruyant et pose sa main dans mon dos. Je plaque mes mains tremblantes contre mon ventre pour les calmer. La chaleur des siennes s'infiltre à travers mon pull et se répand dans mon corps. Je frissonne et je me félicite de pouvoir le mettre sur le compte de la peur qu'il vient de me faire.

— Je te déteste, je dis en me tournant vers lui.

— Mais non. Tu détestes mes petites farces.

Je pince les lèvres.

— Et tu le sais très bien. (Je repousse sa main de mon dos et je fais un pas en avant.) Où est-ce que tu m'emmènes ?

Une pointe de tristesse passe sur son sourire amusé, et ses lèvres retombent légèrement.

— Cam et moi, on s'amusait dans le coin, une nuit, et on est tombés dans cette partie de la gorge par erreur. En fait, je ne suis même pas sûr que ça en fasse encore partie. C'est... Eh bien, je vais te laisser voir par toi-même.

— C'est pas encore un de tes tours, si ?

Il secoue la tête et s'éloigne de moi.

— Non. Je ne t'emmène pas au bord d'un rocher pour te pousser dans un bassin, c'est promis.

Je perçois la nuance taquine dans sa voix et je me penche pour ramasser une pomme de pin. Je vise sa tête, mais je manque ma cible et lui heurte l'épaule.

— Tu n'avais absolument aucune raison de faire ça, tu sais ?

Kyle hausse les épaules.

— On avait quatorze ans. En plus, c'était l'idée de Cam.

— Oh, je vois. Rejeter ma peur de l'eau sur mon frère. Tu oublies que c'est toi qui m'as poussée.

— Ça fait cinq ans et tu m'en veux encore. C'est pour ça que je devais te pousser. Cam ne voulait pas que tu lui fasses de reproches, grommelle-t-il.

Je grogne d'un air évasif.

— Je te le ferai payer, un jour.

Il marmonne quelque chose dans sa barbe et je fronce les sourcils dans son dos. Connaissant Kyle, ça a sûrement un rapport avec le fait qu'il en paie déjà le prix, mais cette poule mouillée pourrait au moins le dire à voix haute.

Je trébuche sur une pierre et tombe sur un rocher.

Je jure et je pose les mains à plat sur la surface rugueuse pour me stabiliser.

— Évidemment, me lance Kyle par-dessus son épaule, je n'aurai même pas besoin de te pousser si tu n'es pas capable de tenir sur tes jambes.

— Rappelle-moi ce que je fais là, déjà ? je lui demande en penchant la tête sur le côté.

Kyle se retourne, un petit sourire aux lèvres. Le genre de sourire qui finirait par lui faire mal aux joues s'il le tenait assez longtemps, et qui illumine son regard d'une lueur de malice qu'il essaie de cacher. C'est aussi le genre de sourire qui a le pouvoir de transformer mes jambes en gelée… ce qui ne manque pas de se produire.

Je pense qu'il vaut mieux que je reste assise pour le moment.

— Tu es ici parce que tu sais que je ne partirai pas sans que tu me le demandes.

— Hum. C'est vrai.

Il s'approche de moi en tendant les mains.

— Allez, espèce d'empotée. Tu n'iras nulle part en restant assise.

— Mais je suis fatiguée, je gémis en le laissant me traîner derrière lui.

Il lève les yeux au ciel.

— Alors tu devrais te coucher plus tôt au lieu de faire la fête à Portland.

— Enfoiré de Si.

Pour toute réponse, Kyle me lâche les mains et bifurque sur ce qui ressemble au début d'un chemin de terre. Je baisse les yeux sur mes pieds et sur la boue molle, et je songe que je préférerais être n'importe où sauf… là où on est, où qu'on soit. Je suis presque sûre qu'on a largement dépassé la gorge.

Mais ça n'a plus la moindre importance quand je jette un coup d'œil au spectacle qui s'offre alors à moi.

— C'est l'endroit que vous avez découvert ? je dis d'une petite voix.

— Oui.

Dans cette zone minuscule, les sapins se sont dégarnis pour s'épaissir de nouveau à l'endroit où ils s'étendent vers les montagnes aux sommets noyés dans les nuages. Des rochers et de grosses pierres parsèment l'herbe épaisse, et des fleurs sauvages tapissent chaque côté du ruisseau qui coule devant moi, déchaîné. L'eau se divise par-ci par-là, contournant les plus petites pierres qui ont dégringolé des flancs des montagnes et tracé leur chemin jusqu'ici. Le long du courant poussent de minuscules arbres dépourvus de feuilles et de toute autre forme de vie, leurs branches noueuses enchevêtrées.

— On est où ?

Kyle se place à côté de moi et son bras effleure le mien quand il hausse les épaules.

— Aucune idée. On a vraiment trouvé cet endroit par hasard, en se promenant. Si tu montes encore cinq minutes, tu peux voir la gorge. Ça te rapproche du cap Horn.

Je m'appuie contre un rocher et j'observe l'eau qui afflue à mes pieds.

— C'est magnifique.

— Ouais. C'est la perfection. (Il s'assoit à côté de moi.) Je voulais te montrer quelque chose qui était important pour lui – peut-être la seule chose sur lui que tu ne savais pas.

Je me tourne vers Kyle et j'écarte mes cheveux de mon visage.

— Tu n'étais pas obligé. C'était ton souvenir à toi.

— Et je voulais le partager avec toi. Je me suis dit que tu aurais peut-être besoin d'un endroit pour échapper au regard des autres, de temps en temps. (Il penche la tête pour croiser mes yeux.) Et je pense que tu as besoin de quelque chose à quoi te raccrocher peut-être plus que moi.

Je déglutis. Il faut que je détourne le regard, mais je n'en ai pas envie. Il a raison et il le sait. Bon sang, il a totalement raison.

— Merci.

— Pas besoin de me remercier, répond-il d'une voix douce.

Le moment s'étire, nos yeux restent rivés l'un à l'autre, et l'envie de le toucher me démange les doigts.

— Allez, on y retourne. (Je dois absolument rompre la magie de cet instant. Je n'arrête pas de m'imaginer des choses qui n'existent pas.) Je veux voir la gorge.

— Je croyais que tu étais fatiguée.

Kyle m'emboîte le pas.

— J'ai dû me réveiller, je proteste d'un air nonchalant avant de lui jeter un petit sourire par-dessus mon épaule.

— Tu m'étonnes, grommelle-t-il.

Je lui réponds par un doigt d'honneur, ce qui semble l'amuser.

L'ascension de la montagne n'est pas trop rude – c'est l'une des moins hautes – mais le sol est glissant. Les sources qui naissent encore plus haut humidifient le sol en se frayant un chemin jusqu'en bas, sinueuses et tourbillonnantes. Je bondis par-dessus l'une d'entre elles qui me barre la route et je manque de glisser sur une flaque de boue.

— Ça va ? s'enquiert Kyle en posant ses mains sur mes hanches pour me stabiliser.

— Heu, oui.

Heu, non.

Ça va tout sauf bien quand je sens ses mains sur mes hanches et que j'entends sa voix près de mon oreille.

— Laisse-moi passer le premier et suis-moi, d'accord ?

Je hoche la tête et le laisse me dépasser.

— À la réflexion… (Il tend la main derrière lui et entrelace nos doigts avec un clin d'œil.) Ce sera plus facile de te tirer si tu tombes.

Je le suis en silence et j'essaie de ne pas me concentrer sur la chaleur de sa main. Nom d'un chien, minable cerveau ! Pense à la vue. C'est une jolie vue.

Mes yeux dévient vers les fesses de Kyle.

Oui. Vraiment une belle vue.

Je plaque ma main sur mon front. J'ai besoin d'aide.

On s'arrête. Mon regard se pose sur la gorge du Columbia dans sa totalité, paisible et magnifique. Le fleuve serpente entre les collines et les montagnes, bordé tout du long de pins et de fleurs sauvages. Les oiseaux volent au-dessus de nos têtes, filent à travers les arbres, et certains effleurent même la surface de l'eau. C'est du moins ce qu'il semble de là-haut.

Je laisse échapper un soupir. J'avais presque oublié que ce lieu existait. Il fait partie de nos vies depuis si longtemps… mais, quand mon frère nous a été arraché, cet endroit a failli disparaître avec lui.

— On a passé notre enfance ici, déclare Kyle d'une voix triste. Nous tous. On courait entre les arbres…

— On jouait à cache-cache. Et à chat. Vous faisiez toujours comme si c'était la chasse aux bisous.

Kyle hausse faiblement les épaules.

— Iz, Selena et toi, vous ne couriez jamais aussi vite qu'à ce moment-là. C'était une super-excuse pour être en retard pour le dîner : on devait d'abord vous retrouver.

— C'était bien vu, d'accord, mais on a fini par avoir de sérieux ennuis après la cinquième fois. Il m'a fallu presque un an pour que maman me croie quand j'essayais de lui dire la vérité. Vous nous attiriez toujours des problèmes.

Il sourit.

— C'était notre boulot de grands frères.

— Ouais. (Mon sourire s'efface.) Sauf que le poste du mien est vacant, maintenant.

Kyle se tourne vers moi, murmure mon nom, mais je secoue la tête.

— Ça va.

Je me mens à moi-même autant qu'à lui.

Ça ne va pas et il le sait. C'est la seule personne à qui je peux le montrer… même quand je n'en ai pas envie.

— Non, ça ne va pas, dit-il d'une voix calme.

— Merci de m'avoir emmenée jusqu'ici.

— C'est agréable, ce changement.

Je m'accroche à son bras, nos mains toujours jointes, et je sens mes lèvres tressaillir sous le coup de la tristesse.

— Je suis sérieuse.

— Je n'ai jamais dit le contraire. (Il tourne la tête pour poser son menton au sommet de mon crâne.) Et ce fut un plaisir.

Kyle m'observe par-dessus la table bleu vif et c'est déconcertant. Je lutte de tout mon être pour m'empêcher de me contorsionner sur mon siège, garder mon calme et lui rendre son regard avec la même intensité. Il m'adresse un petit sourire narquois et je hausse un sourcil.

Le faible fond sonore du café disparaît totalement quand il me regarde de cette manière.

— Quoi ? demande-t-il en se penchant sur son siège.

— C'est toi qui me dévisages depuis cinq minutes sans dire un mot.

— Je… réfléchissais.

— J'espère que ça ne te fait pas trop mal.

— Ah-ah-ah, murmure-t-il sèchement. Tu as trouvé ça toute seule ?

— Figure-toi que oui.

Il lutte pour réprimer son sourire.

— Est-ce que tu sais déjà dans quelle fac tu vas t'inscrire ? Aux dernières nouvelles, tu hésitais entre l'UCLA avec Selena et Miami avec Iz.

Aïe. Je n'ai pas l'intention de poursuivre cette conversation.

— Heu. Oui. J'ai choisi. (Je me mords l'ongle du pouce.) Et si tu me parlais de Berkeley ?

Il me scrute du regard.

— La fac, c'est la fac. Tu te réveilles, tu vas en cours, tu rentres, tu te couches et tu recommences. Laquelle tu as choisie ?

— Hum.

— Roxy.

— Merde, je marmonne. Aucune, d'accord ? Aucune des deux.

— Aucune ?

— Aucune. Je ne vais pas à la fac.

Voilà.

Kyle pose ses coudes sur la table et se penche vers moi.

— Pourquoi ?

Je hausse les épaules.

— Je… ne voulais pas y aller cette année.

— Alors, qu'est-ce que… Tu vas rester à Verity Point et travailler dans le café de ta mère ?

— Et alors ? C'est un crime ? je siffle en me redressant. Tout le monde ne veut pas aller à la fac, tu sais.

Sauf que moi, si. Je veux y aller.

— Hé ! (Kyle lève les mains.) C'était juste une question. Du calme, Rox.

Je prends une profonde inspiration, mais je lui jette un regard perçant.

— Oui, je vais rester à Verity Point et travailler dans le café de maman.

— Et l'année prochaine ?

J'hésite, hausse de nouveau les épaules.

— Je verrai le moment venu, j'imagine.

Il hoche lentement la tête et parcourt des yeux la salle à moitié pleine.

— Est-ce que tu restes ici à cause de Cam ?

— Tu es quoi, docteur en psychologie ? (Je ricane.) Peu importe pourquoi je reste, l'important c'est que je reste.

— Waouh. Tu crains vraiment, des fois, me fait remarquer Kyle tandis que Selena nous apporte notre dîner.

Elle rit en silence et repart vers le comptoir.

— Quoi ? je lance dans son dos.

Elle m'adresse un demi-sourire.

— Il marque un point.

Je me retourne vers Kyle et son expression suffisante.

— Je ne repars pas là-dedans. Une conversation inutile par jour sur mon comportement suffit amplement.

CHAPITRE 8
KYLE

De longs doigts fins saisissent le côté de la porte de ma chambre et l'ouvrent lentement. Je fais semblant de dormir, je pince les lèvres pour retenir mon sourire et je compte les pas légers sur ma moquette. Un, deux, trois, quatre…

— Aah ! je hurle en me redressant.

Ma sœur pousse un cri, sursaute, se cogne dans mon armoire, et j'éclate d'un rire sonore.

— Crétin ! s'écrie Iz en portant une main à sa poitrine.

— Tu devrais savoir qu'il ne faut pas te faufiler dans ma chambre quand tu crois que je dors.

— Qu'est-ce que c'était que ce cri ? demande ma mère en surgissant dans la pièce. Oh, Isabel ! Tu es rentrée !

— Cinq minutes à peine et vous essayez déjà de vous entretuer, murmure mon père sur les talons de ma mère.

— J'ai essayé d'entrer en douce dans sa chambre, soupire Iz.

Mon père ricane.

— Tu devrais savoir qu'il ne faut pas te faufiler dans sa chambre quand tu crois qu'il dort, ma chérie.

— C'est exactement ce que je lui ai dit. (Je me redresse.) Elle a presque vingt et un ans, elle devrait avoir compris qu'elle ne pouvait pas me prendre par surprise, depuis le temps.

— OK, sale gosse. (Iz s'empare d'un calepin sur mon bureau et me le jette au visage.) T'as gagné, comme d'habitude.

— Ton vol avait de l'avance ? demande ma mère en la serrant dans ses bras.

— Oui. À ton avis, pourquoi je suis dans la chambre de Kyle plutôt qu'au téléphone pour lui demander de venir me chercher à l'aéroport ? répond-elle avec une grimace.

— Bon d'accord, qu'est-ce que c'est que ça ? Une réunion de famille dans ma chambre ?

Iz fait de nouveau la grimace et s'approche de mon lit.

— Exactement. Et le câlin familial, alors ?

— Ouais… T'as pas envie de faire ça, je la préviens en serrant fermement mon drap autour de ma taille.

Je suis pratiquement sûr qu'elle n'a pas envie de voir ce qui se cache sous mon caleçon.

— D'accord. Lève-toi et habille-toi. Tu peux m'emmener prendre le petit-déjeuner.

— Tes petites méthodes de tyran ne m'ont pas du tout manqué, je murmure tandis qu'elle sort de ma chambre avec mes parents – mais elle m'entend et me jette un sourire par-dessus son épaule. Et ferme la porte !

Elle éclate de rire dans le couloir. Bon sang, on pourrait croire qu'Iz a cinq ans, pas presque vingt et un. En me levant pour aller fermer la porte, je m'emmêle les pieds dans le drap, que je tiens toujours serré contre moi. Putain de sœur.

J'enfile des vêtements et je descends au rez-de-chaussée. Les valises d'Iz encombrent le hall d'entrée et je suis presque sûr qu'elle en a acheté au moins une nouvelle au cours des six derniers mois. Je lui jette un regard interrogateur et je pointe les bagages du doigt.

— La ferme, marmonne-t-elle en attrapant sa veste sur le dossier du canapé avant d'ouvrir la porte.

Je glisse mes pieds dans mes baskets et je la rattrape dans l'allée. Elle repousse ses cheveux derrière son épaule et je lui donne un petit coup sur le bras.

— Tu n'es plus à Miami, Iz. Y a aucun beau surfeur à impressionner.

— Très drôle. Quel crétin. Mes cheveux étaient simplement coincés dans ma veste. (Elle me rend mon petit coup.) J'imagine qu'on va chez Myra ?

— Oui, même si ça ne s'appelle pas « chez Myra ». (J'enfonce mes mains dans mes poches et je hausse les épaules.) Je n'ai pas les moyens d'aller ailleurs. Je suis étudiant.

— Moi aussi !

— Tu as un boulot.

— Et tu devrais t'en trouver un.

— Oui, bien sûr. J'avais oublié tout le temps libre que j'ai à la fac.

Iz fronce les sourcils.

— Tu ne fais rien en dehors de la fac. Moi, j'ai la fac, je suis dans l'équipe de pom-pom girls *et* je trouve encore le temps de travailler et de sortir. Peut-être que c'est ta fraternité qui te ramollit le cerveau.

— Mon cerveau n'est pas...

— Laisse-moi deviner. Tu passes tout ton temps à boire de la bière et à mater les filles.

— Hé... (Je m'interromps.) Peut-être un peu.

Et totalement depuis que je suis rentré à la maison. Sauf qu'il n'y a pas plusieurs filles, mais une seule.

— Bon, alors allons-y.

Le café est rempli de l'ancienne génération de Verity Point qui est venue prendre son café du matin, et Myra court dans tous les sens derrière le comptoir pour déposer devant ses clients des cafés à emporter ou à consommer sur place. Ma sœur et moi nous faufilons jusqu'à une table située dans le coin et, lorsque la file d'attente a rétréci, elle va passer commande.

— Roxy n'est pas là ? demande-t-elle en jetant un regard circulaire quand elle revient s'asseoir.

Je hausse une épaule.

— Tu la vois ?

Elle me donne une petite tape avec la carte du menu.

— Petit malin. Je voulais seulement la voir. Crois-moi ou non, cette adorable chipie m'a manqué.

Résister à l'envie de rire est plus dur que je ne l'aurais cru.

— Il ne reste plus grand-chose d'adorable chez Roxy.

— Je n'y crois pas. D'accord, on m'a dit les mêmes choses qu'à toi avant que tu reviennes, sur sa façon de réagir, mais... je ne sais pas, Ky. Je n'y croirai pas tant que je n'aurai pas vu par moi-même.

— Ouais, eh bien moi j'ai vu.

Je lui raconte la soirée chez Selena et l'attitude de Roxy avec Tom.

— Mince alors, murmure Iz avant de relever la tête pour sourire à Myra qui nous apporte nos petits-déjeuners. Merci, Myra. Comment allez-vous ?

— Comme chaque jour, Iz. C'est bon de vous voir tous les deux de retour.

Myra dépose nos assiettes devant nous et lui serre brièvement l'épaule. Puis elle retourne derrière le comptoir.

Iz la suit des yeux.

— J'ai un peu honte qu'on les ait laissés affronter ça tout seuls. Elle a l'air triste.

— Au moins, ils étaient ensemble pour se soutenir, eux, je murmure dans ma barbe.

— Kyle, siffle-t-elle. Tu n'as pas vraiment tort, mais on a pris la décision de partir pour faire nos études.

— Hé, Si est à Miami avec toi.

— Oh ! Tu m'excuses, le temps de compter toutes les fois où j'ai pleuré sur son épaule ? (Elle lève un doigt et fait mine de réfléchir.) Oh, c'est ça. Pas une seule fichue fois.

— Laisse tomber. (J'enfourne une bouchée de pancake.) On est là, maintenant. Tu peux peut-être essayer de ramener Roxy à la raison. On finit par se disputer chaque fois que j'essaie. C'est comme tenter d'expliquer l'algèbre à une enfant de un an. Et je suis sûr que ça serait carrément plus facile.

Iz ricane.

— Si c'est à ce point-là, alors, ce qu'il lui faut, c'est un mec pour la dompter.

Je ricane à mon tour.

— Non, je suis sérieuse. Ana, qui est dans l'équipe de pom-pom girls, s'est comportée comme Roxy pendant notre première année et la moitié de la deuxième. Je te jure, Ky, c'est elle qui a inventé le mot « salope ». Puis elle s'est rapprochée d'un des cadets de l'équipe de foot et, aujourd'hui, elle est transformée. Ils sont ensemble depuis quatre mois, et ils sont tellement mignons que c'en est écœurant.

— Je sais pas. C'est peut-être juste une phase.

Elle se penche vers moi.

— Tu n'es pas un de ses parents qui essayent de lui trouver une excuse, murmure-t-elle en pointant sa fourchette vers moi d'un air menaçant. On sait tous les deux que, si c'était juste une solution à court terme, elle en aurait déjà eu marre à l'heure qu'il est. Elle n'est pas stupide.

Elle a juste besoin de faire son deuil de Cam, parce qu'on dirait qu'elle ne l'a pas fait.

— Pose-lui la question et elle te dira que faire la fête, pour rester poli, c'est sa façon de faire son deuil.

Iz secoue la tête.

— Non, c'est sa façon d'affronter la mort de Cam. Elle l'affronte, mais elle ne l'accepte pas et elle ne fait pas son deuil. Elle doit d'abord accepter qu'il ne reviendra jamais, avant de pouvoir le faire.

Je cligne des yeux et j'observe ma sœur un moment.

— Bon. Au moins, on sait que ton diplôme universitaire sert à quelque chose, madame la psychologue.

— Va te faire voir, Kyle.

Je me contente de sourire. Je suis ravi qu'elle soit rentrée ; si agaçante qu'elle soit, je l'adore et je pense que son cerveau va nous être utile pour arriver à comprendre Roxy. Et, même si sa spécialisation ne lui était d'aucune aide, elle a un cerveau de fille et c'est déjà beaucoup.

Je suis un homme. Pour moi, les femmes sont une énigme, elles pensent ce qu'elles disent mais disent l'opposé de ce qu'elles pensent.

— Tu es en retard ! s'exclame Myra à travers le café à moitié plein.

— Désolée ! répond Roxy sur le même ton. Je me suis rendormie.

— C'est merveilleux, Roxanne.

— Hé ! Papa savait que je devais venir et il ne m'a pas réveillée.

— N'accuse pas ton père parce que tu as été incapable de sortir ton derrière de paresseuse de ton lit, ma fille.

— Bref. Je suis là maintenant.

Iz hausse un sourcil dans ma direction et je hoche la tête. Je te présente la nouvelle Roxy.

— Ce n'est pas la peine, Roxanne. Je me suis occupée du coup de feu toute seule, et je ne peux pas dire que je sois particulièrement d'humeur à te parler ce matin.

Myra tourne les talons et disparaît en cuisine.

Iz pose un bras sur le dossier de la chaise voisine et regarde Roxy.

— Eh bien, quel joli rayon de soleil tu fais !

— Iz ? (Roxy tourne vivement la tête, et le sourire qui illumine son visage me donne envie de l'imiter.) Tu es rentrée !

— Bien sûr que oui ! Je veux dire, qui n'a pas envie de quitter la Floride pendant l'été pour cette sinistre petite ville au milieu de nulle part ?

Ma sœur lève les yeux au ciel et serre Roxy dans ses bras.

— Je sais que tu adores cet endroit, en réalité, dit Roxy en regroupant ses cheveux d'un côté. Tu viens d'arriver ?

— Oui. Et ça me rappelle… (Iz se tourne vers moi, une main sur sa hanche.) Pourquoi tu n'as pas répondu à ton téléphone, hier soir ?

— J'ai vu ton post sur Facebook. Tu sais, celui où tu dis à tout le monde que tu as attrapé un vol plus tôt et que tu es, je cite, « trop impatiente d'appeler ton morveux de frère pour lui demander de venir te chercher à trois heures du matin », et j'ai mis mon téléphone sur silencieux.

J'incline ma tasse à café vers elle et je lui adresse un sourire suffisant.

— Salaud. Je devrais vraiment faire attention à ce que j'écris là-dessus. (Elle secoue la tête et se tourne de nouveau vers Roxy.) Qu'est-ce que tu fais aujourd'hui ?

Elle hausse les épaules.

— Selena a parlé des gars qui font un match tout à l'heure.

Elle tourne ses yeux bleus vers moi et j'acquiesce.

— Vers l'heure du déjeuner.

— Bon, on y va et on pourra rattraper le temps perdu pendant qu'ils seront occupés, déclare Iz en installant Roxy sur une chaise entre nous deux. Maintenant, aide-moi à avaler la double portion de pancakes que ta mère me sert chaque fois.

Roxy s'empare d'une fourchette.

— Elle trouve que tu devrais t'engraisser un peu.

Je ris.

— Je suis pom-pom girl. Je suis censée être mince, répond-elle en jetant un regard prudent à son assiette. Mais c'est tellement bon que, qui sait, je pourrais peut-être lancer la mode des grosses pom-pom girls.

Son téléphone se met à sonner quand elle plante sa fourchette dans son pancake.

Roxy éclate de rire, et c'est l'un des plus authentiques que j'aie entendus chez elle depuis mon retour. Je souris, je baisse les yeux sur mon assiette et, quand je les relève, elle est en train de m'observer. Ses lèvres s'étirent légèrement et elle baisse les yeux à son tour.

J'aurais voulu qu'elle ne le fasse pas.

J'ai décelé une étincelle à l'intérieur qui m'avait vraiment manqué.

Ça me paraît hors de propos.

C'est une chose de se jeter une balle dans le jardin de Si avec Ben, mais ça, c'est complètement différent. C'est un vrai match, en entier. Sans Cam.

Une équipe sans quarterback.

Et aucun de nous ne veut prendre ce poste. Alors aucun ne le fait. On contourne le problème en créant deux mini-équipes, mais le résultat est une vraie pagaille, parce que tout le monde sait qu'on ne peut pas jouer au football sans un putain de quarterback. Mais c'est tout aussi impossible sans le comique et farceur de service. Je pourrais continuer à faire les blagues qu'on partageait tous les deux, mais ça ne passerait pas. Je ne peux pas le faire sans lui ; je ne veux pas le faire sans lui. On a toujours formé une équipe. CametKyle. KyleetCam. C'était comme ça dans tous les domaines.

J'ai vraiment l'impression d'avoir perdu une partie de moi-même.

Plié en deux, je pose les mains sur mes genoux et je secoue la tête.

— Ça va pas, les gars. On ne peut pas jouer sans quarterback. On le sait tous.

— Mais on ne peut pas non plus reprendre son poste. (Mark hausse les épaules.) On a joué ensemble pendant toute l'école, merde. Je ne peux pas jouer à son poste plus facilement que vous, les gars.

— Il a raison, acquiesce lentement Ben. On ne peut plus jouer sérieusement.

Je soupire et je me laisse tomber par terre. Les autres m'imitent. Si jette le ballon par-dessus nos têtes, et il va atterrir sur la pelouse.

— Alors, qu'est-ce qu'on fait maintenant ? demande-t-il. Plus de football. Pas de vrai bon moyen de passer cet été absurdement long.

— On fait les cons. (Je hausse les épaules.) Ramène les filles ici, ou quelque chose.

Si ricane.

— C'est ça. Le rôle d'Iz, c'est plutôt d'animer la partie, en général, et Selena et Roxy auraient trop peur de se décoiffer ou de se casser un ongle ou un truc comme ça.

— T'as qu'à le faire pour elles. Comme ça, elles n'auront plus à s'en inquiéter.

— Hé, où est Roxy ? demande Ben en regardant en direction des filles.

Selena nous observe de loin et Iz est allongée sur le ventre, le visage enfoui dans ses bras.

— Aucune idée, je réponds. (Je me relève et me dirige vers elle. Je pousse légèrement Iz du pied.) Où est...

— Elle est partie à toute allure il y a cinq minutes, avec son téléphone collé à l'oreille, répond-elle d'une voix étouffée. Elle a dit qu'elle devait aller quelque part, mais en fait elle ne supporte pas de vous regarder jouer au foot, les gars.

— À toute allure... répète Selena, qui se tourne vers moi en émettant un rire sarcastique. Elle est partie retrouver Layla.

— Layla ? je répète avec Iz.

— Elle n'est là que depuis quelques mois. Elle causait trop de problèmes dans son ancien lycée, alors ses parents l'ont envoyée vivre chez sa tante pour sa dernière année, à partir de la rentrée. C'est Judy, vous savez ? Chez le fleuriste ? (Nous hochons la tête et elle poursuit :) C'est chez Layla que Roxy achète sa drogue occasionnelle, et un de ses cousins à Portland lui trouve de l'alcool dès qu'elle lui en demande.

— Merde, Selena. Pourquoi tu ne m'as rien dit ? demande Iz en se redressant.

— On s'en fiche, j'interviens en me tournant vers Selena. Pourquoi tu ne m'as pas prévenu, moi ?

— Parce que personne ne peut l'arrêter, répond-elle sèchement, une pointe de tristesse dans la voix. J'ai essayé tellement de fois... Quand Cam lui manque vraiment, que ça devient trop dur, elle va voir Layla. C'est comme ça qu'elle préfère oublier qu'il a disparu. Elle se saoule en attendant le week-end suivant.

— Qu'est-ce que tu entends par « personne ne peut l'arrêter » ? demande Iz.

— Exactement ce que je viens de dire. Personne ne peut l'arrêter quand elle s'est décidée. Crois-moi, j'ai essayé.

Mes mâchoires se crispent.

— Et elle est où ?

— Chez Judy, mais tu ne peux pas…

— C'est ce qu'on va voir.

Je tourne les talons et contourne la maison de Si en courant.

Je vais me gêner. Que je sois maudit si je la laisse s'injecter ça dans le corps. Je ne suis pas suffisamment naïf pour croire qu'elle ne trouvera pas un moyen de le faire en cachette, mais pas cette fois. Cette fois, je vais la forcer à affronter le problème, même si je dois m'asseoir sur elle jusqu'à ce qu'elle se décide à parler.

Verity Point est tellement minuscule qu'il ne me faut que deux minutes pour rattraper Roxy devant la maison de Judy, à la lisière des bois.

— Kyle ? s'étonne-t-elle, surprise.

— Tu es déjà entrée ? je lui demande en désignant la maison d'un geste du menton.

— Je ne vois pas du tout de quoi tu parles.

Elle remue, mal à l'aise.

— Te fous pas de moi, Roxanne.

Elle plisse les yeux en entendant son prénom complet.

— Ne…

— Tu es entrée dans cette fichue maison, oui ou non ? !

Elle ne répond pas et tourne les talons avant de s'enfoncer dans les bois. Je passe ma main sur mon visage et lui emboîte le pas.

— Roxy.

— Fous le camp, Kyle.

— Ça veut dire oui ?

— Ça veut dire : occupe-toi de tes oignons !

Je l'attrape par le bras et je la fais pivoter vers moi.

— C'est *toi,* mes affaires. Ça l'a toujours été. Tu me concernes plus que tu ne le réalises.

Ses yeux bleus s'agrandissent imperceptiblement et une lueur d'interrogation s'allume au fond d'eux. Je soutiens son regard sans ciller. Je veux lui faire comprendre une chose que je ne comprends pas moi-même ; je resserre mes doigts autour de son bras.

— Tu es entrée à l'intérieur ? je répète d'une voix plus douce.

Roxy prend une profonde inspiration, la retient pendant une seconde et glisse sa main dans la poche de sa veste. Je relâche son bras quand elle sort une petite bouteille de vodka. Je tends la main. Elle marque une pause, ferme les yeux et me la donne. J'effleure sa peau en m'en emparant. Je dévisse le bouchon et renverse la bouteille.

La vodka éclabousse le sol et, quand elle rouvre les yeux, je frotte la terre avec mon pied. Je lui tends la bouteille vide et nos regards se croisent.

— Ça t'amuse, hein ? fait-elle sur un ton méprisant, avant de la récupérer.

— Pas vraiment. Est-ce que ça m'a plu de vider ce truc par terre ? Oui. Est-ce que ça m'a plu de le prendre dans *ta* main ? Non, vraiment pas.

— C'est ça. Et je suis censée te croire.

— Je déteste l'avoir prise dans ta main parce que je sais que ça te rend les choses plus faciles à accepter. Mais tu n'utilises pas la bonne manière ; quand je t'imagine en train de consommer ça, je me demande ce qu'en aurait pensé Cam. Sa petite sœur chérie qui se saoule pour oublier et pour se fourrer dans les pires situations possibles.

— Il faut toujours que tu le ramènes sur le tapis, hein ? Peut-être que ce n'est pas la raison. Peut-être que je bois parce que j'aime ça.

— Et moi je dis que c'est des conneries, ça et toutes les autres bonnes excuses que tu nous débites. Tu n'« aimes » ça que parce que ça t'aide à oublier.

— Et je crois que j'ai le droit de vouloir oublier, non ?

Elle hausse les sourcils et s'enfonce plus profondément dans les bois.

— N'importe quoi. Merde, Rox, tu étais là quand il a eu l'accident…

— Et le reste. (Elle s'arrête devant un arbre énorme, et les dernières gouttes dégoulinent entre ses doigts. Elle appuie ses deux mains contre le tronc et baisse la tête.) Et tout le reste, le cauchemar qui me hante chaque putain de fois que je ferme les yeux.

Elle s'exprime d'une voix minuscule qui est pourtant empreinte d'un immense pouvoir et d'un immense chagrin. Je sens chacune des fissures dans son cœur à chacun de ses mots, et je suis à mon tour submergé par la peine. Chaque cellule de mon corps souffre pour elle et je n'ai qu'une envie, apaiser sa tristesse. M'approcher d'elle et la serrer fort dans mes bras.

— Parle-moi, je dis, sous la douce brise qui bruisse entre les feuilles au-dessus de nos têtes. Ne te sers pas de l'alcool pour oublier, Rox. Tu n'as qu'à penser à moi.

— Et comment tu veux que ça m'aide ?

Je cède à mon envie et je m'approche d'elle ; les brindilles craquent sous mes pieds. J'écarte les cheveux de son visage par-derrière.

— Je ne sais pas, mais au moins tu n'auras plus à souffrir toute seule.

Son regard est rivé sur le sol et je suis presque soulagé de ne pas voir ses yeux.

— Il n'y a pas eu que l'accident. Il y a eu tout le reste. La nuit entière, j'ai tout vu. Selena qui a appelé une ambulance et moi qui suis restée près de la voiture broyée en train de regarder mon frère mourir en le suppliant de ne pas me laisser. Je les ai vus le ranimer sur place et l'emmener dans l'ambulance. Et puis, à l'hôpital, je les ai vus essayer en vain de le ramener à la vie une seconde fois. Tout ce temps, je n'ai pas arrêté de le supplier de ne pas me laisser, de ne pas mourir. J'ai marchandé avec une entité invisible pour qu'elle le sauve, qu'elle ne le laisse pas s'en aller. Et j'étais toute seule pendant tout ce temps. Il est mort avant que mes parents arrivent à l'hôpital. Ses derniers moments, ils ne sont qu'à moi. Rien qu'à moi. Cette nuit-là, je n'ai pas seulement assisté à l'accident. Tu comprends maintenant ? J'ai vu tellement plus ! J'ai vu mon frère mourir… *Mourir !* Juste sous mes yeux, et je ne pouvais rien y faire, absolument rien !

Les larmes coulent et laissent une traînée de mascara sur ses joues. Je passe mon bras autour de ses épaules pour l'attirer contre moi. Ses larmes silencieuses se transforment en sanglots qui secouent son corps et elle s'agrippe à ma chemise. Ses genoux se dérobent sous elle.

Tandis que je la retiens contre moi, que je lui caresse les cheveux et que j'enfouis son visage dans mon cou, j'ai l'impression que tout s'est arrêté. La nature s'est tue. Roxy pleure pour ce que je pense être réellement la première fois depuis la mort de Cam. Les bruits qu'elle émet sont les seuls que je perçois. Je ne sens que son corps tremblant, blotti dans mes bras, et les larmes qui imbibent mon tee-shirt, les sanglots dans sa bouche et la pression de ses doigts dans mon dos.

Et je comprends pourquoi elle agit comme elle le fait. Elle renferme en elle une douleur, une culpabilité et une angoisse telles que c'est un miracle que son corps ait résisté jusque-là. Mais je ne peux rien faire.

Rien, à part la serrer dans mes bras. Alors c'est ce que je fais.

Sans la lâcher, je finis par m'asseoir contre le tronc d'arbre. Elle pose ses genoux de chaque côté de mes hanches et se blottit contre moi sans que le flot de larmes diminue. J'enfouis mon visage dans ses cheveux et je sens les larmes me piquer les yeux, en mémoire de la personne qu'on aimait tous les deux.

Parce que moi j'aimais Cam plus que comme un ami. Je l'aimais comme un frère, un confident, un complice. Si les mecs pouvaient avoir une âme sœur, il aurait été la mienne. Je connais ma propre souffrance et je l'éprouve chaque jour qui passe. Mais ce que je ressens n'est rien comparé à ce que ressent Roxy.

Et voilà ce dont elle a besoin. Elle a besoin de se souvenir et de pleurer, de se raccrocher à quelqu'un qui ne la laissera jamais souffrir sans souffrir avec elle.

Elle lâche mon tee-shirt et passe ses bras autour de mon cou, puis dissimule son visage dans le creux de mon épaule. Je resserre mon étreinte.

Plus elle est proche de moi et plus je serre son corps tremblant et sanglotant contre moi, plus je sens une partie de moi commencer à accepter le fait que Cam ne soit pas la seule chose qui nous rapproche.

CHAPITRE 9

ROXY

— Il va trop vite.

J'avais regardé Selena, parcourue par une vague d'inquiétude. Je savais que Stu avait bu bien plus que la limite autorisée, et c'est pour cette raison que j'avais essayé de faire monter Cam avec nous.

— Appelle Cam. Dis-lui de demander à Stu de ralentir, a-t-elle répondu en appuyant sur l'accélérateur pour garder la Honda de Stu en vue.

La tonalité résonnait dans mon oreille tandis que j'appelais mon frère. Je me suis mordu la lèvre en arrachant les petites peaux mortes du dessus.

— Quoi ?

— Il va trop vite, Cam. Il a trop bu pour conduire comme ça. Dis-lui de ralentir.

J'avais essayé de masquer ma nervosité et mon appréhension, mais il n'était pas dupe. Il ne l'était jamais.

— Rox, a répliqué Cam dans un rire. T'inquiète pas. Stu n'est pas si bourré que ça. Il a le contrôle. Détends-toi, OK ?

— Cam, je…

L'éclat des phares a brusquement transpercé les ténèbres. La voiture de Stu a fait une embardée sur l'étroite route de campagne quand il a essayé d'éviter celle qui arrivait en face. La ligne a été coupée et, en même temps, j'ai laissé échapper un cri. Selena a écrasé la pédale de frein. Les pneus de la Honda ont crissé sur la surface inégale, la voiture a dérapé et chassé tandis que Stu faisait tout son possible pour en reprendre le contrôle. L'autre voiture, avec ses phares aveuglants, a glissé sur le côté dans les buissons, le moteur coupé.

J'ai regardé, horrifiée, la Honda heurter un arbre de plein fouet. L'avant a été broyé contre l'énorme tronc et, sous l'impact, de la fumée s'est échappée du capot.

— Cam ! Caaaaaaam !

Mon cri a brisé le silence soudain. Dans ma précipitation pour aller m'assurer que mon frère était sain et sauf, je suis tombée de la voiture de Selena. Putain ! Je voulais juste m'assurer qu'il n'avait rien.

J'ai ouvert brutalement la portière côté passager. Cam était affalé en avant, une blessure sanguinolente à la tête. Son airbag ne s'était pas ouvert et son visage était recouvert de coupures. Il pressait une main contre son ventre et agrippait sa chemise.

— Cam ? Oh, mon Dieu. Cam. Cam. Tu m'entends ?

J'ai frénétiquement touché son visage, tapoté ses joues et pincé son nez tandis que mes larmes se mettaient à couler.

— Réveille-toi, Cam. Dis-moi de la fermer. Pour l'amour du ciel, réveille-toi !

Il ne s'est pas réveillé. Il restait immobile et silencieux, et sa poitrine se convulsait de manière erratique au lieu de se soulever et de redescendre à un rythme régulier. Rien d'autre n'importait à cet instant. J'avais seulement besoin de savoir qu'il était en vie. Que la conduite d'ivrogne de cet idiot de Stu n'avait pas gravement blessé la personne la plus importante de ma vie.

J'ai eu l'impression d'avoir attendu des siècles avant d'entendre les sirènes et de voir les gyrophares bleus. Mais je refusais de bouger. Je serrais Cam entre mes mains et je lui débitais un charabia qui l'aurait sûrement agacé. Je voulais juste qu'il me dise de la fermer. C'était tout ce qui m'importait.

— Mademoiselle, s'il vous plaît, venez avec nous, a dit une voix féminine derrière moi.

J'ai chassé ses mains de mes épaules.

— Non. Je ne peux pas laisser mon frère. Je dois m'assurer qu'il va bien. Je dois…

— Les pompiers ne peuvent pas s'occuper de lui tant que vous restez là. On va se décaler de quelques mètres seulement et vous pourrez toujours voir la voiture, a doucement ajouté la même voix. (Je l'ai laissée me traîner loin de Cam, sans jamais quitter sa silhouette du regard.) Vous êtes blessée ?

J'ai secoué la tête.

— Non. J'étais dans la voiture de mon amie. (J'ai levé les yeux vers la policière qui me guidait vers sa voiture.) Il va s'en sortir ? Mon frère ?

— Je ne saurai rien tant que les pompiers ne l'auront pas examiné. Je suis désolée. (Elle m'a installée sur la banquette arrière.) Et si vous me racontiez les détails ? Ensuite, nous pourrons dire à vos parents de nous rejoindre à l'hôpital.

— À l'hôpital ?

J'ai écarquillé les yeux vers la voiture de Stu.

Les secours s'activaient autour de Cam avec du matériel médical, et il fallait absolument que je sois présente. Plus que tout, je devais être aux côtés de mon frère, le tenir, lui parler, le rassurer.

La policière m'a retenue avant même que j'aie eu conscience de bouger.

— Tout va bien. Laissez-les faire leur travail. Il est entre de bonnes mains.

— Non, non. Il faut que je sois là. Avec lui. S'il vous plaît.

Je ne reconnaissais pas la voix qui criait. Elle était rauque, douloureuse. Elle ne me ressemblait plus. Plus du tout.

— Vous pourrez. À l'hôpital, a-t-elle déclaré d'une voix douce. Vous ne pouvez rien faire pour lui pour l'instant.

Je me suis effondrée. J'ai explosé. Capitulé.

Pendant une heure entière, je me suis écroulée sous le poids de la souffrance qui étouffait mon cœur et je l'ai laissée me consumer sans retenue. Je me suis permis d'éprouver la douleur cuisante provoquée par la perte de Cam plus intensément encore que le jour de sa mort.

Et maintenant, je me déteste pour ça.

Je me déteste parce que la douleur est plus forte. Plus perceptible. Plus lourde. Effrayante et affolante. Cam me manque plus que jamais.

Alors j'ai besoin d'oublier. J'ai besoin de mettre toutes ces conneries de côté, d'enfouir la douleur et de masquer mon chagrin, et de reprendre le cours de ma vie. Après ma crise de larmes, j'ai ouvert l'imposante grille qui me dominait dans la lumière déclinante et j'ai regardé sa tombe un long moment.

Je n'ai jamais hésité comme ça, auparavant. Je n'ai jamais été aussi effrayée d'entrer ici et de voir son nom gravé dans le marbre, ou de m'asseoir sur la pelouse qui recouvre l'endroit où il repose.

Je ne sais pas comment je fais. Je sais seulement que je le fais. Mes pieds avancent, l'un devant l'autre, et me mènent jusqu'à sa tombe.

Quelques feuilles sont tombées des arbres ; elles jonchent le sol de ce côté-ci du cimetière et certaines recouvrent la stèle. Je les chasse de la main et je les regarde tourbillonner jusqu'au sol, puis je m'accroupis. Je serre mes genoux contre ma poitrine et j'y pose ma tête. Je parcours des yeux le contour des lettres de son prénom, comme je le fais chaque fois que je viens ici.

Son prénom. Sa date de naissance. La date de sa mort. La phrase qui résume sa mort à la perfection.

Le ciel a gagné la plus belle étoile qu'il possédera jamais.

Mes mots. Les seuls que j'ai pu prononcer quand on a commandé la pierre tombale. Et rien n'aurait pu mieux lui correspondre. Cam était une étoile dans la vie des gens, et c'est le seul endroit où il pouvait finir en toute justice : très haut dans le ciel, pour diffuser son éclat sur le monde et éclairer notre route. Il était inutile de préciser sur l'épitaphe qu'il allait nous manquer ; on sait tous que c'est le cas, et lui aussi probablement.

— Éclaire ma route jusqu'à la maison ce soir, hein, frérot ? je murmure avant d'embrasser le bout de mes doigts et de les poser sur la pierre. Tu me manques.

Je refoule mes larmes, je me relève et je m'éloigne. La maison de Selena n'est qu'à quelques minutes du cimetière, mais j'ai caché mes émotions pendant si longtemps que, au moment où elle souhaite une bonne nuit à ses parents et où on se met en route pour la soirée d'anniversaire de Leanne, celles-ci ne sont plus visibles.

— Est-ce que Kyle vient, ce soir ? demande Selena.

Je hausse les épaules.

— Pourquoi voudrais-tu que je le sache ?

— Comme ça, sans raison. C'est juste qu'il est parti comme s'il avait le feu aux fesses quand il a compris que tu étais allée chez Layla, l'autre jour.

— Seulement parce qu'il voulait vider ma bouteille par terre, je murmure sèchement.

Alors je me fiche bien de ce qu'il fait… ou peut-être pas tant que ça. Une partie de moi lui en veut, mais une autre est toujours en apesanteur dans une bulle incandescente depuis qu'il m'a serrée contre lui si longtemps. Et les deux parties savent que ça ne serait pas arrivé s'il n'avait pas vidé la bouteille de vodka.

— Il a eu raison, répond-elle effrontément. Personnellement, je te l'aurais enfoncée dans le derrière, mais chacun fait comme il veut.

Je lève les yeux au ciel et me glisse dans l'entrebâillement de la porte de chez Leanne.

— Bref. J'ai besoin d'un verre.

— Et c'est reparti, marmonne-t-elle.

Je l'ignore et me fraye un chemin vers la cuisine. Olly est debout à côté du frigo et suit des yeux le moindre de mes gestes. Un sourire aux lèvres, il me tend une bouteille de vodka en me voyant approcher.

— Je peux t'offrir un verre, Roxy ?

Et comment !

— Merci, mais je crois que je peux me servir toute seule. (Je lui prends la bouteille des mains.) Je ne suis pas impotente.

Je me sers un verre et y rajoute du coca.

Olly se penche vers moi, pose ses lèvres près de mon oreille et sa main sur ma hanche.

— Je pourrais te rendre impotente.

Je résiste à l'envie de lever les yeux au ciel et je l'agrippe par le col.

— Essaie un peu, Olivier, et on verra qui va vraiment se retrouver impotent à la fin de la soirée.

— C'est presque une promesse.

— Oh oui, mais ça ne va pas te plaire. (Je baisse brièvement les yeux vers son entrejambe.) En fait, je crois que la nature a déjà commencé le travail pour moi. (Je lève mon verre dans sa direction, un petit sourire aux lèvres.) À la tienne.

Je le laisse planté là et je me dirige vers la pièce principale. Un bref regard circulaire m'indique que Kyle n'est pas encore arrivé – s'il compte seulement venir – et je me détends légèrement. À la fois pour la liberté que va m'accorder son absence et parce que je ne l'ai pas revu depuis que j'ai si élégamment tartiné de mascara mon visage ainsi que sa chemise blanche.

Mon verre passe très bien, trop bien même, et je les enchaîne sans réfléchir, sans tenir le compte. Je me contente de savourer la boisson et le sentiment d'oubli et d'abandon qui s'empare de moi. Je ne pense à rien d'autre qu'à la musique qui résonne entre les murs et traverse mon corps. Rien d'autre que…

— Tu en as vraiment eu assez, déclare Selena en poussant un soupir quand elle me voit me servir un autre verre.

— Laisse tomber. (Ma réplique de la soirée.) Relax, Leney. Je peux encore parler, marcher, et je crois que je me souviens de mon prénom. (Je me tourne vers elle, tout sourires, mon verre de nouveau rempli à la main.) Quand je n'en serai plus capable, alors je m'arrêterai.

J'avale une gorgée de ma boisson, que je sens rejoindre la flaque déjà chaude dans mon ventre. Je me fiche de savoir combien de verres j'ai bus, tout ce qui m'intéresse, c'est la sensation de vertige dans ma tête…

Et les yeux bleu-gris qui se plantent dans les miens. Coucou, toi.

— Je ne crois pas qu'on ait été présentés, déclare le propriétaire de ces yeux.

— Je crois que je m'en souviendrais, je réponds en l'observant. (Cheveux brun clair, mâchoire carrée, bras fermes…) Ouais, je m'en serais souvenue.

Il sourit.

— Alors on devrait peut-être se présenter.

J'affiche un sourire qui reflète le sien, mais avec plus d'assurance.

— Libre à toi de te présenter, mais les prénoms ne m'intéressent pas.

Je le prends par la main et je l'entraîne au milieu d'un groupe de danseurs.

Il pose ses mains sur mes hanches et m'attire contre lui. Je glisse les miennes autour de son cou et il baisse la tête pour l'enfouir dans mes cheveux. Il incite mon corps à bouger et je m'exécute, je le laisse prendre le contrôle, tout au moins pour le moment.

À la seconde où on partira, le contrôle sera entre mes seules mains.

Il parcourt mon corps des doigts, jusqu'à les poser sur le tissu moulant de ma jupe sur mes fesses. Son souffle me chatouille le cou et ses lèvres effleurent mon oreille. Je tourne mon visage vers lui.

— Bordel de merde !

La voix de Kyle me parvient derrière moi.

Je grogne.

— C'est une blague…

— Qu'est-ce qu'il y a ? me demande le type en face de moi.

Je laisse retomber mes bras et Kyle en saisit un fermement.

— Tu quittes cette maison, m'ordonne-t-il.

Je retire brusquement mon bras et je lui jette un regard noir.

— Encore ? Sérieusement ? Est-ce que tu es mon putain de tuteur ou je ne sais quoi ?

Il a un regard dur et les mâchoires crispées.

— Voilà comment je vois ça : tu as deux options. Tu pars à mes côtés, ou tu pars en travers de mes épaules. Quoi qu'il en soit, tu rentres chez toi.

— C'est qui ce con ? demande le type anonyme. Ton frère, ou quelque chose ?

— Non, pas son frère, répond Kyle. Et t'as une sacrée chance qu'il soit pas là. (Il se tourne vers moi.) Choisis. Tout de suite.

Très bien. Tu veux jouer à ce jeu !

Je lui adresse un sourire insolent.

— Si tentante que soit ton épaule, Kyle, je suis encore capable de marcher. Mais je t'en prie, ne te gêne pas pour me soutenir, si tu veux.

Il baisse la tête quand je passe devant lui en balançant exagérément les hanches.

— Attends, je dis en m'arrêtant dans le couloir.

— Quoi, Roxanne ? grogne-t-il derrière moi.

— Si tu me jettes sur tes épaules, est-ce que tu vas me donner la fessée ? Si oui, je vais peut-être reconsidérer ma réponse.

Une lueur à mi-chemin entre l'agacement et une certaine fièvre passe dans ses yeux, et mon corps est parcouru de frissons en constatant que je l'ai touché.

Les hommes.

Voilà ce sur quoi j'ai le contrôle.

Et même Kyle n'est pas immunisé.

— Sors d'ici tout de suite, prévient-il. Te fous pas de moi, Rox.

— Rabat-joie, je réplique en faisant la moue. (Sa voiture est garée dans l'allée, et c'est la seule.) Laisse-moi deviner ; tu veux que je pose mes fesses dans ta voiture pour que tu puisses me traîner jusque chez moi ?

— Bravo, t'as gagné, répond-il en tenant ma portière ouverte.

— Je commence à devenir douée.

Je lui lance un nouveau sourire tout en montant et il secoue la tête.

C'est amusant.

Il sort de l'allée.

— Je ne sais plus quoi faire de toi, jeune fille. Vraiment, je ne sais plus.

Mon sourire s'élargit et je pivote sur mon siège pour lui faire face.

— Tais-toi, dit-il d'un ton bourru. Ne dis pas ce que tu t'apprêtais à dire.

— Quoi ? je demande en clignant innocemment des yeux.

Il darde un regard d'avertissement dans ma direction.

— Tu sais exactement de quoi je parle. Tu es en train de te ridiculiser complètement.

— Alors pourquoi t'arrêtes pas de te pointer partout où je vais et de me sauver comme si j'étais une demoiselle en détresse ? Il te manque plus que l'armure, messire chevalier.

— Parce que, en faisant ça, au moins, j'épargne aux autres ce genre de phrases gênantes de sombre ivrogne.

— Ou bien… (J'ouvre ma portière quand il se gare devant chez moi.) C'est parce que tu ne veux pas que quelqu'un d'autre puisse m'avoir, même si tu ne veux pas de moi non plus.

Je claque la portière derrière moi. Je n'avais pas l'intention de dire ça tout haut ! Du tout. Mince. Pourquoi j'ai dit ça à voix haute ?

Ah oui. Parce que c'est la vérité. N'est-ce pas ?

— Qu'est-ce que tu racontes, là ? s'exclame-t-il en me suivant dans le jardin à l'arrière de la maison.

Bon, autant continuer et mettre ça sur le compte des « phrases gênantes de sombre ivrogne ».

Je pivote sur moi-même, faisant voler mes cheveux autour de mes épaules, et je pose les mains sur mes hanches. Je le regarde droit dans les yeux malgré la pénombre.

— Ce que je veux dire, c'est que ça fait deux fois que tu te pointes à mes soirées. Les deux fois, tu t'es énervé parce que je dansais avec un mec alors que je ne faisais rien de mal. Je suis célibataire, je n'ai pas d'engagement ni de promesse qui me lie à qui que ce soit et j'ai le droit de faire tout ce qui me chante.

— Je ne fais que…

— C'est des conneries ! (Je serre les poings et je tape du pied, avant de pointer mon doigt vers lui.) Des. Conneries. Tu ne fais pas ça pour Cam. Je n'y crois pas une seule foutue seconde, Kyle. Tu te mets trop en colère et tu deviens trop protecteur pour qu'il s'agisse uniquement de lui.

— Je te connais depuis toujours. Bien sûr que je vais te protéger des trous du cul que tu t'entêtes à fréquenter. Je me fais du souci pour toi, bon sang !

Il passe ses mains dans ses cheveux, puis détourne la tête.

— Bien sûr, je réponds d'une voix plus calme et un peu triste. J'avais oublié. Tu me connais depuis toujours. Je suis la petite sœur de Cam. Comment ai-je pu être assez bête pour oublier ?

— C'est pas ça, soupire-t-il.

— Alors c'est quoi ? Je suis la petite sœur de Cam. C'est tout ce que j'ai toujours représenté pour toi.

— Avant, ouais, c'est tout ce que tu représentais. Maintenant, non, Roxy. Tu n'es plus seulement la petite sœur de mon meilleur ami défunt.

Mon cœur cesse de battre, et les mots que j'avais préparés meurent dans ma gorge. Bouche bée, je braque mon regard sur l'arrière de sa tête.

— Quoi ? je murmure.

— Tu n'es pas que sa sœur, d'accord ? Merde. J'aurais préféré, mais non. Tu es tellement plus que ça !

— Embrasse-moi.

Les mots sont sortis de ma bouche sans ma permission. Ils ont jailli de mes lèvres non pas comme une supplique mais comme un ordre. Je ne lui demande pas de m'embrasser.

Je le lui ordonne.

Kyle se fige et tourne la tête sur le côté. Son profil est illuminé par le clair de lune, et je déteste le fait qu'il ne me regarde pas.

— Quoi ?

— Si je représente plus que la petite sœur de Cam, alors embrasse-moi. Maintenant. Approche-toi et embrasse-moi comme tu en meurs d'envie, Kyle Daniels.

— Rox… (Il me fait face.) Tu es bourrée. Tu ne sais plus ce que tu dis.

— Oh non… (Je m'interromps quand il me regarde, les sourcils arqués. Je lève les bras en signe de capitulation.) D'accord, je suis bourrée. Mais ça ne veut pas dire que je ne sais plus ce que je dis. Je sais *exactement* ce que je dis. Je sais ce que je veux et je veux que tu m'embrasses.

Il s'approche lentement, l'air impérieux, et mon cœur se met à marteler ma poitrine. Je recule et mon dos heurte le mur du garage. Je déglutis en le regardant s'approcher dans la pénombre, sans jamais le quitter des yeux.

— Tu veux vraiment que je t'embrasse ? Juste ici ?

— Juste ici.

— Maintenant ?

— Tout de suite.

Kyle s'arrête devant moi et pose ses mains à plat sur le mur du garage. Je vois les flammes dans son regard malgré l'obscurité, et je sens la même chaleur émaner de lui. En aucun point nos corps ne sont en contact, mais ça ne change rien.

J'ai le souffle coupé. Mon estomac est noué d'excitation et mon cœur bat contre mes côtes. Le sang et l'adrénaline affluent dans tout mon corps, et je suis dans un état d'hyper-conscience.

De moi. De lui. De nos corps. De notre respiration.

— Contre le mur du garage ? demande-t-il dans un murmure.

— J'y suis déjà.

Depuis quand ma voix est-elle devenue aussi tendue ?

— Je sais. (Il baisse la tête.) J'essaie juste de comprendre exactement ce que tu me demandes. « Embrasse-moi », c'est plutôt vague.

— Et aussi plutôt très clair.

— Ça dépend à qui tu le demandes. (Il effleure ma hanche du bout des doigts, ce qui fait naître des frissons sur ma peau à travers mes vêtements.) Et tu me demandes de te plaquer contre le mur de ton garage et de t'embrasser. C'est ça ?

Oui.

— C'est ça ? répète-t-il.

— Oui.

— Tu ne sais pas ce que tu es en train de me demander, Roxy. Vraiment pas.

Il secoue la tête et s'écarte de moi.

Je tends vivement les mains pour le rattraper par la chemise et l'empêcher de se retourner.

— Je sais très bien ce que je te demande, Kyle. Ne me traite pas comme si j'étais stupide. Tu as dit que je n'étais pas que la petite sœur de Cam pour toi, alors prouve-le. (Je le regarde droit dans les yeux, pour lui montrer à la fois que je suis sérieuse et que je le mets au défi.) Ou alors, dis-moi que tu n'as pas envie de m'embrasser et va-t'en.

Avant que je ne puisse ajouter quelque chose, il plaque son corps contre le mien et me pousse fermement contre le mur. Il presse ses lèvres sur les miennes, passe une main autour de ma taille et pose l'autre à la base de ma nuque. Je fais remonter mes mains sur son torse et derrière son cou, et j'enfonce mes doigts dans ses cheveux.

Doux. Enflammé. Dur. Pénétrant.

Tous ces mots tournoient dans mon esprit, mais aucun ne peut se rapprocher de ce que je ressens quand ses lèvres caressent les miennes et m'embrassent comme jamais on ne m'a embrassée auparavant. Sa langue effleure mes lèvres fermées, se glisse entre elles quand je les entrouvre, pour me posséder. C'est à la fois tendre et primitif, et tous les muscles de mon corps se contractent tandis qu'à l'inverse mes jambes se ramollissent sous moi.

C'est intense.

Notre façon de nous accrocher l'un à l'autre, la manière dont nos lèvres se caressent et nos langues se cherchent sont intenses. Intenses, brûlantes, possessives, et je me sens perdre le contrôle. Je me révèle et je m'effondre à la fois, parce que je sais que rien d'autre ne pourra surpasser cet instant.

Aucun baiser ne surpassera jamais celui-là.

— Comme ça ? murmure-t-il, son souffle sur mes lèvres.

Je hoche la tête.

— Comme ça.

— Tant mieux.

Il me serre encore un peu plus et insère son genou entre mes jambes, sans plus laisser le moindre espace entre nos corps. Il pose sa main à plat dans la courbe de mon dos et passe son pouce sur ma joue.

J'ouvre les yeux et plonge dans son regard. Je retiens mon souffle. Je n'arrive pas à maîtriser le rythme frénétique de mon cœur ni ma respiration saccadée, et je peux encore moins réprimer la chair de poule qui rampe sur chaque centimètre de ma peau.

— Rox, murmure Kyle en penchant légèrement ma tête en arrière.

Je ne dis rien ; je le regarde, les lèvres légèrement écartées, les yeux grands ouverts et les joues rouges, dans l'attente de son prochain geste.

Il ne dit rien non plus.

Il m'embrasse de nouveau.

Je m'abandonne totalement.

CHAPITRE 10

KYLE

Merde.

Je n'ai jamais eu l'intention de faire ça.

J'étais censé la ramener de cette fichue soirée et la coller chez elle, pas la voir tourner ses grands yeux bleus vers moi pour jouer avec moi comme elle joue avec tous les mecs. Et je n'étais pas censé la plaquer contre le mur de son garage pour l'embrasser. Et quel baiser… Je n'ai pas pu m'en empêcher. J'avais envie de l'embrasser depuis le jour de mon retour autant que j'avais envie de la comprendre et de la remettre dans le droit chemin. Et, hier soir, j'ai perdu le contrôle.

À cause de cette étincelle dans ses yeux, de sa détermination quand elle m'a ordonné de l'embrasser, et à cause du souffle qu'elle retenait quand elle me regardait m'approcher d'elle. C'était à cause de notre proximité physique et c'était à moi de décider. Le choix m'appartenait. L'embrasser ou m'éloigner.

Il m'était totalement impossible de m'éloigner. Je n'aurais pas pu tourner les talons et la laisser plantée là, les cheveux lâchés sur ses épaules, les joues enflammées, tout comme je n'aurais pas pu ne pas me rendre à cette soirée quand Selena m'a appelé.

Et j'ai vraiment l'impression d'être un putain d'adolescent à rester assis là comme ça, à me repasser ces moments dans ma tête. Ce n'est pas comme si c'était mon premier baiser ou même un baiser furtif avec une fille que je connais à peine. C'était différent parce qu'il s'agissait de Roxy.

J'ai du mal à croire à tous les changements qui se sont opérés en deux petites semaines. Quatorze jours, ça me semble bien peu pour changer mon regard sur elle ; je la voyais comme une sœur, et soudain je me suis retrouvé à l'embrasser comme si ma vie en dépendait.

— Meeeeeerde. (Je presse mes poings sur mes yeux.) Mais pourquoi j'ai fait ça ?

— Fait quoi ? demande Iz sur le pas de la porte.

Je penche la tête sur le côté pour la regarder.

— Rien.

— Tu mens vraiment mal. (Elle éclate de rire.) À peu près aussi mal que le jour où toi et Cam, quand vous aviez quatre ans, vous avez juré à maman que vous n'aviez pas mangé ses cookies à peine sortis du four. Elle vous aurait peut-être crus si vous n'aviez pas eu du chocolat partout autour de la bouche et des miettes sur vos tee-shirts.

— Ouais, bon, je grogne. C'est juste que… je n'ai pas envie de t'en parler.

— Pourquoi, qu'est-ce que je t'ai fait ?

— Dis plutôt : « Qu'est-ce que je n'ai pas fait ? »

Iz plisse les yeux et croise les bras sur sa poitrine. Elle m'observe attentivement et un petit sourire effleure ses lèvres.

— Me fais pas le coup du langage du corps ! je m'exclame en me redressant.

— Tu te sens coupable et désorienté. Non, attends. (Elle penche la tête sur le côté.) Ah. Tu es désorienté parce que tu devrais te sentir coupable, mais ce n'est pas le cas. Tu penses avoir fait quelque chose de mal, mais en même temps ça t'a plu. Et maintenant tu voudrais me parler, mais tu es complètement flippé de voir que je réussis à analyser tes émotions rien qu'à la façon dont tu es assis.

Son sourire devient narquois.

La garce.

— J'ai raison ?

Je soupire.

— Oui, tu as raison.

— Oh, ça fait du bien. (Elle referme ma porte et vient sauter sur mon lit à côté de moi. Elle replie ses jambes sous elle et me dévisage.) Alors, qu'est-ce que t'as fait ?

— J'arrive pas à croire que je te le dise, je marmonne. Heu… je… heu…

— Oui ?

— Heu.

— Crache le morceau, Ky !

— J'ai embrassé Roxy !

Les mots m'ont échappé et, dès que je les ai prononcés, je renverse la tête en arrière.

Iz ouvre la bouche.

— Tu… as fait quoi ?

— Ne m'oblige pas à répéter. C'est déjà le bordel là-dedans, je lui dis en me tapotant la tempe, alors ne mets pas le bordel aussi à l'extérieur.

— Non, j'ai bien compris ce que tu as fait. Seulement… je suis choquée. En quelque sorte.

— Choquée ? Non, pas le docteur Iz, qui est capable d'analyser les émotions de quelqu'un d'un simple regard ?

— Ferme-la. (Elle me donne une pichenette sur le bras.) J'ai manifestement deviné qu'il y avait une sérieuse tension là-dedans, mais je n'ai pas réalisé à quel point. Alors…

— Nous y voilà. Est-ce que je dois te payer à l'heure pour cette séance ?

— Moitié prix, répond-elle du tac au tac avec un clin d'œil. Mais, plus sérieusement, frérot. Tu te sens coupable… Pourquoi ?

Je me penche en arrière, je plie les genoux et je regarde par la fenêtre.

— C'est la sœur de Cam, non ? Sa petite sœur. La seule fille qu'il aimait plus que tout.

— Et s'il y a bien quelqu'un qu'il aurait laissé l'embrasser, c'est toi, non ?

— Ouais, mais il m'a fait promettre de la protéger, Iz. Mission accomplie, hein ? Comment veux-tu que je la protège des crétins qu'elle s'entête à fréquenter si je suis incapable de la protéger de moi-même ?

Iz reste silencieuse un moment, laissant ma question en suspens. Et elle flotte lourdement. Comme si aucun de nous n'avait envie d'y répondre.

— Qui dit que tu dois la protéger de toi-même ? murmure-t-elle. En plus, le meilleur moyen de la protéger, c'est de l'avoir à tes côtés.

N'est-ce pas la vérité ?

— Je ne sais pas. À la place de Cam, je voudrais me coller mon poing dans la figure.

— Mais tu n'es pas Cam, si ?

Je détourne les yeux de la fenêtre pour soutenir son regard.

— Ce serait plus facile si c'était le cas. Je ne serais pas coincé dans cette sale posture où je ne sais pas quoi faire. Je ne sais pas du tout comment interpréter ce que je ressens.

— Alors parle-lui.

Iz hausse les épaules, comme si c'était aussi simple que ça.

— Il ne peut pas vraiment me répondre, tu as oublié… ?

— Il est mort, je sais bien. Mais, Ky, la mort ne veut pas dire qu'il a disparu. Parce qu'il n'a pas vraiment disparu. Il est toujours là – c'est assez évident, vu ce que tu ressens. (Elle se lève de mon lit et fourre ses mains dans les poches de son short.) Traite-moi de folle si tu veux, mais je parie que, si tu allais sur sa tombe et que tu lui avouais tout, tu te sentirais mieux. Après tout, il n'y aura personne pour te répondre, si ?

— Je suis un crétin, non ? je demande à la pierre tombale devant moi, comme si elle pouvait me répondre.

Si elle pouvait, elle acquiescerait. Il n'y a personne, pas d'oiseau, pas un souffle de vent. Il n'y a que moi, mes mots et mon meilleur ami défunt. Il n'y a que le sentiment de malaise dans mon ventre quand je pense à la dernière fois qu'on s'est retrouvés tous les deux.

— De la mousse à raser ? Dans son shampooing ? Encore ? m'a demandé Cam en me regardant.

J'ai haussé les épaules.

— C'est notre meilleur tour et tu le sais.

— Tu te dis jamais qu'on devrait grandir et arrêter ce genre de farces ?

— Ouais, un jour, mais c'est pas demain la veille. (On a souri tous les deux.) Allez, viens, on le fait une dernière fois.

— Tu sais que c'est toi le responsable, hein ?

On s'est levés et j'ai écarté les bras.

— Comme toujours, mec. Comme toujours.

Et me voilà maintenant assis près de sa tombe, à attendre des réponses qui ne viendront jamais.

Est-ce que j'avais envie de Roxy, à cette époque ? Est-ce qu'une petite partie de moi avait conscience d'une chose que le reste ne réalisait pas ? Est-ce que j'ai secrètement toujours eu envie que la sœur de Cam prenne une autre place dans ma vie ?

— Tu connais la réponse, je suis sûr. Tu connaissais toujours la réponse. Tu comprenais toujours tout avant les autres. (Je passe une main dans mes cheveux et je laisse échapper un long soupir.) Qu'est-ce que je fais, mec ? Comment la protéger, alors que ma seule raison de le faire est totalement égoïste ? Si tu la voyais... (J'éclate d'un rire triste.) Tu l'enfermerais dans une cave quelque part jusqu'à ce qu'elle se raisonne, tu sais ? Elle va mal, vraiment mal, mais je ne sais pas quoi faire. Je ne peux pas continuer à débarquer à ses soirées pour la ramener chez elle de force.

» Je pourrais sûrement lui parler. Arriver à la convaincre plutôt que de lui gueuler dessus. Mais on sait tous les deux comment ça fonctionne. Elle est têtue comme une mule et elle fait ce qui lui chante. Mais ça vaudrait le coup, non ? (Je hausse les épaules.) Deuxième option : continuer de la traîner hors de ses fichues soirées et lui montrer ce qu'elle fait. Lui montrer comment elle gâche sa vie. D'accord ?

J'attends un instant en silence, comme si j'attendais toujours une réponse. Comme si j'attendais de l'entendre rire et me dire de la fermer.

— Et la dernière option... la dernière chance... la laisser tranquille. (Je déglutis à cette seule pensée.) Je m'éloigne et je ne m'occupe plus d'elle, en espérant que ça fera tilt dans sa tête. C'est radical mais, des fois, c'est la seule chose qui la fait réagir, non ? Comme la mousse à raser dans le flacon de shampooing. On récoltait toujours une réaction dramatique et théâtrale.

J'ai l'impression que les lettres gravées de son nom me dévisagent et se moquent de moi. Je me mords l'intérieur de la joue.

Trois options. Trois possibilités. Trois tentatives pour résoudre le problème.

Trois occasions différentes pour elle de me botter le cul.

— Autant s'y mettre tout de suite, hein ? (Je me lève et je tapote le sommet de la stèle.) À plus.

Curieux, notre capacité à parler aux morts comme s'ils pouvaient encore nous entendre. Je suppose qu'une partie de nous veut qu'ils nous entendent, veut croire que c'est encore possible.

Je sais que moi, je veux croire qu'il peut m'entendre et qu'il est d'accord avec moi.

Mes pieds prennent la direction du café et j'essaie de trouver ce que je vais pouvoir lui dire. En vain. Qu'est-ce qu'on dit à la fille qu'on a plaquée contre le mur de son garage et qu'on a embrassée comme un fou ?

Certainement pas : « Salut, comment ça va aujourd'hui ? »

Je secoue la tête et pousse la porte du café. Roxy est debout derrière le comptoir, les jumelles sont assises devant elle. Elles s'esclaffent de concert. Et je perçois une certaine légèreté dans le rire de Roxy.

Ses yeux bleus se plantent dans les miens quand les jumelles se retournent. Je soutiens son regard à travers la salle. Elle déglutit, les lèvres entrouvertes, et je me dirige vers elle.

Chapitre 11
ROXY

Marie s'appuie contre le comptoir et frissonne légèrement tout en marmonnant.

J'allume la machine à café et je jette un coup d'œil par-dessus mon épaule.

— Je peux vous aider ?

— Non, pas vous, ma chère, répond-elle avec un sourire.

— J'imagine que vous ne l'avez pas vu, demande Isla en prenant place près de sa sœur.

— Vu qui ?

— Le joli garçon qui loge chez votre tante ! Oh !

Elles s'éventent toutes deux avec leur main.

Je dépose une tasse de café devant chacune d'elles et je transmets leur commande.

— Un joli garçon ? Je suis tout ouïe.

— Il est… Oh, il m'a mise dans tous mes états !

Marie soupire de nouveau.

— Il est grand, ajoute Isla d'un air rêveur. Grand, fort, et ses cheveux ! Doux Jésus, je crois que je pourrais les caresser toute la journée.

Je ne crois pas les avoir jamais vues glousser autant à propos d'un homme… ou de quoi que ce soit d'autre, d'ailleurs, ce qui en dit sûrement très long.

— Qui est-ce ? je leur demande en leur rendant la monnaie.

— Pas la moindre idée, ma chère. Mais il nous a dit qu'il nous retrouverait ici pour boire un café. Alors, si vous voyez cet homme entrer, n'oubliez pas de nous prévenir immédiatement ! me lance Isla en agitant son doigt vers moi.

Je lui réponds par un sourire désabusé.

— Comme si je risquais de le remarquer avant vous, mesdames.

Marie hoche la tête.

— Là, Isla, notre petite Roxy la Malice marque un point.

— Roxy la Malice ? (Je ricane.) Ça ne s'arrange pas, vous deux. Allez donc boire votre café et gardez l'œil ouvert.

La porte s'ouvre et elles se retournent toutes deux à la vitesse de l'éclair.

— Mmm, ce n'est pas notre homme, mais il n'est pas mal non plus.

Je lève les yeux au ciel et j'éclate de rire. Mais alors, je vois Kyle sur le seuil, une main posée sur la porte. Il semble mal rasé et je croise son regard, le cœur battant. Il me regarde avec la même intensité qu'hier, comme s'il ne voyait que moi. Je déglutis en le voyant s'approcher.

— Mesdames, dit-il avec un regard pour Marie et Isla. Vous semblez en pleine forme, ce matin.

— Oh, quel charmeur !

Isla lui tapote le bras en gloussant.

— Je le dis comme je le pense, ajoute Kyle avec un clin d'œil.

— Eh bien… (Marie nous regarde tour à tour.) Je pense qu'on devrait aller s'asseoir, Isla.

— Tu as raison, Marie. Mais, aujourd'hui, on s'installe face à la porte. On ne voudrait pas manquer notre jeune homme.

Kyle hausse un sourcil interrogateur tandis qu'elles prennent place.

— Leur jeune homme ?

— Un type qui loge au Bed & Breakfast de ma tante, je réponds d'un air nonchalant. Un café ?

— Oui, s'il te plaît.

Je me retourne et je m'occupe de son café. J'essaie de ne pas me concentrer sur son regard fermement rivé à mon dos ou sur notre baiser d'hier soir. En fait, je me concentre exclusivement sur ce café que j'essaie de préparer sans...

— Zut ! je m'écrie en laissant tomber la carafe de lait.

J'attrape un torchon et je me penche pour nettoyer. J'entends Kyle rire tout bas derrière moi et, quand je me relève, je lui jette un regard noir.

— Quelque chose te tracasse, Roxy ?

— À part regretter de ne pas avoir renversé le lait sur toi à la place ? Non.

— Et c'est reparti : le sarcasme comme moyen de défense.

Je pose son café devant lui, avec du lait.

— Qu'est-ce que tu viens faire ici ?

Il m'adresse un sourire en coin.

— Je viens prendre un café.

— Bien sûr. (Je pose une main sur le comptoir et je penche la tête sur le côté.) Bon, qu'est-ce que tu fais là ?

Il jette un bref regard aux jumelles, qui reportent vivement leur attention sur leurs tasses. Alors il se penche vers moi et baisse la voix :

— Est-ce qu'on peut parler quand tu auras fini ?

Je regarde la pendule.

— Dans une demi-heure.

Kyle porte sa tasse à ses lèvres. Ses yeux bruns m'observent par-dessus le rebord de la céramique blanche, et la lueur que j'y perçois me coupe momentanément le souffle.

— Je vais t'attendre, dit-il tout bas.

Il me semble déceler un double sens.

Je chasse cette pensée et je me dirige vers la table de M. Yeo. Un baiser et voilà que j'analyse chacun de ses mots. Nom d'un chien…

— C'était comment ? je demande au vieil homme caché derrière son journal.

— Génial, répond-il. C'est comme ça que disent les jeunes de nos jours, non ?

Je ris.

— Oui.

— Bien. Dites à votre maman que c'est le meilleur petit-déjeuner qu'elle m'ait fait.

— Elle a essayé une nouvelle recette. Je vais lui dire que c'est un succès.

J'emporte son assiette dans la cuisine, où je la dépose dans l'évier.

— Alors ? me demande ma mère.

— Il a adoré.

— Qui aurait cru que tout ce qu'il fallait, c'est une pincée de poivre noir ?

Je hausse une épaule.

— Sûrement pas moi.

— Roxy…

Je m'arrête avant de sortir de la cuisine et je me retourne lentement.

— Oui ?

— Tu vas bien ? Tu as l'air un peu… éteinte.

— Oui, je vais bien, maman. J'ai mal dormi cette nuit, c'est tout.

— OK, ma chérie. Tu pourras y aller quand Selena sera là. Je n'ai pas besoin de vous deux, alors tu peux aller te reposer.

Je hoche la tête et je retourne en salle. Les jumelles sont en train de parler avec un grand homme aux cheveux gris. Il ne peut tout de même pas s'agir du « joli garçon » du Bed & Breakfast de tante Bonnie ?

— Psst, je siffle à l'attention de Kyle, qui se rapproche. C'est qui ?

Son visage est plus proche du mien que je ne l'aurais cru. Je tressaille, surprise, mais il ne s'écarte pas.

— C'est leur fameux jeune homme.

Le tressaillement de ses lèvres m'indique combien il est amusé.

J'observe l'inconnu à la dérobée.

— Ma maison est plus jeune que lui.

Kyle glousse.

— Sois sympa, Roxanne.

— Ne. M'appelle. Pas. Roxanne.

— Sinon ?

— Désolée, je suis en retard ! s'exclame Selena en déboulant dans le café. Je ne trouvais plus mon tablier.

Je m'écarte du comptoir.

— T'inquiète pas. Tu aurais pu prendre le mien. Je m'en vais, de toute façon.

— Tu… quoi ?

— Ma mère m'a dit qu'elle n'avait pas besoin de moi, alors je peux partir en avance. (Je hausse les épaules en dénouant mon tablier, que je fourre sous le comptoir.) Amuse-toi bien.

— Pffft, fait Selena en se versant une tasse de café – et je souris.

— Soyez sages, toutes les deux, je lance aux jumelles en me dirigeant vers la porte.

Elles se retournent et leurs yeux pétillent quand elles voient Kyle sur mes talons.

— Même chose pour vous, répondent-elles à l'unisson avec un petit gloussement.

C'est de pire en pire.

Kyle me tient la porte.

— Qu'est-ce qu'on fait ? je lui demande.

— Tu veux aller à la gorge ?

— Rien que nous deux ?

Il me jette un sourire narquois.

— Qui d'autre ?

Je hausse les épaules et m'approche de sa voiture. Je l'entends rire derrière moi.

— Qu'est-ce qu'il y a, Hugues ? murmure-t-il à mon oreille. Ma compagnie te rend nerveuse ?

— Sois pas stupide, Daniels. (Je le repousse.) Allons-y avant que je change d'avis.

— Pourquoi voudrais-tu changer d'avis ?

— Pas parce que tu me rends nerveuse, ça c'est sûr.

Il rit de nouveau. Qu'il aille au diable. Oui, sa compagnie me rend nerveuse. Ce n'est pas un sentiment auquel je suis habituée. Moi, j'ai l'habitude de savoir exactement ce qui va arriver, mais Kyle n'arrête pas de me surprendre. J'ai l'habitude d'être en total contrôle quand il n'est pas là. Et lui me fait perdre mon assurance. Une sensation que j'adore et que je déteste en même temps.

L'air de l'habitacle est étouffant. Pendant le trajet, je laisse mon regard errer sur les zones boisées qui défilent sur le côté et dans lesquelles j'ai grandi. Dans une ultime tentative de distraire mes pensées de Kyle, j'essaie de nommer toutes les variétés de fleurs que j'aperçois, mais rien n'y fait.

Je n'arrête pas de penser à notre baiser d'hier. À ses mains dans mes cheveux, à son corps contre le mien et à ses lèvres sur les miennes. Je ressens encore la moindre caresse jusqu'à la moelle, la brûlure sur ma peau quand il me touchait.

L'air est plus frais à l'extérieur, et c'est un soulagement de descendre de voiture et de m'enfoncer entre les arbres. C'est un soulagement d'être ici, dissimulée aux regards des autres. Même si la personne de laquelle je dois le plus me cacher se trouve juste derrière moi.

— Pourquoi faut-il que tu choisisses toujours les plus gros crétins ?

Je m'arrête et je pose la main sur un tronc.

— Comment ça ?

— Les types avec qui je te vois tous les week-ends. C'est des sales cons, Rox. Tu n'es ni aveugle ni stupide. Tu le sais.

— Je le sais.

— Alors pourquoi tu les fréquentes ?

— Parce qu'ils n'attendent rien de plus que ce que je veux leur donner.

— C'est-à-dire un petit coup vite fait.

Ses mots sont blessants. Mais ils sont vrais.

— Oui.

J'entends les brindilles craquer sous ses pieds quand il s'approche de moi.

— Pourquoi ? Pourquoi ne pas te trouver un mec bien ?

Je tourne la tête pour croiser son regard.

— Parce que, eux, ils veulent plus que ce que je peux leur donner.

— C'est-à-dire ?

— Une vraie relation.

Kyle se plante devant moi et pose sa main à côté de la mienne sur le tronc.

— Et pourquoi tu ne peux pas leur donner ?

Parce qu'ils ne sont pas toi.

— Je ne peux pas, c'est tout. Je recherche les crétins, comme tu dis, parce qu'ils se fichent que je joue avec eux. Ils me veulent pour ce que je suis : quelque chose qui ne signifie rien du tout. C'est facile. Simple. Je peux me les taper comme ça et ils s'en fichent.

— Alors pourquoi tu m'as embrassé, hier soir ?

J'étais bourrée. Je ne sais pas. J'étais bourrée. Je ne sais pas.

Génial. Je n'arrive pas à trouver plus de deux explications, et elles sont toutes les deux minables.

Je choisis de déglutir au lieu de répondre.

— Alors ? insiste-t-il. Aux dernières nouvelles, j'étais un abruti.

— Ça dépend à qui tu demandes.

Il hausse les sourcils.

— Est-ce que je suis un abruti ?

— Non. (Je soupire.) Tu ne l'es pas.

— Alors je répète ma question : pourquoi tu m'as embrassé hier, alors que tu n'embrasses que des abrutis ?

Je plisse les yeux.

— Pourquoi *toi*, tu m'as embrassée ?

— Pour la même raison que celle pour laquelle je m'apprête à le refaire. Parce que j'en ai envie.

Il penche la tête et m'embrasse avant que je puisse réagir.

C'est à la fois la même chose qu'hier et quelque chose de différent.

C'est plus doux. J'ai l'impression qu'il me goûte et qu'il me savoure. J'ai l'impression que chacune de ses caresses a pour but de mémoriser la sensation de ma bouche.

Le baiser est aussi brut que celui de la veille, sans lui ressembler. Hier, c'était une explosion de désir pur. Aujourd'hui, c'est une vague d'émotions et d'honnêteté.

— Pourquoi ? je murmure.

Kyle écarte mes cheveux de mon visage et prend ma tête entre ses mains.

— Parce que quelqu'un doit te montrer que tu vaux plus que tu ne sembles le croire. Et c'est dur de se retenir de frapper tous les mecs qui te touchent. J'ai pas l'intention de laisser quelqu'un d'autre t'embrasser comme ça.

— Pourquoi, Kyle Daniels, est-ce que tu es *jaloux* ?

— Oui.

Sa réponse me prend par surprise. C'est sa manière de répondre aussi simplement, comme si j'aurais dû le savoir, comme si je n'aurais pas dû lui poser la question du tout.

— Pourquoi ?

Il effleure le bout de mes cheveux et s'écarte.

— Je ne sais pas. Tout comme tu ne sais pas pourquoi tu ne veux pas te mettre en couple avec un type bien.

Aïe. Un point pour lui.

Je m'assois par terre à ses côtés.

— Alors tu es venu au café pour découvrir que je ne voulais pas de relation avec un mec bien, et que tu es jaloux de tous ceux qui m'embrassent.

— Apparemment.

— Tu sais très bien pourquoi tu es jaloux, je dis en regardant le sol.

— Et tu sais très bien pourquoi tu ne veux pas donner sa chance à un type bien.

Autrement dit, pourquoi je ne lui en donne pas une à lui.

— On ne parle plus de manière générale, là, si ?

— Non, répond-il d'une voix calme.

Je suis des yeux l'eau qui défile devant nous. Le courant tumultueux s'écrase contre les petits rochers qui se trouvent sur son chemin. C'est comme si l'eau savait exactement où elle allait avant de heurter le rocher. C'est une collision frontale, un accident.

De la même manière que la vie de Cam a pris fin. Et la mienne prend une direction identique.

La différence, c'est que je contrôle ma vie.

Pas Kyle.

— Je n'ai plus envie de parler de ça, reprends-je à voix basse, presque étouffée par le bruit de la cascade. Tu peux me ramener ?

— Dans une minute.

Kyle se tourne vers moi.

— Pourquoi…

Il attire de nouveau mon visage vers le sien. Je sais que je devrais le repousser, que je devrais mettre un terme à tout ça ici et maintenant. Je devrais me lever et exiger qu'il me ramène chez moi sur-le-champ.

Mais je ne le fais pas.

J'ai passé trop de nuits sans fin, au cours des dernières années, à me demander l'effet que *ça*, ça me ferait. J'ai passé de trop nombreuses heures, les yeux dans le vide, dans une espèce de brouillard, à me demander ce que ça ferait s'il me voyait enfin autrement que comme la sœur de son meilleur ami.

Aujourd'hui, je le sais. Je connais la sensation de ses lèvres sur les miennes et celle de son regard sur moi quand il me voit enfin différemment.

Et j'ai bien peur d'être impuissante face à ça.

CHAPITRE 12

KYLE

Roxanne Hugues m'a complètement retourné le cerveau. *Et elle ne le sait même pas.*

Elle sait très bien l'effet qu'elle fait aux mecs. Bien sûr que oui, ils sont suffisamment nombreux à se jeter à ses pieds. Mais elle ne sait pas à quel point un seul sourire ou un seul clignement d'yeux peut attirer notre attention. Et, après une caresse, c'est le point de non-retour.

Je suis fichu. Je ne suis pas naïf. Je sais exactement ce qu'elle fait et ce que font les autres. Son attitude est sa façon de gérer la mort de Cam. Elle est prête à le répéter à tous ceux qui veulent l'entendre, mais je suis le seul à l'avoir démasquée et à vouloir l'amener à faire réellement son deuil. Je suis le seul à savoir ce qui se cache vraiment derrière ses magnifiques yeux bleus.

Et, bon sang, il faut que j'arrive à lui mettre du plomb dans la cervelle et à la faire asseoir assez longtemps pour qu'elle réalise qu'elle n'a pas besoin de ces crétins qu'elle s'amuse à séduire je ne sais combien de fois par semaine. Je dois lui faire comprendre que ce dont elle a besoin se trouve juste sous son nez : un mec bien grâce auquel elle pourra s'aimer elle-même autant que lui l'aime.

Je pourrais tomber amoureux d'elle avec une telle facilité… C'est peut-être déjà le cas dans un petit coin de ma tête. Peut-être même qu'il y a une partie de mon corps que je n'ai pas encore écoutée et qui ne réclame qu'elle.

Parce que, bordel, le mec qu'il lui faut, c'est moi !

Elle a eu besoin de moi toute sa vie et je n'ai pas l'intention que ça change. Et peu importe si elle avait besoin de moi d'une manière bien différente à l'époque. Elle a besoin de moi maintenant plus que jamais, et j'aurais dû être présent six mois plus tôt quand son univers s'est effondré autour d'elle.

Elle ne me le pardonnera jamais, mais vous savez quoi ? C'est pas grave. Je ne me le pardonnerai jamais non plus. J'aurais dû être là pour maintenir ensemble les morceaux de son cœur brisé.

Mais maintenant, maintenant, je suis revenu. Maintenant je suis là et j'ai deux mois devant moi pour retrouver toutes ces pièces et les recoller comme moi seul en serai capable.

Il faut que je lui fasse comprendre qu'elle a besoin de moi.

Parce que, moi, je sais que j'ai besoin d'elle.

— On dirait qu'elle ne s'intéresse à personne d'autre qu'elle-même. Enfin, tu as bien vu, déclare Myra en passant une main sur son visage.

— Je pense que si, je réplique prudemment. Sauf qu'elle ne sait pas comment le gérer. Je pense qu'il lui manque tellement qu'elle doit combler le vide d'une manière ou d'une autre.

— Elle ne comblera jamais ce vide. Aucun acte de révolte ne comblera le néant laissé par la mort de Cam. (Ray soupire.) Et elle ne veut rien entendre. On l'a laissée aller trop loin avant de nous en mêler, et maintenant on en paie les conséquences. On aurait dû la ligoter pour qu'elle arrête.

Iz ricane.

— Elle aurait trouvé un moyen de s'échapper. D'accord, elle était autrefois douce et calme, mais elle a toujours été très déterminée. On sait tous que Roxy a toujours trouvé le moyen d'obtenir ce qu'elle voulait quand elle le voulait, et les autres pouvaient bien aller se faire voir.

— Tu as raison, Iz, acquiesce Myra. Ce qui était autrefois sa plus grande qualité est devenu son pire ennemi. Seulement…

Elle s'interrompt et ferme les yeux. Ray lui prend la main ; être témoin d'une telle tristesse me fend le cœur. Myra est comme une seconde mère pour moi.

Iz prend à son tour la main de Myra.

— Je me demande si on aurait accordé plus d'attention à sa douleur si elle n'avait pas fait tout ça. (Myra rouvre ses yeux brillants de larmes.) Aucun parent ne devrait avoir à enterrer son enfant. Le jour où Cam est mort, on m'a arraché la moitié de mon âme. Entre tous, c'est *mon* garçon qu'on m'a enlevé. Mon rayon de soleil. Mon monde s'est effondré. Je me suis demandé si souvent pourquoi lui. Je ne comprenais pas. Il était si jeune, si prêt à affronter ce que la vie avait à lui offrir, et aucun de nous n'a réalisé que ce qu'elle lui réservait c'était un coup dur. Et un sacré coup dur. J'étais tellement submergée par ma propre peine que j'ai oublié qu'elle souffrait aussi.

— Myra…

— Non. J'ai essayé pendant longtemps de tout garder enfoui, pour rester forte pour elle, mais ça n'a pas marché. (Elle secoue la tête et les larmes coulent sur ses joues.) Elle a assisté à l'accident et elle était là quand il est mort. Elle a vécu ce moment toute seule. S'il y a bien une personne qui devait être aux côtés de Cam à ce moment-là, c'est elle. Je n'ai jamais vu quelqu'un aimer autant quelqu'un d'autre. Mais on l'a tous oublié. On avait si mal qu'on a oublié que c'est elle qui l'a vu mourir. Notre dernier souvenir de lui en vie est un souvenir heureux, mais celui de Roxy, c'est de voir la vie quitter son corps. Elle a tellement souffert...

— Myra Hugues, maintenant, écoutez-moi ! (Iz fait claquer sa main sur la table.) Ce terrible jour, vous l'avez *tous* perdu. Pas seulement vous, pas seulement Roxy. Tout le monde l'a perdu, d'accord ? Vous aviez tous le droit de faire votre deuil de la manière que vous estimiez nécessaire – et vous l'avez encore, ce droit. Sophia Loren a dit un jour que, avoir un enfant, c'était laisser un morceau de son cœur sortir de son corps, ou quelque chose comme ça. Si le fait de vous isoler était votre façon de gérer cette perte éternelle d'une partie de vous, alors soit.

» Il est légitime de vous replier sur vous. Et ce n'est pas grave. Vous avez le droit de pleurer et vous avez le droit de ne penser qu'à vous. Si je ne ressentais que la moitié de votre chagrin... Mince alors ! Vous avez le droit d'avoir mal, et ne vous avisez jamais de vous sentir coupable pour ça.

» Roxy n'a pas choisi la bonne manière de faire son deuil. Et d'ailleurs, elle ne fait même pas son deuil. Elle lutte contre, elle se met dans des états d'abandon je ne sais combien de fois par semaine parce qu'elle ne veut pas se souvenir. Pas à cause de ce que Ray et vous auriez fait ou n'auriez pas fait. C'est elle qui a choisi cette voie. Elle a choisi d'oublier plutôt que de faire son deuil, et ce n'est pas une solution à long terme. J'imagine que ça a merveilleusement fonctionné pendant un temps, mais maintenant ça doit commencer à devenir lassant, même pour elle.

— Seulement, je ne sais pas ce que nous sommes censés faire, répond Myra en s'effondrant.

Elle se penche sur la table et enfouit son visage dans ses bras, les épaules secouées par les pleurs. Pendant un instant, ses sanglots sont le seul son qui résonne à travers le café.

Je contourne la table et je passe mes bras autour de son cou. Je la serre. Je ne sais pas quoi faire d'autre. Cette femme qui m'a traité comme son fils toute sa vie, celle qui était présente quand je ne pouvais pas parler à ma propre mère de mes histoires, a le cœur brisé en mille morceaux. Elle a perdu un enfant et, dans son esprit, elle est en train de perdre l'autre.

— On est revenus maintenant, je dis pour la rassurer. Vous savez qu'on va vous aider.

— Kyle l'a déjà sortie de, quoi… deux fêtes ?

Iz me regarde. Je lâche Myra, je grimace et je hoche la tête.

— Il a donné le coup d'envoi.

Mon téléphone vibre dans ma poche. Roxy.

— Salut, je réponds.

— Kyle. (Elle glousse.) J'ai besoin d'un sévice. Non. C'est pas ça. J'ai besoin d'un… un…

— D'un service ?

— Oui ! (Elle glousse de nouveau.) Je, heu… suis en quelque sorte coincée à Portland. Et je suis un peu saoulée.

— Tu veux dire « saoule ».

— C'est ça ! Tu vois. Tu me comprends toujours.

Nouveau gloussement.

Iz, Myra et Ray me dévisagent.

— Donc tu veux que je vienne te chercher à Portland pour te ramener ici par la peau des fesses ?

— Pas forcément par la peau des fesses. Cette fois, je viendrai de mon propre gré. Je viens. Hah !

Nouveau gloussement. Mince alors… elle doit être vraiment bourrée.

— Tu es où ? je demande dans un soupir.

— Je suis… heu… au McDo. Hmm, manger.

— Selena est avec toi ?

— Non, idiot. Elle est chez elle. Nul nul nuuuul !

— OK. Tu es seule ?

— Non. J'ai le petit Transformer de mon Happy Meal avec moi.

Je ne sais pas si je dois rire ou pleurer.

— C'est Bumblebee. Il est trop nul.

— D'accord, Roxy. Reste où tu es et je viens te chercher.

— Je reste où je suis ? Exactement où je suis ?

— Oui. Là où tu es.

— Et si je dois aller faire pipi ?

Sérieusement ?

— Tu peux aller où tu veux tant que tu ne quittes pas le restaurant.

— D'accord.

Et elle raccroche brusquement.

Je regarde longuement mon téléphone avant de relever les yeux vers Myra.

— On dirait bien qu'une enfant rebelle a besoin que j'aille la chercher à Portland.

— Pourquoi tu as mis aussi longtemps ?

Roxy est assise dans le fond du restaurant, le dos contre la fenêtre et les pieds sur le siège. Elle tient un petit jouet que je suppose être Bumblebee et ne le quitte pas des yeux.

— C'est à une heure de route, t'as oublié ?

Je soulève ses pieds, m'assois à côté d'elle et repose ses jambes sur mes genoux.

— Et tu es venu juste pour me chercher.

— On dirait bien, non ?

Elle fait tourner la petite poupée.

— Parce que c'est ce que *Cam* aurait voulu.

Je choisis d'ignorer l'amertume dans sa déclaration et de me concentrer sur la tristesse qu'elle pense réussir à me cacher.

— Non. Je suis venu parce que tu me l'as demandé.

Je croise ses yeux bleus.

— Pourquoi ?

— Roxy, tu dois le savoir, maintenant, que je ferai toujours ce que tu me demanderas. (Je pose mon doigt sur ses lèvres entrouvertes pour l'empêcher de répondre.) Parce que c'est ce que *moi* j'ai envie de faire. Pas pour Cam. Pour moi. D'accord ?

Elle hoche la tête, referme la bouche, et je baisse la main.

— Bumblebee était son préféré, murmure-t-elle. J'ai commandé ce stupide machin juste pour l'avoir. Mais ça ne va pas. Cam devrait être assis en face de moi, et il aurait dû me voler ce fichu jouet avant même que j'aie pu le sortir de son emballage.

— Comme tu le faisais toujours, jusqu'à ce qu'un jour tu gagnes tous les Furby.

— Exactement. (Roxy esquisse le début d'un sourire tout en reniflant.) Je l'ai acheté en me disant que, si je trouvais Bumblebee, je pourrais le donner à Cam. Et puis je me suis assise et je me suis souvenue. Je me suis souvenue qu'il ne pourra plus jamais l'avoir.

— Roxy, je murmure en l'entourant de mes bras.

Elle se blottit contre moi et se met à pleurer.

— Comment j'ai pu oublier, Kyle ? Comment j'ai pu oublier qu'il était mort ? *Mort*, putain !

Je plonge ma main dans ses cheveux et je la serre plus fort. Elle tremble et ses larmes trempent ma chemise. Je n'ai aucune réponse à lui donner.

— Allons-y. (Elle se redresse, les joues barbouillées de mascara.) Je veux rentrer à la maison.

— Attends.

Je passe mes pouces sous ses paupières. La voir pleurer me fend le cœur. Elle écarquille les yeux pendant que j'essaie d'effacer les traces de mascara. Grands ouverts, humides et brillants sous les néons du restaurant. Une autre larme gonfle ; je l'attrape avec mon pouce. Je dépose un tendre baiser sur la peau douce de son front avant de me relever et de l'aider à faire de même.

— Viens. Rentrons à la maison, Roxanne Jane Hugues.

Elle fronce les sourcils mais me laisse l'aider.

— D'accord, Kyle Michael Daniels.

Je souris. J'aime la façon dont mon nom entier roule sur sa langue. J'aime aussi la façon dont ma langue roule sur la sienne…

Elle bidouille la radio tandis que je quitte le parking. Et elle bidouille. Et encore. Et encore. Je serre les dents, agacé par le bourdonnement constant tandis qu'elle tripote le bouton de réglage pendant quarante-cinq minutes. Je ne sais pas comment j'ai pu supporter ça aussi longtemps.

— Roxy. Qu'est-ce que tu fais ?

Elle écarte la main comme si la radio avait pris feu et baisse les yeux sur ses genoux.

— Heu… Je ne veux pas rentrer à la maison, murmure-t-elle.

— Mais tu disais…

— Je veux rentrer à Verity Point, mais pas chez moi.

— Ta mère est morte d'inquiétude, tu sais.

— Quand est-ce qu'elle ne l'est pas ? réplique-t-elle. Je ne veux pas rentrer à la maison.

Nom d'un chien ! Moi qui trouvais les filles à l'université explosives, Roxy les ferait pâlir d'envie. Elle s'enflamme plus vite qu'un feu de brousse.

— Tu veux que je me gare, alors ? C'est sûr, tu serais à l'aise sur le bord de la route.

— Je retire ce que j'ai dit tout à l'heure. Tu n'es pas tout le temps un abruti, mais quand tu l'es, t'es le roi.

— Super. Je rentre dans ta rue, alors.

— Qu'est-ce que tu fais de « je ferai toujours ce que tu me demanderas » ?

— Je retire ce que j'ai dit tout à l'heure. (Je lui renvoie ses propres mots.) Je ferai tout ce que tu me demanderas quand j'en aurai envie.

— Tu viens encore de monter d'un cran sur l'échelle des abrutis.

— Génial. (Je me gare devant chez moi et je me tourne vers elle.) Alors est-ce que ça veut dire que je vais pouvoir te baiser un jour ?

Sa mâchoire tombe et elle cherche à répliquer, mais rien ne sort. Elle me dévisage, le corps figé de stupeur. Tant mieux. C'est la réaction que j'espérais.

Je sors de la voiture, claque la portière et me dirige vers son côté. J'ouvre brusquement sa portière.

— Tu comptes sortir ou t'as l'intention de passer la nuit dans ma voiture ?

— J'arrive pas à croire à ce que tu viens de dire.

— Je suis désolé… Est-ce que c'est un droit réservé aux abrutis de première classe ?

Roxy descend de voiture avec des éclairs dans les yeux et enfonce son index dans ma poitrine.

— T'es un vrai connard, des fois, tu le sais ?

— Ouais. (Je lui souris lentement.) Et tu adores ça.

— Non. Je déteste ça.

Elle me dépasse en trombe.

— Seulement parce que je suis la seule personne qui arrive à te la faire fermer.

Elle s'arrête sur mon perron.

— Il y a beaucoup de choses qui se sont fermées en moi, Kyle. Beaucoup de choses.

Elle recommence son numéro. On le sait tous les deux. Je ne comprends pas ce qu'elle fait, mais on dirait qu'elle ne peut pas s'en empêcher. Quoi qu'il arrive, ça finit toujours de la même façon : en dispute. Le problème, c'est que j'adore la mettre en boule. Quand elle est furax, au moins, elle ne se cache pas.

Je traverse la pelouse à grandes foulées et je me plante juste derrière elle. Je passe mon bras autour de sa taille et je l'attire contre moi. Son dos heurte ma poitrine et, d'une main, je repousse ses cheveux sur le côté. J'approche mes lèvres de son oreille et je la sens frissonner.

— Je te l'ai déjà dit. Déconne pas avec moi, Roxy. N'essaie même pas. Arrête tes petits jeux, parce que tu ne gagneras pas.

Elle déglutit et prend une profonde inspiration.

— Oh, et je peux te faire taire. Tu sais que je sais faire ça très bien. Continue tes conneries et peut-être que je serai obligé de te le rappeler.

Cette fois, je sens tout son corps se raidir. J'ai les doigts écartés sur son ventre. Elle se retourne pour me faire face. Ses yeux brillent dans la pénombre et sa voix se voile :

— C'est une menace ?

— Non. C'est une promesse. (Je la lâche et pousse ma porte.) Entre.

— Tu ne me ramènes pas chez moi ?

— Roxy. Tu m'as demandé de ne pas le faire, alors je ne le fais pas. Tu peux passer la nuit ici. Et, franchement, j'en suis arrivé au point où je me fiche que tu dormes dans la chambre de ma sœur ou dans la mienne, alors ramène tes fesses et va trouver Iz avant que je décide à ta place.

Si elle dormait dans ma chambre, ce serait un désastre, étant donné que, dans ma tête, je ne pense qu'à l'embrasser et que, dans mon pantalon, j'ai une érection. Elle se faufile à l'intérieur et je la suis en haut de l'escalier, puis jusqu'à la porte de la chambre d'Iz. Elle frappe.

— Qu'est-ce que tu veux ? s'exclame ma sœur.

— J'ai un cadeau pour toi, je réponds.

— Si c'est encore une boule puante, tu peux te la carrer où je pense.

Je jette un coup d'œil à Roxy et je souris légèrement.

— Non, mais c'est une vraie bombe à retardement.

Elle me donne une petite tape.

Iz ouvre la porte et regarde Roxy.

— J'ai l'impression qu'on a une soirée pyjama en perspective. J'ai bien fait de dévaliser la réserve de bonbons de Kyle.

— Garce, je murmure – puis je me dirige vers ma chambre avant de changer d'avis quant à ma décision de laisser Roxy passer la nuit ici.

CHAPITRE 13

ROXY

— Bon sang… je murmure en observant la tasse de café dans la main d'Iz. J'ai mal à la tête.

— C'est parce que tu t'es pris une cuite hier soir, dit Kyle en entrant nonchalamment dans la chambre d'Iz.

— Mec ! On aurait pu être toutes nues, là ! s'écrie Iz.

Il fait un petit sourire en coin et me pointe du doigt.

— Je prends. (Puis, vers Iz :) Je passe mon tour.

— Va te faire foutre, je murmure.

Oui, je suis encore énervée après hier soir. Une énième dispute.

— Toujours le même numéro, Rox ?

Ses yeux pétillent.

— Ce sera comme ça jusqu'à ce que tu comprennes que tu ne peux pas me faire taire plus de cinq minutes.

Je repousse la couette, je me redresse et j'accepte la tasse des mains d'Iz.

Le regard de Kyle erre brièvement sur mes jambes et le reste de mon corps.

— Il y a d'autres possibilités pour te faire taire, maintenant que j'y pense.

— Tu peux pas te contrôler cinq minutes ? (Iz le pousse vers la porte.) Emmène ton cerveau libidineux avec toi et va te soulager ou quelque chose.

Il éclate de rire tandis qu'elle claque la porte derrière lui et Iz secoue la tête.

— Comment tu peux supporter ça ? me demande-t-elle.

— Je le prends à son propre jeu. Ça marche un temps.

Je hausse les épaules et bois une gorgée de café chaud.

Ça fonctionne jusqu'à ce qu'il me touche et qu'il murmure à mon oreille. Alors là, je me disloque et je suis tiraillée de l'intérieur, et ensuite je dois faire tous les efforts du monde pour arriver à m'écarter de lui. Hier soir, c'était particulièrement éprouvant. J'ai pleuré, on s'est disputés et ça l'a rendu sexy. Et, merde alors, ce qu'il peut être sexy !

Il n'y a rien de plus dangereux qu'un garçon qui sait comment vous exciter uniquement avec des mots.

Kyle sait exactement quoi dire et quand le dire. Bon sang, il sait même *comment* le dire ; de la vitesse à laquelle il s'exprime aux inflexions de sa voix.

Quel enfoiré.

— On dirait un ado en pleine montée d'hormones, c'est effrayant, murmure Iz. Bref. Finis ton café, prépare-toi et sortons de cette maison.

Je lui jette un long regard et elle sourit.

— À vos ordres, chef.

— Tu as des cœurs dans les yeux, me raille Selena.

— Il faut que tu arrêtes les dessins animés, idiote.

Je lève les yeux au ciel.

— Elle a raison, acquiesce Iz. Tu as le béguin pour mon frère.

Je me tourne vers elle.

— Et toi, ça fait une demi-heure que tu n'as pas décollé le regard des fesses de Si.

— Il a de belles fesses. Qu'est-ce que tu veux que je te dise ?

— C'est mon cousin ! s'exclame Selena en mimant une nausée.

— Je dois me coltiner mon frère et Roxy en train de se balancer des saloperies à longueur de temps. Je n'aurais jamais cru dire ça un jour, poursuit Iz en me regardant, mais j'en viens presque à espérer que vous régliez votre petite affaire.

— Il y a tellement de choses qui ne vont pas dans cette phrase ! je réplique. En gros, tu me dis que je dois coucher avec ton frère. Ce qui, soit dit en passant, ne risque pas d'arriver.

Selena jette un coup d'œil vers Kyle.

— Oh oui, dit-elle sèchement. C'est vrai que ça doit être l'horreur absolue de coucher avec lui. Quelle personne saine d'esprit pourrait être attirée par un corps et des yeux pareils ?

Je plisse les yeux.

— Je n'ai jamais dit qu'il ne m'attirait pas.

— Pas besoin de t'énerver parce qu'elle ne fait que souligner ce que pensent la plupart des filles de cette ville, murmure Iz dans mon oreille.

— Je ne suis pas énervée.

Elle sourit.

— Allez, Rox, reprend Selena, amusée. Va donc là-bas, plaque-le par terre et colle tes lèvres sur les siennes. Je parie qu'il embrasse comme un dieu.

Je deviens rouge tomate et je sais que je me suis trahie en les voyant ouvrir de grands yeux.

— J'ai l'impression d'avoir loupé quelque chose ! Tu l'as embrassé ?

— Il m'a embrassée, je la corrige. C'est moi qui le lui ai demandé, mais peu importe. J'étais bourrée.

— Et c'est tout ? Une seule fois ?

— Une seule fois.

— Menteuse ! Ouh la menteuse, elle est amoureuse ! chantonne Iz. Tu mens !

— Non ! je proteste. Une seule fois.

— Alors pourquoi tu as les yeux qui partent sur la droite ? Et pourquoi tu te touches le nez ?

— Je croyais que les yeux partaient sur la gauche, intervient Selena en fronçant les sourcils.

— Ça dépend de quelle main tu écris, lui dit Iz. Vers la gauche pour les gauchers, vers la droite pour les droitiers. Le truc c'est que toi, Roxy Hugues, tu es une grosse menteuse !

— Deux fois ! je mens de nouveau en calant mes mains sous mes fesses. Deux fois, d'accord ?

— Tu as la bouche tordue.

— Trois fois ! (J'écarte les bras.) J'arrive pas à croire que tu me fasses passer un interrogatoire sur le nombre de fois où j'ai embrassé ton frère !

Et, maintenant que je le regarde de nouveau, je rêve de pouvoir l'embrasser encore. Son corps contre le mien, ses lèvres contre mon oreille, son souffle sur ma peau… Je me demande l'effet que feraient nos peaux l'une contre l'autre. Je me demande ce que ça ferait de coucher avec quelqu'un que j'aime et qui m'aime en retour.

Je me demande ce que ça ferait de coucher avec quelqu'un parce que j'en ai vraiment envie. Parce que je suis dévorée de désir, consumée par un besoin impérieux. Parce que, si je ne cède pas à la tempête qui secoue mon corps dès qu'il est là, je finirai par devenir folle.

Kyle va briser ma règle « crétins uniquement ». Aucun doute là-dessus.

— Hé… reprend doucement Iz. Tu veux faire un truc fou ?

Selena et moi échangeons un regard.

— Comme quoi ? demande Selena.

Iz sort ses clés de sa poche.

— On va à Portland et on se fait tatouer.

— C'est ça, ton truc fou ? J'ai déjà deux tatouages.

— Alors fais-en un troisième. (Je hausse les épaules. Je coule un regard aux gars qui jouent au foot. Bon, d'accord, à Kyle.) Allons-y.

Quand on retrouve Kyle, Ben et Si pour le dîner, je cache ma main dans la manche de ma veste légère. Le pansement qui recouvre l'étoile de Selena sur son pied est exposée par ses sandales ouvertes et celui d'Iz, sur sa cuisse, apparaît sous la bordure de son short.

— Qu'est-ce que vous avez fait ? nous demande Si.

— Rien du tout, répond Selena.

— Bien essayé. (Ses yeux passent du pied de Selena à la cuisse d'Iz.) Encore un ?

— Trois. J'en ai trois, Si. Je ne suis pas non plus un cahier de coloriage sur pattes.

Kyle sourit.

— Vous vous êtes fait tatouer ?

— Un chacune, je réponds en me touchant la main.

— Qu'est-ce que tu as fait, toi ?

Je souris et je secoue la tête.

— Bonne chance, murmure Iz en s'emparant d'une carte. Je n'ai même pas réussi à lui faire relever sa manche. Elle n'a pas voulu nous le montrer.

— Pourquoi ?

Kyle penche la tête sur le côté et je hausse les épaules.

— Je n'ai pas envie de le montrer tout de suite.

Il se lève et contourne la table.

— Qu'est-ce que tu fais ?

— Je veux le voir, dit-il, les yeux pétillants.

— Non. (Je me lève et je progresse autour de la table.) C'est le mien.

— Montre-moi.

— Non !

Je pousse un petit cri en lui échappant et je traverse le café en courant. J'ouvre la porte et je cours sur le côté, hilare. Je ris tellement fort que j'ai mal au ventre et que je manque presque de le voir s'arrêter à côté de moi.

Presque. Parce que je ne risque pas de manquer ses lèvres sur les miennes.

Il prend mon visage entre ses mains.

— Là, tout à l'heure. Tu as souri comme tu ne l'avais pas fait depuis bien longtemps. Et je ne t'ai pas entendue rire comme ça non plus depuis une éternité.

— Et alors ? je réplique, plongée dans son regard.

— Alors ça m'a plu, murmure-t-il. J'adore cette Roxy. Je l'ai toujours adorée.

Une vague de chaleur traverse mon corps. Je me hisse sur la pointe des pieds et je l'embrasse. La première fois que je l'embrasse. Il vient toujours vers moi, mais là, c'est mon moment. Ses mots m'ont signifié que je valais plus que ce que je crois.

Je m'agrippe à son col de ma main bandée et je me colle contre lui. Il pose sa paume dans mon dos et je me délecte de ses caresses. Il me rappelle que je ne suis pas morte, cette nuit-là. Une partie de moi, une grande partie, est encore vivante.

— Des oiseaux, je murmure. Cinq oiseaux.

— Je peux voir ?

Je retire lentement la gaze de mon poignet et de ma main gauches. Là, sur le côté, se trouvent cinq minuscules oiseaux en plein vol. Chacun a sa propre signification, aussi importante que les autres.

— Il y a une raison pour ce choix ?

Je baisse les yeux sur le tatouage sanguinolent.

— Ils représentent tous quelque chose pour moi. Un pour le deuil, un pour le dépassement de soi, un pour l'acceptation, un pour la liberté et un pour… l'amour.

Kyle me prend la main et effleure à peine ma peau tatouée. Puis il relève les yeux et me retient prisonnière de son regard.

— C'est parfait, murmure-t-il.

— Oui.

Il garde le silence un moment en me caressant la main, puis il m'attire contre lui. Il me serre dans ses bras et j'inspire son parfum distinctif. *Calvin Klein* devient soudain mon parfum préféré.

— Allons-y, dit-il dans mes cheveux.

— On est en train de dîner.

— Et alors ? On n'a pas encore commandé. Allons-y.

— Où ça ?

— On s'en fiche.

CHAPITRE 14

KYLE

— La gorge, murmure-t-elle. Allons là-bas.

Je retire mes bras de sa taille et je lui prends la main.

— Vite. Avant qu'ils nous voient.

Je l'entraîne avec moi.

Elle glousse :

— Comme si ça les intéressait.

— Ma sœur.

— Elle encore moins que les autres. (Les yeux bleus de Roxy brillent d'une lueur de joie que je n'ai vraiment pas vue depuis un moment.) Elle m'a dit ce matin que je devrais coucher avec toi.

— Tu devrais.

Les mots sont sortis avant que je puisse les retenir et elle se fige.

— Mais tu n'es pas un abruti.

— Exactement. (Je l'entraîne dans les bois. Vers moi.) Je sais faire autre chose que me taper une fille comme si elle ne valait rien.

— Et même si elle ne vaut rien ? demande-t-elle d'une petite voix.

— Roxy. (Je relève son visage pour qu'elle me regarde dans les yeux.) Tu vaux beaucoup. Tu vaux de l'or.

Elle déglutit, cligne des yeux et s'écarte de moi tout en entrelaçant nos doigts.

— Je savais que tu papillonnerais à la fac.

— T'es en train de me traiter d'obsédé sexuel ?

Je souris et je la laisse me tirer derrière elle.

Elle hausse les épaules.

— La fraternité, tout ça, se contente-t-elle de répondre.

Comme si c'était une raison suffisante. En fait… je me souviens du comportement de Braden et Aston avant qu'ils se fassent dompter.

— Je ne suis pas un obsédé.

Je l'entoure de mes bras par-derrière.

— Je ne te crois pas.

Elle sourit et tourne son visage vers moi. J'approche mes lèvres de son oreille.

— Il n'y a pas besoin d'être un chaud lapin pour savoir comment faire l'amour à quelqu'un correctement. Tout ce qu'il faut, c'est la bonne fille.

Mes mots soigneusement choisis ont un effet auquel je ne m'attendais pas. Elle déglutit et laisse échapper un profond soupir en tremblant. Hum. On dirait que Miss Coups-d'un-Soir n'est pas très à l'aise avec l'idée d'une véritable relation.

— Tu as gagné, souffle-t-elle. J'ai compris.

Je la relâche. Pas parce que j'en ai envie, mais parce qu'elle ne peut pas marcher avec mes bras autour d'elle. Si je le pouvais, je la garderais contre moi tout au long de la journée. Ce serait certainement plus facile pour la convaincre de changer de comportement. Parce qu'elle va essayer de s'enfuir à des kilomètres.

— Est-ce que tu m'as amenée ici délibérément ? demande-t-elle, les sourcils levés.

— Où ça ? (Je jette un regard circulaire et je remarque le petit bassin dans lequel Cam l'a poussée il y a quelques années.) Ah. Non.

— Je ne te crois pas.

— Sérieusement. J'étais trop occupé à regarder certaines parties de ton corps.

Elle laisse éclater un rire et me donne une tape sur la poitrine, ce qui m'arrache une grimace.

— Prouve-le.

Qu'est-ce que c'est que cette habitude de me lancer des défis à tout bout de champ ?

— Tu l'auras voulu.

Je l'attire contre un gros tronc non loin de nous et je fais fusionner nos corps. Je l'embrasse fiévreusement et je sombre dans la douceur de sa peau. Je m'attends presque à ce qu'elle me repousse, mais elle n'en fait rien. Elle attrape les côtés de mon tee-shirt et enfonce ses doigts dans le tissu pour me retenir contre elle. Nos langues s'emmêlent et elle mordille ma lèvre inférieure.

Je mets une main derrière sa tête et glisse l'autre dans son dos, puis sur ses fesses. J'attire ses hanches contre les miennes. Un petit gémissement résonne au fond de sa gorge et je jure qu'à cet instant tout le sang de mon corps afflue dans mon sexe. Mon érection appuie contre son ventre. Elle remue contre moi, de plus en plus proche, et retire ma main de ses cheveux pour la guider sur ses cuisses.

Elle plonge sa langue dans ma bouche quand je la soulève pour la maintenir contre le tronc. Elle enroule ses jambes autour de ma taille et bloque ses pieds dans mon dos. Je caresse ses cuisses et mon pouce taquine son aine. Elle se presse un peu plus contre moi.

J'ai envie de cette fille. Bon sang, j'ai envie d'elle plus que je n'ai jamais eu envie de quelqu'un dans ma vie et, si elle ne représentait pas autant pour moi, je la prendrais contre ce tronc en moins de temps qu'il n'en faut pour le dire.

Mais elle représente tout. Et, quand je la posséderai, ce sera dans un endroit où je pourrai explorer chaque centimètre de son corps comme il le mérite.

— Roxy, je murmure contre sa joue. On doit arrêter.

Elle laisse échapper un long souffle entre ses lèvres gonflées.

— Pourquoi ?

Je la repose lentement par terre, j'écarte ses cheveux de son visage et je dépose un baiser sur son front.

— Il le faut, c'est tout, d'accord ?

Je ne vais pas lui dire qu'on doit arrêter parce que j'ai bien peur qu'une seule fois suffise à me faire tomber amoureux d'elle.

*

— Protège-la.

— Qu'est-ce que tu veux dire ?

— S'il m'arrive quelque chose…

— Sois pas stupide, Cam. Il ne va rien t'arriver.

— Nan… tu sais pas ce qui t'attend au coin de la rue, mec. Tu peux être noyé dans le bonheur un jour et te retrouver sur un lit d'hôpital le lendemain, pendant que ta famille vient te dire adieu.

— Très profond.

— La ferme. Je dis ça comme ça, d'accord ? Roxy est ce que j'ai de plus cher, tu le sais. Alors, s'il devait m'arriver quelque chose un jour, assure-toi de veiller sur ses petites fesses. Elle serait perdue sans moi.

— D'accord.

— Promets-le-moi, mec. Promets-moi que tu seras là pour elle. Tu es le seul en qui j'ai confiance.

— Je te le promets. Je veillerai toujours sur elle et je protégerai ses petites fesses.

*

On avait quatorze ans et c'est comme si on savait déjà. Comme s'il savait qu'il ne serait plus à ses côtés. Comme si je savais que j'allais finir par tomber amoureux d'elle.

Quel joli putain de scénario, hein ? Il meurt. J'arrive sur mon cheval pour sauver la situation. Elle pleure sur mon épaule. On tombe amoureux.

Dans un film, peut-être. Ou dans un livre. Mais toute cette histoire est très réelle et ne rentrera jamais dans de gentilles petites cases. J'avais six mois de retard pour sauver la situation, elle m'a botté le cul avant de pleurer sur mon épaule et soit on se dispute, soit on se roule des pelles. Si seulement ça pouvait être aussi facile que ça le semble de l'extérieur !

— Bon, dit Iz en secouant ses cheveux. Je vais au café. Myra m'a parlé d'un boulot.

— Tu as déjà un boulot, je réplique sans réfléchir.

— À Miami, imbécile. Et ici, on est en Oregon.

— OK. J'ai compris.

— À plus tard ! (Elle ouvre la porte mais hésite avant de sortir. Elle me jette un regard insolent par-dessus son épaule.) Ne fais rien que je ne ferais pas !

— C'est carte blanche alors, murmure Roxy quand la porte claque.

Je ris et tapote le canapé derrière moi. Elle hausse un sourcil.

— Pourquoi tu es assis par terre ?

— Filou n'arrêtait pas de déposer sa balle par terre plutôt que sur mes genoux. J'en avais marre de me pencher à chaque fois, alors je suis pas terre. (J'attrape la balle bleue et désigne le terrier endormi dans un coin de la pièce.) Quel idiot…

— Hé. Il est adorable. Tant qu'il ne chevauche pas mon mollet.

Elle s'assoit derrière moi. Je penche la tête en arrière pour la regarder.

— Tu sais que les chiens ressemblent à leur maître, n'est-ce pas ?

— Oui, je vois ça. Ton père est plutôt mignon.

Je ris et j'empoigne ses jambes. Elle les fait passer par-dessus mes épaules et se penche en avant. Ses cheveux chatouillent la peau nue de mes épaules.

— Tes cheveux me chatouillent.

— Mets un tee-shirt, alors, réplique-t-elle avec un sourire.

— Tu ne le penses pas vraiment. (Je lui chatouille la jambe.) Roxy. (Son sourire s'agrandit.) Tu le penses ?

— Non, finit-elle par céder. Mais à ta place je réglerais le problème quand même.

— Qui a dit qu'il y avait un problème ? J'adorerais sentir tes cheveux me chatouiller à plein d'endroits.

— Kyle !

Elle me donne une tape sur la poitrine. J'adore la faire marcher.

— Quoi ?

— Espèce de porc.

— Hé, c'est toujours mieux que « crétin ».

Elle resserre ses jambes.

— Est-ce qu'on doit reparler de ça ?

Je ne préférerais pas.

— Même si je déteste parler des types avec lesquels tu as passé tes nuits, oui.

— Au cas où tu aurais oublié, je n'ai passé la nuit avec personne sauf avec ta sœur depuis que tu es rentré.

Je me tourne pour lui faire face. Je sais que j'ai un visage de pierre, les mâchoires crispées.

— J'espère bien que non. Mais ce n'est pas le seul problème, j'ajoute d'une voix plus douce.

Elle inspire brusquement et ses yeux me lancent des éclairs.

— Tu as parlé à mes parents.

Je ne réponds pas. Elle sait que c'est le cas. Inutile de confirmer ou de mentir.

— J'y crois pas.

Elle retire ses jambes et se déplace à l'autre bout du canapé.

— Je leur ai parlé parce que je voulais savoir.

— Alors viens me demander directement !

— J'ai essayé. Et, chaque fois, tu m'as dit d'aller me faire voir parce que tu t'en fichais. Mais écoute bien, Rox, j'ai du neuf pour toi : *moi je ne m'en fiche pas !*

Elle secoue la tête.

— Parce que tu veux tout le temps parler de Cam. Je l'ai assez fait, d'accord ? J'ai fait ce que tu voulais. Les souvenirs, les soirées film… je ne peux plus repenser à ça.

— Très bien. On ne parle pas de Cam. Mais est-ce que tu vas me parler de toi ?

Rien. Elle se tait. Je grimpe sur le canapé à côté d'elle et je lui prends les mains.

— Il n'y a rien à dire, articule-t-elle d'une voix faible.

— À part l'alcool et la drogue.

— Je n'en prends presque pas.

— Presque pas, c'est déjà trop. Ça devrait être *jamais*, bon sang, Rox. Jamais.

Elle retire ses mains et les passe dans ses cheveux.

— Il n'y a pas moyen de parler de ça sans évoquer Cam, c'est ça ?

— Alors on dirait bien que tu vas devoir grandir un peu et passer à autre chose.

— Je ne…

— Sept mois, je la coupe. Sept mois et tu ne peux toujours pas en parler ? Je ne suis pas expert en deuil, mais je ne sais pas de qui tu te fiches. Tu ne veux pas parler de lui. Il y a une énorme différence entre ne pas pouvoir et ne pas vouloir.

— J'étais là quand il est mort. Bien sûr que non, je ne veux pas en parler. Je ne veux pas me souvenir de ce moment.

— Si quelqu'un devait être là, il fallait que ce soit toi. Tu étais l'amour de sa vie. À ses yeux, personne n'arrivait à la cheville de sa petite sœur chérie. Mais tu n'es plus la Roxy qu'il aimait.

Je vois son cœur se briser dans ses yeux et je déteste devoir être celui qui lui fait ça. Mais elle doit m'écouter. Je dois la convaincre d'arrêter ses petits jeux. Je m'y prends mal, mais c'est dur de remplacer ce que j'ai envie de dire par ce qu'il *faudrait* lui dire.

— La Roxy qu'il aimait n'aurait jamais rien fait de ce que tu as fait depuis qu'il est mort. Elle aurait été là pour ses parents et ils auraient affronté ça ensemble.

— La Roxy qu'il aimait est morte en même temps que lui.

— N'importe quoi. Elle est toujours là, à l'intérieur. Je la vois, quand tu es avec moi. Quand il n'y a que nous deux, elle est là. Mais là, c'est la nouvelle Roxy, la personne que tu crois vouloir être. Elle ne vit que pour toute la merde avec laquelle tu te détruis.

Elle se lève.

— Je me détruis ?

— Tu te détruis, non ? De combien de soirées tu te souviens ? De combien de prénoms de mecs tu te souviens ? Quelle quantité tu peux boire en une seule fois ?

— Ça ne te concerne pas.

— Oh que si. Ça me concerne directement.

— Tu n'es pas mon frère !

Je baisse brièvement les yeux sur ses lèvres et je les relève.

— Apparemment, je n'ai rien à voir avec un frère.

Son regard se durcit.

— Et je comprends, maintenant.

Elle tourne les talons et sort de la pièce.

— Attends. Qu'est-ce que tu comprends ? (Je bondis du canapé pour la rattraper.) Roxy !

Elle s'arrête devant la porte, la tête baissée, la main sur la poignée.

— Tout, depuis que tu es rentré. Venir me chercher aux fêtes, m'emmener à la gorge, me serrer dans tes bras quand je pleure… m'embrasser… J'ai pigé.

— Je suis ravi. Parce que moi pas.

Elle ouvre énergiquement la porte.

— Tout ça, c'était pour m'empêcher de me détruire, c'est ça ? C'était pour mes parents et pour la promesse que tu as faite à Cam.

Je la dévisage, incrédule, et la regarde s'approcher de sa voiture.

— Ce n'est pas vrai. Pas une seule seconde, Roxy.

Elle ouvre sa portière et tourne les yeux vers moi.

— On sait tous les deux que c'est la vérité.

Elle monte et démarre son moteur.

— Roxy ! (Je sors dans l'allée tandis qu'elle s'éloigne.) Roxy !

Sa voiture disparaît et Filou aboie à l'intérieur. Je referme la porte derrière moi et m'y appuie.

Comment peut-elle réellement penser ça ? Comment peut-elle penser que tout ça n'était que pour les autres ?

Et je comprends. Je comprends ce qu'elle pense.

J'ai parlé à ses parents. J'ai promis à son frère de toujours veiller sur elle. Maintenant que je le fais, elle ne pense pas sincèrement que je m'intéresse à elle comme c'est le cas. Elle pense que la semaine écoulée depuis qu'elle m'a ordonné de l'embrasser n'était qu'un ramassis de mensonges.

Et quand elle m'a regardé, juste avant de monter dans la voiture, ses yeux ne brillaient pas de colère. Ils brillaient de larmes. Cette semaine a été aussi réelle pour elle que pour moi.

Je me fais repousser par la porte qui s'ouvre.

— D'accord, alors Roxy vient de s'enfuir d'ici comme si elle avait le feu aux fesses et je te retrouve avec la tête de quelqu'un qui vient de se prendre une gifle. Qu'est-ce qui a bien pu se passer pendant les vingt minutes où je me suis absentée ?

Iz donne un coup de pied dans un jouet pour le chien et me scrute.

Je me frotte le visage avant de la regarder. Elle semble préoccupée.

— J'ai foiré, Iz. J'ai foiré en beauté.

CHAPITRE 15
ROXY

Tout. Tout n'a été qu'un immense mensonge pour lui et, désormais, je ne sais plus pour qui mon cœur saigne. Pour Cam ou pour Kyle. Je ne sais pas si la douleur est plus forte pour l'amour perdu ou pour celui que je n'ai jamais eu. Je ne sais pas lequel est censé faire le plus mal.

J'ai la bouche sèche, la tête douloureuse. Je suis allée tout droit chez Layla hier après avoir laissé Kyle, et une partie de moi le regrette quand je pense à lui. Jusqu'à ce que je me rappelle qu'il se soucie de moi uniquement parce qu'il y est obligé. Parce qu'il en a fait la promesse.

Mais ça m'avait semblé tellement authentique… Chacune de ses caresses et chacun de ses baisers me donnaient l'impression d'être aussi sincères que les miens. Il y avait ce pétillement dans nos yeux chaque fois qu'on partageait un sourire. J'aurais peut-être dû lui dire que, si je n'ai été avec personne depuis qu'il est rentré, ce n'est pas parce qu'il m'en empêchait, mais plutôt parce que le seul avec lequel j'ai envie d'être, c'est lui. Peut-être que ça n'aurait pas fait la moindre différence.

Mais peut-être que si.

— Souris, s'il te plaît, dit Iz en me tendant une robe. Entre mon frère et toi, je crois que je vais faire une dépression.

Je lui souris tristement et repose la robe rouge sur le portant.

— Je vais bien.

— D'accord. Et moi je suis le pape. Tu ne veux pas me dire ce qui s'est passé ? Je l'ai travaillé au corps toute la journée d'hier et il refuse de parler.

— Je n'ai pas envie non plus.

— Roxy.

— Iz, s'il te plaît. Juste…

Elle observe une robe et secoue la tête.

— Ça ne me regarde pas. Je le sais. Mais vous êtes mes deux personnes préférées au monde. Même si Kyle m'exaspère de manière chronique, c'est toujours mon frère. Je n'ai pas besoin de faire des études de psycho pour savoir que vous comptez beaucoup l'un pour l'autre. Bon sang, c'est évident qu'il compte beaucoup pour toi depuis bien plus longtemps qu'on le croit.

J'ouvre la bouche et je la referme.

— Je veux seulement que vous soyez heureux. Tous les deux. Et vos histoires me donnent mal à la tête.

— Bon. (J'attrape un jean clair sur le portant et je le pose sur mon bras.) On peut laisser tomber pour l'instant ? C'est ton anniversaire.

— À condition que tu me promettes de lui parler ce soir.

Génial. Je serre les dents.

— D'accord. Je lui parlerai.

— Merci. (Elle sourit et son regard dérive vers le jean sur mon bras.) Un jean ?

J'effleure l'ourlet du pantalon.

— Je n'ai pas trop la tête à m'habiller, ce soir.

— Souris, Rox. Il est minable parfois, mais c'est un adorable minable.

— C'est bien le problème, je murmure pour moi-même tandis qu'Iz se dirige vers les cabines d'essayage.

Je remue mes orteils pour enfiler mes bottes à talons et j'ajoute la touche finale à ma coiffure. Selena vient de passer une demi-heure à les boucler, et il doit y avoir une vingtaine de barrettes qui les retiennent sur le côté. Sans mon maquillage et ma coiffure élaborée, personne ne pourrait deviner que je me rends à une fête. Pour la première fois depuis des siècles, je suis habillée comme la Roxy d'avant.

— Tu es la seule personne que je connaisse capable d'avoir la classe en étant en jean des pieds à la tête, déclare Selena quand je me lève.

— C'est parce que le pantalon est blanc, je réponds en ajustant la veste. Il faut y regarder à deux fois pour voir que c'est un jean.

— Quand même. Si j'essayais, moi, je ressemblerais à un rebut des années quatre-vingt.

Je regarde sa tête bouclée et je lui souris.

— C'est déjà le cas, chérie, chantonne Iz dans un coin de la pièce.

Elle se lève et lisse le tissu plissé de sa robe bustier rose pâle.

— Merde alors. Si mon cousin ne t'attire pas dans un coin sombre ce soir, je lui prends rendez-vous chez l'ophtalmo, s'exclame Selena.

Je glousse dans ma main tandis qu'Iz rougit.

— Si ton cousin essaie de m'attirer dans un coin sombre, je…

— … le suivrai de mon plein gré pour le laisser faire ses cochonneries ! je finis à sa place dans un élan dramatique.

— La ferme !

Iz me lance un oreiller que je rattrape.

— Je ne t'entends pas protester. Et toi, Leney ?

Elle secoue la tête.

— Aucun démenti entendu par ici, Roxy.

— On t'a percée à jour, mademoiselle Daniels.

— Vous deux… (Iz pointe un doigt menaçant vers nous avant de balayer l'air du bras.) Vous êtes incorrigibles !

Je penche la tête sur le côté, un sourire impertinent accroché aux lèvres.

— C'est pour ça que tu nous aimes.

— C'est ça. (Elle lève les yeux au ciel, mais elle sait que c'est la vérité. Elle a beau avoir deux ans de plus que nous, on a traversé beaucoup d'épreuves ensemble, toutes les trois.) Au moins, ça t'a ramené le sourire.

— Et elle n'a pas encore vu Kyle. (Selena rattrape le rouge à lèvres que je lui lance.) Hé, merci.

— Elle a raison. Qui sait de quelle humeur je serai à ce moment-là ?

Je sentirai certainement une piqûre de rappel dans la poitrine.

— On devrait y aller pour le découvrir, répond Iz. Plus vite vous vous réconcilierez et vous vous embrasserez, plus vite on pourra tous se saouler dans la bonne humeur.

— Je ne vais pas me saouler, je réplique.

Elles me regardent toutes les deux, Selena encore plus surprise qu'Iz.

— Quoi ? Je ne veux pas avoir mes parents sur le dos. Mon père aura un œil sur moi ce soir, et je n'ai pas envie d'entendre un autre sermon sur ma supposée conduite de « mauvaise fille ».

— Tu as toujours été plutôt dure à cuire, si je peux me permettre, rétorque Selena en ouvrant la porte.

— Oui, il faut dire que personne ne s'attendait à ce que notre discrète petite Roxanne Hugues devienne un morceau pareil, dit Iz avec un haussement d'épaules.

Je lève les yeux au ciel.

— Pitié. Je n'ai jamais été discrète – je gardais seulement toute la merde à l'intérieur. Et maintenant j'évacue tous ces parasites.

— C'est ce qu'elle dit à ses amants d'un soir, dit Selena à Iz en aparté.

Malgré cette remarque, je souris et je lui donne un coup de coude.

— Garce.

— Mais c'est vrai.

— Je ne leur dis jamais grand-chose. (Je passe mon bras sous les leurs et on prend la direction de la salle des fêtes.) Est-ce que vous n'avez pas l'impression d'avoir de nouveau dix ans ? D'ailleurs, est-ce qu'on n'avait pas dix ans la dernière fois qu'on a fait une soirée à la salle de fêtes ?

Iz laisse échapper un couinement.

— C'était pas pour mon douzième anniversaire ? Je me souviens qu'on avait tous utilisé ces faux tatouages qu'on colle en les humidifiant. Cam nous en avait collé sur les fesses et il l'avait raconté à tout le monde.

— Tout le monde a regardé nos fesses, ce soir-là, dit Selena d'une voix songeuse.

— Quoi… vous allez vous mettre ça sur les fesses ?

Cam riait comme un hystérique.

— Oh mon Dieu ! a crié Iz.

On a toutes remonté notre pantalon à la hâte tandis qu'il s'enfuyait. On l'entendait hurler à qui voulait l'entendre qu'on avait des tatouages sur le derrière, et on a toutes reculé, les joues en feu.

— Vous vous êtes collé un tatouage sur les fesses ? a demandé Kyle en nous regardant tour à tour. Pour de vrai ?

— Oh que oui. Des tatouages de Furby ! a gloussé Cam.

— Va-t'en ! j'ai crié. Arrête d'être aussi méchant.

— On n'est pas méchants, a protesté Kyle. C'était juste une question, Roxy.

— Eh bien tu peux te la garder, face de rat ! a répliqué Iz en le poussant.

On a tourné les talons pour s'en aller. Mais, tout ce qu'on a entendu, c'est un décompte jusqu'à trois et, l'instant d'après, on s'est retrouvées avec le pantalon aux chevilles, le postérieur exposé devant la salle des fêtes tout entière. Cam et Kyle se sont moqués de nous sans vergogne.

Je réprime un sourire.

— Quel sale petit enfoiré ! Kyle et lui, c'étaient les pires. Et, avant que tu partes au lycée, Iz, ils avaient payé un gamin qui venait tout juste d'arriver de l'Utah pour déclencher l'alarme incendie.

— C'étaient eux ?

Iz se fige et je hoche la tête.

— J'étais là quand ils l'ont fait et le principal Gough m'a mise en retenue tous les soirs pendant deux semaines jusqu'à ce que je lui avoue qui avait fait le coup, le dernier jour d'école.

— Mince alors, siffle Selena. Je parie qu'il était furax.

— Pas autant que Kyle et Cam, je réponds en poussant la porte de la salle des fêtes. Ils pensaient s'en être tirés. Oh, quel doux moment.

Nous sommes les dernières arrivées – rien de surprenant – et la décoration nous coupe le souffle. Ce ne sont que les vingt et un ans d'Iz, mais cette fête pourrait rivaliser avec celle de ses seize ans pour son passage à l'âge adulte. Des rubans roses et argentés sont suspendus au plafond.

Un DJ est installé dans un coin, et dans un autre sont dressées des tables chargées de toutes sortes de victuailles. Au centre se trouve un gâteau rose pâle à quatre niveaux, orné de papillons argentés et de fleurs rose foncé. Ses parents ont transformé la triste salle des fêtes en un lieu féerique.

— Waouh ! s'exclame-t-on à l'unisson.

Selena et moi faisons un pas sur le côté pour laisser tout Verity Point venir souhaiter un bon anniversaire à Iz. Je joue avec le bout de mes cheveux et je souris en voyant l'une de mes meilleures amies entourée de tous les gens qui l'aiment.

L'amour et la joie rayonnent dans la salle. Ça peut paraître banal et simpliste, mais c'est la vérité. Nous avons tous vécu une véritable tragédie quelques mois plus tôt, surtout ma famille, mais nous en avons tous souffert. Nous aimions Cam et nous avons tous eu le cœur brisé quand il est mort, mais maintenant… Maintenant, je me rappelle ce qu'est vraiment Verity Point.

C'est une communauté. Un lieu où tout le monde a toujours un mot gentil, une plaisanterie pour vous tirer un sourire, une main tendue. Quand les temps sont durs, on se soutient. On sort la Super Glue, on colle nos mains et on entrelace nos doigts. On rit, on sourit et on pleure ensemble.

Je me suis souvent plainte de vivre dans une petite ville juste à côté de la gorge du Columbia, j'ai souvent maudit le manque d'animation et critiqué notre minuscule communauté encerclée par les bois…

Mais, en voyant l'une de mes meilleures amies submergée d'amour, je réalise combien j'aime cet endroit.

Deux mains familières se posent sur mes hanches, et mon cœur manque involontairement un battement.

— Qu'est-ce que tu fais ? je siffle à l'intention de Kyle tandis qu'il m'entraîne à l'écart.

— Je veux te parler, me dit-il à l'oreille.

Il me prend par la main et m'entraîne à l'extérieur.

— Tu as déjà fait passer très clairement ton message.

Il me fait pivoter entre ses mains puissantes et je lève les yeux vers lui.

— Non. J'en suis même très loin, Roxy.

Je m'écarte.

— Kyle, c'est l'anniversaire de ta sœur. Tu veux vraiment qu'on se dispute ici ?

— La seule personne qui cherche la dispute, c'est toi.

Je me couvre les yeux. Mon cœur a repris son rythme et bat maintenant sourdement dans ma poitrine. Si je ne m'éloigne pas tout de suite, les larmes qui brûlent au fond de mes yeux vont finir par déborder.

— Je ne veux pas me disputer avec toi. Pas ce soir. Est-ce qu'on ne peut pas faire semblant de s'entendre, dans l'intérêt de ta sœur ?

Il soupire, les traits illuminés par les rayons du soleil déclinant.

— Après toutes ces années, tu crois qu'on a besoin de faire semblant ? Après la *semaine* dernière, tu crois qu'on a besoin de faire ça ?

Je ne réponds pas.

— Exactement. Ce n'est pas un jeu, d'accord ?

— Je n'ai jamais dit le contraire.

— Tant mieux, parce que tu aurais tort. Tu sais que tu es douée pour avoir tort, n'est-ce pas ? Même quand tu penses avoir raison.

Je plisse les yeux.

— Qu'est-ce que ça veut dire ?

Il saisit une mèche de mes cheveux entre son pouce et son index.

— Rox… Quand tu es partie l'autre jour, tu as dit que je m'en fichais de toi. Tu as dit que tout était un ramassis de mensonges. Tu te trompais. Je m'intéresse à toi, et pas à cause de tes parents ni de Cam. Je m'intéresse à toi parce que *je m'intéresse à toi*. (Il tend la main et écarte une boucle de mon visage.) Je m'intéresse à toi pour toi.

— D'accord, je dis tout bas.

Je recule et je retourne à l'intérieur. Je déglutis pour essayer de faire passer le nœud dans ma gorge. Il s'intéresse à moi pour ce que je suis. La sœur de Cam. C'est tout. J'aurais préféré que ce ne soit pas vrai, mais voilà. Je ne peux plus me voiler la face.

Je parcours la salle des yeux. Mes parents ne sont pas encore là. Maman doit fermer le café. Dieu merci. Je retrouve Selena près de la table des boissons.

— Non, dit-elle quand je m'approche.

— Un seul, je la supplie. Allez, Leney. Ce soir, je vais me tenir.

Elle observe mon visage un bref instant avant de céder.

— D'accord. Mais c'est moi qui te sers.

— *Comme tu veux.* (Je croise les bras en la regardant verser trois gouttes de vodka dans un verre.) Tu charries, Leney.

— Mets-en un petit peu plus, insiste Iz en passant un bras autour de mes épaules. Sois pas rasoir, Selena.

J'affiche un sourire satisfait.

Selena s'exécute et complète le verre par du coca. *C'est parti.* J'ai soudain changé d'avis concernant ma politique zéro alcool. Plus je peux en avaler avant l'arrivée de mes parents, mieux ce sera. Il n'y a pas assez de vodka pour attiser la brûlure dans ma gorge, mais quelques verres supplémentaires dosés par Selena et ce sera bon.

La fête commence. Les jumelles semblent avoir réussi à prendre en otage leur « joli garçon » pour le week-end, et même le vieux M. Yeo est venu se détendre. Iz est en train de flirter avec Si dans un coin. Selena danse avec Ben et tout le monde est plongé dans son activité. Moi, je suis assise dans un autre coin, je regarde les gens aller et venir, enchaîner les verres.

J'observe Kyle, appuyé contre le mur, les chevilles et les bras croisés, les yeux rivés sur moi.

Des frissons parcourent ma colonne. Son regard est brûlant et je suis presque sûre que c'est la cause de mes frissons. La fête continue à battre son plein mais, après les trois verres que je me suis envoyés en cachette, je ne vois plus que lui. Je ne sens plus que lui. La centaine de personnes présentes pourraient aussi bien être invisibles.

L'effet qu'il a sur moi est incroyable. Une toute petite partie de mon âme lui a toujours appartenu, mais maintenant j'ai l'impression que c'est en intégralité. Il est gravé dans chaque partie de mon être ; son regard me brûle la peau et répand en moi une vague de chaleur. Je me suis souvent moquée des filles qui disaient avoir trouvé Le Bon… Pendant longtemps, je me suis imaginé que c'était un ramassis de conneries, que Kyle n'était qu'un béguin d'adolescente. Mais je me trompais.

Je me trompais du tout au tout.

Je suis la première à admettre que je peux me montrer naïve. Je peux être stupide, impulsive et irréfléchie. Mais je n'ai jamais été aussi sûre de quoi que ce soit dans ma vie.

Kyle Daniels est Le Bon. Avec les majuscules et tout ça.

Je fais claquer mon verre vide sur la table. Le besoin de partir d'ici, de m'éloigner de son regard pénétrant, est plus fort que moi. Je ne peux plus lutter contre ce fil qui m'attire invariablement à lui, alors je quitte la salle des fêtes et je sors dans la nuit. *Chez moi*. Mes talons claquent sur le pavé tandis que je prends la direction de ma maison.

Sa voix me parvient à travers l'obscurité :

— C'est quoi ton problème ? Qu'est-ce qu'il y a chez toi qui me pousse à revenir chaque fois alors que je fais tout pour essayer de rester à l'écart ?

Je m'arrête.

— Mon frère, je lance par-dessus mon épaule.

— Non. Pas Cam. En fait, je pense qu'il me tuerait s'il savait à quoi je pense en ce moment même.

Va-t'en, espèce d'enfoiré !

— J'essaie de comprendre depuis le jour où je suis rentré. Chaque jour, je me suis assis et j'ai cherché à comprendre pourquoi je n'arrive pas à garder mes distances avec toi. Et tu sais quoi ? Je n'y arrive pas. J'en ai pas la moindre putain d'idée, Rox. Sauf toi. Quoi que ce soit, c'est toi qui me donnes envie de revenir encore et encore.

Respire.

— Retourne à l'intérieur, Kyle.

Je l'entends s'approcher et s'arrêter derrière moi.

— J'ai essayé. Putain, Rox ! Tu crois pas que j'ai essayé de te laisser tranquille ? Tu crois pas que j'ai essayé de chasser tout ce que j'ai dans la tête ? J'y suis arrivé, de nombreuses fois, mais pas celle-là. Cette fois, je n'ai plus envie d'ignorer ce que j'ai dans la tête.

Je prends une profonde inspiration. Je n'ai pas envie d'entendre ça.

— Tu mens.

Il pose ses mains sur ma taille.

— Vraiment ? Est-ce que je mens alors que j'ai rêvé si souvent de te prendre dans mes bras jusqu'à ce que tu me supplies d'aller plus loin ? Est-ce que je mens alors que je t'ai serrée contre moi en regrettant qu'on ait encore nos vêtements sur le dos ? Est-ce que je mens quand je te dis que j'ai tellement envie de te faire l'amour que j'en deviens malade ?

Cœur : aucun battement. Poumons : aucun souffle. Tête : néant total.

— Kyle.

Je sens ses lèvres effleurer mon cou.

— J'ai essayé, Rox. J'ai tout essayé, mais c'est toi. Je ne peux plus lutter. Tout ce que je t'ai dit est vrai. Chaque mot.

— Tu as trop bu.

— Est-ce que je mens sur mes sentiments pour toi ? Est-ce que je mens si je te dis que c'est dans tes yeux que je veux plonger et tes lèvres que je veux embrasser chaque jour ? Si je te dis que c'est ton corps que je veux serrer une, deux, trois, dix fois par jour ? Si je mens ! (Sa voix résonne à travers les bois déserts.) Est-ce que tu sais ce que ça me fait de te voir pleurer et de savoir que c'est à cause de moi ? Je sais, bébé. Je sais que tu ressens la même chose, alors pourquoi tu ne veux pas l'admettre et mettre fin à notre supplice à tous les deux ?

Je ne peux pas faire ça. Je ne peux pas rester plantée là à l'écouter. Je devrais m'enfuir en courant. Je le sais. Mais je ne le fais pas.

— Pourquoi ? je lui crie au visage tout en me retournant, alors qu'il est juste derrière moi. Pourquoi, Kyle ? Je n'ai rien de spécial, rien du tout !

— Pour *moi*, si. (Il plonge ses doigts dans mes cheveux bouclés.) Je t'ai dit que tu étais tout pour moi. Je ne mentais pas non plus à ce sujet, Rox, crois-moi, pour l'amour du ciel.

Je plaque mes lèvres sur les siennes. C'est peut-être la légère quantité d'alcool, ou c'est peut-être ses mots. Je n'en sais rien et je m'en fiche. Je sais seulement que j'ai envie de lui. Que j'ai besoin de lui. Après quatre ans de béguin, je ne peux pas laisser tomber. Je me fiche comme d'une guigne de notre passé ou de la peine qu'on partage. Tout ce qui m'intéresse, c'est le garçon auquel je m'accroche comme si je n'avais plus que lui au monde.

— Monte sur mon dos, dit-il en souriant lentement.

— Tu plaisantes ?

— Monte avant que je t'y oblige.

Kyle sourit comme un gamin et je le contourne. Je pose les mains sur ses épaules et lui les siennes sous mes cuisses pour m'aider à me hisser. Pas facile.

— J'ai l'impression d'être retombée en enfance, je dis en passant mes bras autour de son cou.

Il éclate de rire et part en trottinant à travers bois. Je m'agrippe à son dos en étouffant mes couinements et je me demande comment j'ai pu changer de comportement à ce point. L'éviter à tout prix l'espace d'une minute et, la suivante, mourir d'envie de le sentir contre moi. La vitesse à laquelle mes sentiments évoluent et à laquelle mon humeur fluctue à ses côtés ne me paraît pas normale.

Il fourre ses mains dans mes poches et en ressort les clés de chez moi. Il ouvre et pénètre à l'intérieur. Puis il verrouille la porte et murmure, dans le silence :

— Dis-moi maintenant que je me trompe sur tes sentiments et que tu préférerais te taper un abruti plutôt que moi. Dis-le-moi maintenant.

J'enfouis mes doigts dans ses cheveux.

— Tu es le seul abruti dont j'ai envie, je murmure.

J'effleure ses lèvres avec les miennes, avant de me ruer à l'étage tout en retirant ma veste. Les pas derrière moi m'indiquent qu'il me suit, et je ne peux retenir le rire qui s'échappe de ma gorge quand je me précipite dans ma chambre. Je n'ai pas l'habitude qu'on me coure après. Chacun de ses pas, chaque martèlement contre le bois provoque un frisson dans mon corps que je suis incapable d'expliquer.

Kyle me rattrape juste de l'autre côté de la porte. Il plaque ses lèvres chaudes contre les miennes avec fougue. Je recule sans le lâcher et on tombe sur mon lit, un sourire aux lèvres. Chaque cellule de mon corps est en feu quand il me touche, et j'ai envie de plus. *Toujours plus.* Je n'en ai jamais assez avec lui ; j'ai envie de lui depuis des années et je ne sais pas si ça me passera un jour.

Il retire mon tee-shirt, et mes seins se retrouvent exposés à son regard. Ses lèvres creusent un sillon brûlant sur ma peau et j'attire de nouveau sa bouche contre la mienne. Mais l'envie de sentir sa peau nue prend le dessus et je fais glisser sa chemise par-dessus sa tête. L'instant est sexy. Passionné. Débordant du désir brûlant qui émane de moi, un désir dont j'ai la certitude qu'il ne sera jamais assouvi.

Sa chemise atterrit sur le sol tandis que je m'occupe de la ceinture de son jean, il enfouit ses lèvres dans mon cou et je sens mon corps entier frémir. Mon désir est douloureux, désespéré, exalté, insatiable. C'est lui qui me fait cet effet, et je me demande s'il le sait. S'il sait à quel point mon corps a besoin du sien.

Je retire le bouton de son jean et le baisse sur ses fesses. Il n'y a pas une seule partie de mon être qui ne soit submergée de désir pour lui.

Il glisse une main sous mon soutien-gorge et l'autre sous la dentelle de ma culotte. Il frotte à la fois un de mes tétons et mon clitoris sous ses pouces, jusqu'à ce que je sois suffisamment humide pour qu'il puisse s'enfoncer en moi sans la moindre difficulté.

Avant que j'aie eu l'occasion de le toucher, nos jeans se retrouvent par terre et il enroule mes jambes autour de sa taille. Je l'accueille en moi, long et dur, et je crispe mes muscles quand il s'enfonce plus profondément. Pourtant, ce n'est toujours pas assez. J'ai besoin de lui en entier.

J'attire son visage contre le mien et je lèche ses lèvres jusqu'à ce qu'il ouvre la bouche. Sa langue plonge en moi aussi intensément que son sexe. J'ai besoin de sentir qu'il me possède entièrement, intégralement.

Je veux tout ce qu'il peut me donner.

Et il me donne chaque cellule de son être. Chaque coup de langue, chaque caresse, chaque coup de reins, il me donne tout jusqu'à ce que je n'en puisse plus.

Mon corps se crispe autour du sien pour le retenir, et je libère chaque sensation qui monte en moi en poussant un cri étouffé. Un, deux, trois, quatre… il s'enfonce en moi jusqu'à grogner contre mon épaule. Nos corps s'affaissent en même temps, puis nous restons un long moment agrippés l'un à l'autre.

Il avait raison. Il y a une différence entre baiser et faire l'amour. Et, à sa façon de se laisser glisser sur le côté en m'attirant contre lui comme s'il ne supportait pas l'idée de me lâcher, je sais que nous venons de faire l'amour.

Je me blottis contre son torse. Une vague de béatitude fait naître un sourire sur mes lèvres. Kyle me serre fort et, nos jambes entrelacées, je sens son cœur battre sous ma joue.

Ce soir, nous avons partagé plus que de l'amour physique. Au cours des dernières semaines, j'ai essayé de me convaincre qu'il ne s'agissait que d'un béguin, mais c'est bien plus que ça.

Ce soir, c'est l'amour qui a frappé.

CHAPITRE 16

KYLE

Je m'extrais lentement du lit de Roxy en m'assurant de ne pas la réveiller. Je lui dépose un baiser sur le front. Elle dort si paisiblement… Ses cheveux sont étalés autour de ses épaules, ses lèvres entrouvertes. Elle respire profondément. J'hésite avant de me rhabiller.

Je n'ai pas envie de partir.

Je veux remonter dans ce lit et la serrer dans mes bras pour ne plus jamais la lâcher. J'essaie de ne pas imaginer sa réaction quand elle se réveillera seule, mais je sais qu'aucun de nous n'a envie d'expliquer à ses parents la raison de ma présence ici de si bon matin. Ma montre indique trois heures et, même s'il est tard, je dois aller quelque part.

Je retiens mon souffle quand je referme la porte et je me dirige vers la sortie, refusant délibérément de regarder en direction de la chambre de Cam. Une partie de lui vit toujours dans cette pièce. Une partie de KyleetCam vit toujours dans cette pièce, et c'est une partie que je ne suis pas encore prêt à affronter.

Je repars en trottinant à travers bois en direction du cimetière. Une pointe de culpabilité s'insinue dans mon cerveau, mais je me raccroche à la certitude qu'il préférerait encore que ce soit moi plutôt que n'importe qui d'autre.

Si quelqu'un devait tomber amoureux de Roxy, il préférerait que ce soit moi.

Je dois me raccrocher à cette pensée.

Le cimetière est fermé et les grilles sont verrouillées, alors j'escalade les murs d'enceinte. Il ne me faut que cinq secondes pour les franchir et m'approcher de la tombe de Cam. Je suis venu tant de fois au cours du dernier mois que je connais mon chemin par cœur, même dans l'obscurité.

Je laisse échapper un profond soupir en me laissant tomber devant la stèle. Tant de choses me passent par la tête ! Tant de mots et de justifications que je n'arrive pas à formuler…

Alors je reste assis en silence et les parasites dans ma tête rivalisent avec un concert de hard rock. Je garde les yeux rivés sur son nom gravé dans le marbre. Les choses sont à la fois justes et injustes. Roxy et moi, c'est à la fois bien et mal. L'intégralité de ces dernières semaines nous a menés à ce moment. Chaque mot, chaque regard, chaque caresse, chaque baiser a été amplifié par un effet boule de neige, jusqu'à cette nuit.

Il était inconcevable que je la laisse quitter cette fête sans moi, que je la laisse aller où que ce soit sans écouter ce que j'avais à lui dire.

Elle possède cette incroyable capacité à entendre sans écouter, et je sais que c'est ce qui s'est passé quand je l'ai traînée dehors. Elle m'a entendu, mais n'a écouté que ce qu'elle voulait – ce qu'elle croyait –, alors, en la voyant partir, j'avais bien l'intention de la forcer à m'écouter. À m'écouter et à comprendre.

Mais, plus important, il fallait qu'elle croie chaque mot que je prononçais.

Et maintenant, assis devant la tombe de mon meilleur ami, je me demande ce qu'il dirait. Il ne me donnerait pas de tape dans le dos en partageant un éclat de rire avec moi. Il ne me demanderait aucun détail et ne toperait pas avec moi.

Il me demanderait ce qui m'a pris de coucher avec sa sœur. Il piquerait une crise et me rebattrait les oreilles d'insultes. Alors, et seulement à ce moment-là, il m'avouerait qu'il est content que ce soit moi.

Parce que c'est ainsi ; il a toujours voulu que ce soit moi. Il me faisait confiance et savait que je prendrais soin d'elle.

Mais ça ne m'empêche pas de me sentir coupable et ça n'empêche pas une partie de moi de penser que j'ai profité de son absence. Comme si j'avais tout planifié. Et peu importe le nombre de fois où je me répète que ce n'est pas le cas.

En rentrant à Verity Point, je n'avais jamais prévu de coucher avec Roxy. Je n'avais jamais rien prévu d'autre que de la remettre dans le droit chemin. La deuxième fois qu'on s'est vus, j'ai su qu'il se passerait quelque chose de plus, qu'elle n'était plus simplement la sœur de Cam. Elle compte tellement pour moi que je ne trouve pas les mots pour décrire ce que je ressens.

Je reste là jusqu'au lever du soleil. Il teinte le ciel de nuances orangées, qui filtrent à travers les feuilles des arbres et baignent le cimetière d'une lumière voilée. Je me lève. Puis je prononce les seuls mots que je suis capable de dire. Les seuls mots qui pourront le rassurer :

— Désolé, mec, mais j'ai comme l'impression que je suis tombé amoureux de ta sœur.

CHAPITRE 17
ROXY

Vide.

Je me redresse et je jette un regard autour de moi. Il est parti. Ses vêtements ont disparu. Mon estomac se noue et mon cœur bat douloureusement. Bien sûr. Je me couvre les yeux quand mon téléphone se met à vibrer.

Je plonge sur le côté de mon lit comme si j'étais possédée.

J'ai pensé que tu n'aurais pas envie d'expliquer ta nuit à tes parents.

Je souris et pousse un profond soupir de soulagement. C'est Kyle, je me rappelle. Kyle.

Ça aurait pu être gênant, oui, je réponds.

Ne pense pas au pire, Rox. Tout ce que je t'ai dit hier était sincère.

J'ai envie d'y croire. Alors j'y crois. J'y crois parce que c'est Kyle, et que je lui confierais ma vie.

La maison est plongée dans le silence. Je m'habille et me glisse au rez-de-chaussée. J'évite la porte de la chambre de Cam. Je dois aller le voir, mais je ne me sens pas d'être entourée par ses affaires ce matin. C'est presque comme si je devais me justifier auprès de lui… même si je n'ai pas les mots justes.

Je traverse le village silencieux. Le cimetière vient d'ouvrir et je me faufile entre les rangées de tombes jusqu'à celle de mon frère. Je m'assois lentement et je remonte mes genoux contre ma poitrine. Je lis et relis l'inscription sur la pierre tombale jusqu'à me sentir la force de parler.

— J'aimerais que tu sois là, je murmure. J'aimerais que tu sois là pour me dire quoi faire. Tu es censé être là pour lui coller ton poing dans la figure. Peut-être que tu ne le ferais pas, parce que c'est Kyle, mais peu importe.

» Ce serait plus facile si tu étais encore là. Je pourrais te demander si Kyle s'intéresse vraiment à moi pour ce que je suis. Je pense que oui, mais toi tu le saurais. Et puis je pourrais te demander si ça t'embête. Comme quand j'avais six ans et que je t'ai demandé ton Action Man pour le marier avec ma Barbie parce que j'avais perdu mon Ken. Mais ça t'embêtait et j'imagine que ça t'embêterait aussi aujourd'hui. Ne t'avise pas de venir me hanter pour me faire flipper, d'accord ? Je sais comment tu t'y prendrais. Tu me ferais le coup de Nick Quasi-sans-Tête ; tu as dit un jour que si tu devais être un fantôme ce serait lui, mais moi je crois que j'en mourrais de peur.

Ce souvenir m'arrache un rire silencieux et je m'essuie la joue.

— Tu me manques, tu sais ? Ça me manque que tu ne sois plus là pour assister aux événements et pour me botter les fesses toutes les cinq minutes. Ça me manque de ne plus t'entendre me traiter de gamine, de ne plus te voir repousser tous les garçons qui voulaient sortir avec moi et jouer le rôle du grand méchant frère quand je le faisais quand même. Tu ne te mettais jamais en colère contre moi et, même si je détestais que tu cherches des noises aux autres garçons, maintenant c'est oublié. Je sais que tu te contentais de veiller sur moi. Je regrette que tu ne puisses plus le faire. Je regrette que tu ne puisses pas bousculer Kyle et lui faire le coup du grand frère.

» Mais j'imagine que c'était inévitable. Tu ne lui as jamais dit ce que je ressentais. Bon sang, Cam, tu n'aurais même pas dû le savoir. Tu l'as appris uniquement parce que tu as lu mon journal intime il y a deux ans – et d'ailleurs, je t'en veux encore –, mais tu n'as jamais rien dit. Tu ne m'as jamais taquinée à ce sujet. Je ne comprenais pas pourquoi, mais maintenant je crois que si. Si ta sœur devait tomber amoureuse de quelqu'un, il valait mieux que ce soit du seul mec en qui tu avais confiance.

» Je voudrais que tu me dises que j'ai tort. Mince alors, je voudrais que tu marches à mes côtés dans les bois et que tu me hurles dessus ! Que tu me dises que j'ai fait n'importe quoi en couchant avec lui et que tu lui botteras le cul ! Je voudrais que tu sois là. À ta place. Avec moi ! Je veux récupérer mon frère. Je ferais n'importe quoi pour que tu reviennes. Plus rien n'a d'importance, désormais.

» Sauf Kyle. C'est la seule chose qui me paraît juste, sans toi dans ma vie. Il comble une partie de moi qui s'est perdue quand tu es parti. Il guérit une partie de mon cœur qui s'est brisée ce soir-là. Je suis amoureuse de lui, Cam. Je ne sais pas exactement comment et depuis quand, mais c'est comme ça. Et je me sens coupable. J'ai besoin de savoir que tu n'es pas fâché, mais tu ne pourras jamais me le dire. Si ? J'ai besoin de t'entendre me dire que tu es heureux pour nous deux. J'ai besoin de savoir tout ça, mais tu ne pourras jamais me le dire.

Les larmes coulent de mes yeux. Elles brouillent ma vue, mais je distingue toujours son prénom ciselé sur la stèle, comme une cruelle ironie. Mon cœur brisé et le chagrin qui me ronge de l'intérieur m'empêchent de bien respirer.

— Tu étais mon frère et mon meilleur ami. Pourquoi a-t-il fallu que tu meures, hein ? Pourquoi tu m'as laissée ? Tu ne vois pas que j'ai besoin de toi ? Je me sens tellement perdue sans toi que j'ai l'impression de devenir folle. Mince, Cam ! Dis-moi que tu es d'accord !

J'enfouis mon visage entre mes bras et je laisse tout sortir. Mon corps entier est secoué par les sanglots et je laisse chacune de mes larmes imbiber mes vêtements. Chaque inspiration est plus pénible et chaque larme plus grosse que la précédente.

C'est alors que je relève les yeux.

Un oiseau est perché au sommet de la pierre. Parfaitement à l'aise, il regarde autour de lui jusqu'à poser ses yeux directement sur moi. Je renifle et j'essuie mes larmes en prenant une profonde inspiration. J'effleure mon tatouage. L'oiseau gazouille une fois et reprend son envol.

C'est mon cœur qui parle, mon âme de rêveuse, mais je m'en contenterai.

Je choisis de l'interpréter comme la bénédiction de mon frère.

CHAPITRE 18
KYLE

— Le zoo ?

Roxy tourne lentement son visage vers moi tout en jouant avec sa tresse sur son épaule.

Je coupe le moteur et je lui souris.

— Un problème avec les zoos ?

— Pas du tout. Je suis seulement surprise.

— Quoi ? Tu penses que je n'aime pas les zoos ? J'adorais ça quand on était petits.

— Hé, je n'ai jamais dit ça. (Elle sort et claque sa portière.) Ne me fais pas dire ce que je n'ai pas dit.

J'éclate de rire et je passe mon bras autour de ses épaules.

— Je te fais marcher, Rox.

Elle tente de paraître agacée, mais l'effet tombe à plat quand elle passe son bras autour de ma taille.

Je paye nos tickets d'entrée et Roxy déploie le plan. Je souris en la voyant faire la grimace.

— Là.

Je désigne la flèche jaune indiquant *Entrée* et *Sortie.*

— J'avais vu.

Roxy retourne la carte.

— Bien sûr. (Je l'attire contre moi et je la guide vers la section des Vastes Étendues du Nord-Ouest.) J'arrive pas à croire que tu ne t'y retrouves toujours pas après tout le temps qu'on a passé ici.

— Tu as bien conscience qu'on a déjà vu beaucoup de ces animaux dans la nature, n'est-ce pas ? dit-elle en ignorant ma dernière phrase tandis qu'on passe à côté de l'enclos des ours.

— Et alors ?

— Je disais ça comme ça.

— Chut, je dis dans ses cheveux. Est-ce qu'on peut passer une journée sans se disputer ?

— D'accord. (Elle fait mine de souffler et marmonne :) Du moment qu'on va voir les pingouins.

Je détourne mon visage et je souris. Bien sûr qu'on va voir les pingouins. Chaque année, nos visites au zoo étaient l'un des grands moments de l'été ; on y allait tous ensemble. On a perdu Roxy plus d'une fois, pour la retrouver invariablement devant les pingouins.

— Où est Roxy ?

Myra cherchait frénétiquement autour d'elle, une lueur de panique dans les yeux.

Cam et moi avons répondu à l'unisson :

— Aux pingouins !

Myra a soupiré.

— Bien sûr. Un de ces jours, je vais installer une patinoire flambant neuve dans le jardin pour qu'elle puisse avoir un pingouin de compagnie.

— Et pour l'eau ? a demandé Cam.

— Oui, ils ont besoin de nager, j'ai ajouté.

— Et ces petits bonshommes ont besoin de manger, a-t-on poursuivi avec un hochement de tête.

Ma mère a levé les yeux au ciel.

— Myra plaisantait, les garçons.

— Mince, j'ai murmuré.

— Hé, papa, maman ? Puisque c'est une plaisanterie et qu'on ne va pas acheter de pingouin à Roxy, y aurait une chance pour avoir un lion à la place ? a demandé Cam, plein d'espoir.

— Tu es optimiste, fiston, a gloussé Ray.

— C'est nul !

Je me suis mis à courir vers l'enclos des pingouins sans prêter attention à ma mère qui m'ordonnait de les attendre, et j'ai souri en apercevant Roxy, onze ans à l'époque. Elle avait les mains plaquées contre les parois vitrées, le visage émerveillé.

*

On traverse la section Nord-Ouest en contournant un groupe d'enfants en vacances et on entre dans la section Rives du Pacifique. Je laisse Roxy me guider derrière les ours polaires sans leur accorder un regard.

Bon, d'accord, on va dire que je ne voulais pas les voir, de toute façon.

Elle s'écarte de moi et va se coller contre la vitre des pingouins, puis se met à agiter les mains pour suivre les animaux qui nagent et virevoltent sous l'eau. Elle est encore plus excitée que les enfants qui l'entourent et un sourire illumine son visage. *Quelle gamine.*

Les enfants couinent d'excitation quand un pingouin passe juste devant la paroi et Roxy éclate de rire. Un vrai rire, comme j'en ai rarement entendu chez elle.

Je m'approche d'elle tandis que les petits et leurs parents s'éloignent. Je pose une main sur sa hanche et un baiser dans son cou dégagé. Elle tourne son visage vers moi.

— J'adore les pingouins.

— Je sais. (Je ris.) Tu serais capable de rester là toute la journée.

Un pingouin s'approche de nous et donne un petit coup de bec à l'emplacement des mains de Roxy. Elle déplace ses doigts le long de la vitre et le pingouin les suit. Il refait surface avant de replonger, et nous éclabousse par-dessus la vitre. L'eau froide fait glousser Roxy, qui recule contre moi. Je la regarde s'amuser avec les pingouins à travers la paroi, souriante, heureuse, insouciante.

Voilà la Roxy que je connais. Voilà ma Roxy.

— Je crois que j'aimerais bien travailler avec les pingouins, déclare-t-elle doucement en penchant la tête sur le côté, les mains toujours en mouvement. Ou pour la défense de l'espèce, ou je ne sais quoi. Peut-être vétérinaire de zoo, tu vois ? Tu t'imagines pouvoir les approcher ? Ce serait incroyable.

— Quel genre de diplôme il faut, selon toi ?

— Je ne sais pas. Sûrement un diplôme de biologie.

Elle laisse retomber sa main.

— Et pourquoi pas ?

Elle hausse les épaules.

— C'est trop tard pour cette année, non ?

— Tu peux t'inscrire pour l'année prochaine.

— Mais où ?

— À Berkeley.

— Avec toi ?

Elle se retourne et lève les sourcils.

Je fais un geste nonchalant.

— Ou à l'UCLA. Il y en a des tonnes en Californie.

— Je ne sais pas. (Roxy se remet en marche. Je l'attrape par la main.) J'ai le temps d'y réfléchir. Je ferai des recherches cet été. Pour trouver la meilleure orientation. J'irai peut-être à Miami avec Iz.

Merde. Elle ne va sûrement pas aller à Miami.

Je dois la convaincre de venir avec moi en Californie. *Pronto.*

On se balade tranquillement à travers le zoo jusqu'à l'heure du déjeuner, où on va s'installer au Café de la Promenade des Ours. Elle se met à jouer avec ses couverts jusqu'à ce que le tintement me rende fou.

— À quoi tu penses, Rox ? je lui demande en effleurant ses doigts.

Elle regarde ses mains, les yeux emplis de tristesse, et soupire.

— Je pense que c'est la première fois que je reviens ici sans Cam.

Elle a raison.

— Ça fait bizarre, hein ? je dis d'une voix étouffée.

— Oui. (Elle rit en silence.) Tu te souviens quand on a vu les singes et qu'il a essayé de les imiter sur le terrain de jeu ? Je crois que j'avais sept ans. Il les regardait bondir de branche en branche et il voulait être comme eux. Il s'est mis une banane dans la bouche et il a essayé de se balancer sur les barres…

— … et il est tombé et il s'est étouffé avec la banane, je finis à sa place. C'était pas drôle sur le coup, mais, quand on y repense, il s'est bien ridiculisé.

— J'ai toujours été surprise que tu ne fasses pas la même chose.

— Hé, j'étais bête, mais pas stupide. C'était couru d'avance que ça finirait mal.

— Oui, enfin, ça m'a fait bien rire.

Je glisse mes doigts entre les siens et je lui serre la main.

— Et Cam ne vivait que pour te faire rire.

La véracité de mes mots arrache un sourire triste à Roxy. Leur relation n'était vraiment pas conventionnelle. Je crois que je ne les ai entendus se disputer qu'une fois ou deux ; Iz et moi, c'est tous les jours.

— Oui. Il avait vraiment toujours réponse à tout, hein ? (Elle croise mon regard.) Il savait tout. Ça me faisait un peu peur parfois, tu sais. Je me demande s'il pressentait ce qui allait se passer entre nous après sa mort.

— Peut-être, je réponds en soutenant fermement son regard. Peut-être qu'il voulait que ça arrive.

Elle cligne des yeux.

— Peut-être.

— Bon. Tu fais une tronche de six pieds de long depuis qu'on a quitté le zoo. Qu'est-ce qui ne va pas, Rox ?

J'écarte les bras et je la dévisage.

Elle s'est tue après notre conversation au cours du déjeuner, mais, depuis qu'on a repris la voiture, elle m'ignore. Elle ne m'a pas touché, n'a pas ri ni ouvert la bouche et, quand on est arrivés à la gorge, elle n'a fait que regarder je ne sais quoi par la fichue vitre.

Et je n'ai absolument rien tenté. Une fois n'est pas coutume.

Roxy retire l'élastique de ses cheveux et passe ses doigts dans sa tresse pour libérer une cascade de boucles.

— Qu'est-ce que c'est que ça ? demande-t-elle sous la brise.

— Ça, quoi ?

— Ça. (Elle se retourne vers moi.) Nous.

Je penche la tête sur le côté.

— Je ne comprends pas ta question.

— Ça ! répète-t-elle en levant les bras. Tout. Je ne sais même pas comment le décrire. Les deux dernières semaines, l'autre nuit… aujourd'hui. Qu'est-ce que c'est ?

Ah. Je pige.

Je m'approche d'elle et j'écarte ses cheveux de son visage.

— C'est une relation de couple. (Elle écarquille les yeux.) Quoi ? Tu ne m'as toujours pas cru quand je t'ai dit que je me souciais de toi ?

Elle ne répond pas.

— C'est plus que ça, Rox. Tu veux bien te le rentrer dans le crâne ? Ça, comme tu le décris, c'est nous. Toi et moi.

Je pose ma main sur sa joue, je me penche vers elle et j'effleure ses lèvres.

— Pourquoi ? Tu n'as pas quelqu'un qui t'attend en Californie ?

Je ris.

— Qu'est-ce qu'il y a de drôle ? demande-t-elle.

— Le fait que tu me poses cette question une fois qu'on a couché ensemble.

Elle ouvre la bouche et la referme avant de parler :

— Tais-toi. Alors ?

— Non. Il n'y a personne à la fac. Il n'y a que toi. Rien que toi. (Je passe mon pouce sur ses lèvres.) Est-ce que je ne devrais pas te retourner la question ?

— Il n'y a personne, répond-elle instantanément. Pas depuis ton retour.

— Pourquoi ?

Elle lève les yeux, tourne son visage contre ma joue et murmure :

— Il n'y a que toi. Rien que toi.

Je l'attire contre moi et elle enfouit son visage dans mon cou avec un frisson. J'embrasse ses cheveux.

— Ça ne le gênerait pas, je reprends tout contre sa tête. Il m'a dit un jour que, si tu devais construire une relation avec quelqu'un, il préférerait que ce soit avec moi.

Roxy me serre encore un peu plus fort.

— Moi aussi, si je dois être avec quelqu'un, je préfère que ce soit avec toi.

— Alors arrête.

Elle s'écarte légèrement et je prends doucement sa mâchoire dans ma main.

— Arrête de boire, arrête tes conneries... Arrête, Rox. Tu n'as pas besoin de tout ça.

Elle baisse les yeux.

— C'est dur. J'ai déjà essayé. Seulement... c'est là. Ça m'aide à oublier ma souffrance. Ça m'apaise. Parfois j'oublie même qu'il est mort et, pendant quelques instants de béatitude, tout va pour le mieux dans le meilleur des mondes. C'est difficile de dire non quand tu as une échappatoire suspendue sous le nez.

— Je serai ton échappatoire. Moi, pas l'alcool.

Et plus aucun autre mec, ça va sans dire. Tiens donc, j'aimerais bien en voir un tenter sa chance. J'ai cette fille dans la peau et dans le cœur, et je n'ai rien vu venir.

— Rien que moi. Je serai ton échappatoire quand tu penseras que tu n'as nulle part où te cacher. Je serai ton refuge quand tu auras l'impression que tout le monde t'observe et je serai ton rocher quand tu croiras que tout s'écroule autour de toi.

— Je vais essayer. Je peux au moins essayer. Mais je ne peux rien te promettre de plus.

Elle lève vers moi des yeux brillants et je hoche la tête. Elle passe un bras autour de mon cou et attire mon visage près du sien. Elle pose fermement ses lèvres sur les miennes, comme si elle scellait sa promesse par ce baiser.

— Merci, murmure-t-elle contre ma bouche avant de me relâcher.

Puis elle s'assoit par terre devant moi et regarde les gorges.

— Pour quoi ? je lui demande en m'installant près d'elle.

— Pour aujourd'hui. Je suis redevenue l'ancienne Roxy. J'ai l'impression d'être l'ancienne Roxy quand je suis avec toi.

— C'est ma préférée, je lui avoue. Alors je fais des choses pour que tu redeviennes comme elle. C'est elle, la Roxy que je connais. Ma Roxy.

Un sourire étire le coin de ses lèvres.

— Ta Roxy ?

Je lui saute dessus et je la plaque au sol. Je plonge dans son regard.

— C'est pas assez clair ?

Elle secoue la tête, une lueur d'amusement dans les yeux.

— Pas. Du. Tout.

— Viens là.

Je presse mes lèvres contre les siennes et je ne les retire pas. Je glisse un bras autour de sa taille, je passe ma langue sur ses lèvres et elle enfonce ses doigts dans mes cheveux. Je sens les dernières traces des bonbons qu'elle a mangés au zoo. Je l'embrasse passionnément et j'essaie de l'étourdir autant que je le suis.

— Hmm, d'accord, murmure-t-elle quand je m'écarte. C'est clair. Je crois.

— Ma. Roxy. À. Moi. (Je ponctue chaque mot d'un baiser.) D'accord ?

Elle hoche la tête.

— Ta Roxy.

CHAPITRE 19

ROXY

Les jumelles libèrent leur table, et je la nettoie avec un petit sourire aux lèvres. Le sourire qui ne me quitte plus depuis hier.

— Où est-ce que tu étais passée ? demande Iz en pénétrant dans le café vide, sur les talons de Selena.

Je vais m'installer derrière le comptoir.

— Ici et là.

Selena plisse les yeux.

— Où est-ce que tu as disparu samedi soir ? Et pourquoi Kyle a disparu en même temps ?

Iz la regarde.

— En même temps ?

Elles se retournent toutes les deux vers moi.

— Ooooooh.

— Sérieux ? (Je pose une main sur ma hanche.) On avait des choses à se dire.

— Le langage de l'amouuuuur, dit Selena en se glissant sur un tabouret face au comptoir.

Iz glousse.

— Vous avez quel âge ? je raille en secouant la tête.

— Allez ! couine-t-elle. Crache le morceau !

— Beurk. C'est mon frère, intervient Iz en faisant la grimace. Crache pas trop.

— Hum, toi aussi je t'ai surprise en train de rouler des pelles à mon cousin.

Je manque de faire tomber le verre que je tiens à la main et je regarde Iz, bouche bée.

— Tu as fait quoi ?

— J'ai peut-être un peu embrassé Si.

Oh, la voilà maintenant qui regarde par la fenêtre.

— Un peu ?

— D'accord, d'accord ! Beaucoup. Pendant longtemps. Bref. (Elle agite les mains.) C'est pas le sujet. Le sujet, c'est de savoir si ta petite « conversation » avec Kyle a été fructueuse.

Je souris en baissant les yeux.

— Disons que je vais rester brève : très fructueuse.

— OK. N'en dis pas plus.

Iz enfonce ses doigts dans ses oreilles.

Selena sourit et je hausse les épaules.

Personne n'a besoin d'en savoir plus. Ce samedi soir nous appartient à Kyle et à moi. C'était tellement plus qu'une simple nuit !

— Mais je suis un peu furax parce que j'ai l'impression d'avoir loupé quelque chose de sacrément intéressant.

— Mon baiser avec Si n'est pas intéressant le moins du monde.

Selena me regarde.

— « Baiser », c'est un euphémisme. Ils étaient à deux doigts de passer à l'acte, autant que possible quand on a encore ses vêtements sur le dos.

— Hé, tu peux faire du sexe avec tes vêtements sur le dos, tu sais ? intervient Iz.

Je hausse les sourcils.

— Et tu l'as déjà fait ?

Elle sourit.

— Le mec n'était pas très beau à voir tout nu, d'accord ? Mais il embrassait comme un dieu, alors je me suis dit que j'allais lui laisser sa chance.

— Et ? je demande en me penchant en avant.

Iz siffle.

— J'ai carrément bien fait.

— D'accord. Et Si ?

Elle lève une main.

— J'étais bourrée.

— Après trois verres ? demande Selena.

— Trois verres bien dosés, proteste-t-elle. Laissez-moi tranquille, les filles. J'ai le droit d'embrasser un garçon.

— Iz, ta façon de l'embrasser frôlait l'attentat à la pudeur.

J'ouvre de grands yeux.

— Eh bien, est-ce que ça n'a pas donné un bon coup de jeune à nos ancêtres ? laisse échapper Iz dans un rire avant de se tourner vers moi. Bon, alors tu étais passée où, toi ?

— Quelque part où je ne craignais pas d'être indécente. (Je donne un coup de chiffon sur le comptoir.) En fait, c'était même totalement *décent*.

— Je crois que je vais être malade.

*

Je m'assois sur mes mains. C'est presque impossible.

Verity Point est tellement isolée – il n'y a pas d'autre ville à des kilomètres à la ronde – que les endroits ne manquent pas pour organiser des fêtes en extérieur, des feux de camp et ce genre de réjouissances.

Ce soir, c'est un feu.

Ce soir, je suis entourée d'alcool et je ne peux pas en boire une goutte.

C'est plus difficile que je l'aurais cru. Voilà un autre élément qui me semble difficile sans Cam. Rien ne semble normal sans lui.

Je ne peux plus me servir de lui comme excuse.

Non. Ce n'est pas une excuse. C'est la vérité. L'alcool m'aide à oublier qu'il n'est plus là. Le fait de m'asseoir à l'écart des autres et de boire apaise un peu la douleur, comme si je pouvais prétendre qu'il est là, quelque part, avec ses copains. Comme si je pouvais prétendre qu'il n'a jamais manqué à l'appel. La méthode Coué finira par me tuer.

Quelqu'un s'assoit derrière moi et étire ses jambes de chaque côté de mon corps. Je tourne mon visage vers Kyle et je serre les cuisses plus fort. Il fait glisser ses doigts le long de mes bras et dégage mes mains pour les placer autour de ma taille. Je me blottis contre lui autant que le permet notre position.

— Tout le monde nous regarde, murmure-t-il à mon oreille, une pointe d'amusement dans la voix.

— Quoi ? Ils n'ont jamais vu deux personnes en couple ou quoi ? je réponds en haussant délibérément le ton.

— Bien sûr que si, s'exclame Olly sans que je parvienne à le localiser, mais rarement quand la fille est une salope.

Enfoiré.

— Ce sont de bien grands mots pour un garçon qui n'a jamais pu tenter sa chance avec son tout petit machin, je rétorque.

Tout le monde éclate de rire autour de nous, mais c'est sur Kyle que je suis concentrée. Son corps entier est tendu, et il semble sur le point de me briser les doigts.

— J'ai bien envie d'aller lui péter le bras.

Je secoue la tête.

— On ne peut pas lui en vouloir d'avoir raison, je dis tristement.

— Rox…

— Non, il a raison. C'est ce que j'étais. Je n'ai pas peur de l'admettre. Olly est seulement dégoûté de ne jamais avoir pu en profiter.

— Alors comment tu sais qu'il a une petite bite ?

Je souris.

— Il a de petites mains.

Kyle lève nos mains et écarte les doigts. Sa main fait deux fois la taille de la mienne. Il hoche la tête.

Je ris en silence. Il me fait pivoter dans ses bras pour me faire face. Il glisse sa main libre dans mes cheveux et je croise ses yeux bruns dans la faible lueur des flammes.

— Quoi qu'il en soit, le prochain qui parle de toi comme ça, il aura affaire à moi.

Je passe mon pouce sur sa joue.

— Je peux gérer ces types, tu sais.

— Je sais, murmure-t-il en rapprochant son visage. Mais j'ai bien peur qu'eux ne puissent pas te gérer.

— Toi tu peux ? Me gérer ?

— Je peux te gérer et plus encore, Roxanne. Tu veux une piqûre de rappel ?

— Il va t'arriver des bricoles si tu m'appelles encore une fois Roxanne.

Il m'embrasse et sourit contre mes lèvres.

— Quand tu veux.

Kyle laisse échapper un rire et mon corps est secoué d'un frisson. Je souris et je me blottis contre lui. Pendant un moment, j'oublie que Cam n'est plus là. J'oublie ma souffrance. J'oublie tout, sauf Kyle.

Me retrouver assise ici avec lui me paraît insensé. C'est comme un rêve éveillé, et j'ai peur qu'il m'échappe si je ne le serre pas assez fort. J'ai peur de me pincer et de me réveiller, et de réaliser que toute cette histoire n'est que le fruit de mon imagination débridée d'adolescente.

— Comment tu te sens ?

Ses mots me ramènent à la réalité.

— Autrement dit, est-ce que j'ai envie d'un verre ? je marmonne contre son torse.

Il attend.

— Oui, j'en ai envie.

— Pourquoi ?

— Tu veux jouer les psys ?

— Hé. (Il enfonce un doigt dans mes côtes.) Ne m'envoie pas bouler. Si tu te sens mal, je veux le savoir.

Je prends une profonde inspiration.

— Je m'attends à voir Cam apparaître pour te coller une rouste ou pour aller jouer un tour à tous ces crétins. (Je désigne l'assemblée du menton.) Je m'attends à quelque chose qui n'arrivera pas.

Il marmonne dans sa barbe et me serre plus fort. Je ferme les yeux. J'ai mal au cœur. Il se comprime à chaque battement et je me sens submergée par une vague de chagrin. Mes yeux me brûlent et ma lèvre inférieure se met à trembler.

C'est ça, le deuil ? Le vrai deuil ? Sûrement. Ça doit être ce que j'ai caché pendant si longtemps. Ce que j'ai fui. Ce que j'ai refusé d'accepter.

Le deuil, c'est se lever chaque matin avec une étincelle d'espoir, puis voir cette étincelle s'éteindre pour céder la place à l'accablement. C'est se raccrocher à de vieux souvenirs et en espérer de nouveaux. Le deuil, c'est regarder la porte en attendant de voir entrer la personne disparue, c'est rester à l'affût de sa voix dans un silence qui ne sera jamais brisé et c'est espérer la voir surgir au coin de la rue où elle n'apparaîtra jamais.

Et le deuil, c'est sentir son cœur se briser un peu plus chaque fois qu'on prend de nouveau conscience qu'elle ne reviendra jamais.

— N'oublie pas, Roxy, dit Kyle à mon oreille. Souviens-toi avec moi.

— Je ne peux pas.

Mes yeux se remplissent de larmes.

— Mais si. (Il me caresse les cheveux.) Viens, on s'en va.

— Pour aller où ?

— Là où personne ne pourra nous retrouver.

Il se lève et m'entraîne avec lui.

— À la gorge ?

— Exactement.

Il m'entoure de ses bras et me serre contre lui. Je l'accompagne en essayant d'ignorer les regards brûlants dans notre dos. Je meurs d'envie de me retourner pour dire quelque chose. Mais c'est ce que ferait la nouvelle Roxy. Je suis l'ancienne Roxy. Du moins, il me semble.

Cette idée me heurte de plein fouet comme un coup à l'estomac.

Je ne sais pas qui je suis.

Je ne sais pas qui je devrais être ou qui je pense que je devrais être. Je ne serai plus jamais celle que j'étais, mais je ne sais pas non plus qui je vais être.

Je suis complètement perdue.

— Devinez un peu où ils vont ! braille Olly.

Avant que je puisse ouvrir la bouche, Kyle réplique :

— Essaie toujours ! Mais il faudrait que tu saches comment t'y prendre avec une fille avant de pouvoir deviner, Olly !

Je ricane et je pose ma tête sur l'épaule de Kyle. Tout le monde part d'un grand rire, et j'ai envie de me retourner pour jeter au visage d'Olly le sourire suffisant que j'ai aux lèvres.

— J'avais deux choix, explique Kyle en haussant les épaules tandis qu'on remonte le chemin qui mène à la gorge. Soit je lui collais mon poing sur la figure, soit je le faisais passer pour un gros con devant la fille qu'il a essayé d'impressionner depuis le début de la soirée.

Je me mords la lèvre inférieure.

— Le deuxième était vraiment plus amusant.

— Ravi que tu sois de mon avis.

On garde le silence pendant le reste du trajet jusqu'à l'endroit qu'il avait découvert avec Cam. Je suis sûre que c'est mon nouvel endroit préféré. L'isolement combiné avec les sons de la nature en fait un endroit hors norme. Et ça me rappelle que la perfection est possible malgré le chagrin et le désespoir.

Je m'écarte de Kyle et m'approche du petit cours d'eau agité. Les lueurs orangées du soleil couchant filtrent à travers les arbres sur l'autre rive et le crépuscule s'abat lentement sur nous. Je sais que, si je relève la tête, je pourrai distinguer le faible scintillement des étoiles et la lune dans le ciel, qui noie les alentours dans sa lumière d'une blancheur éclatante.

— La première fois qu'on a trouvé cet endroit avec Cam, on a remonté le courant du ruisseau. Il prend sa source dans les montagnes, plus haut que là où on est allés la première fois que je t'ai amenée ici. Il y a une minuscule cascade et des petits bassins au-dessous. Moi, j'étais resté en admiration devant le spectacle, mais pas Cam. Non, lui, il avait décidé que ce bassin serait l'endroit idéal dans lequel te pousser.

Je lui jette un regard par-dessus mon épaule.

— Et qu'est-ce que tu as répondu ?

Kyle enfonce ses mains dans ses poches et hausse une épaule.

— Je lui ai dit d'attendre parce qu'on allait certainement trouver un bassin encore plus grand.

— Salauds, je murmure avec tendresse. Tous les deux, vous ne pensiez toujours qu'à m'embêter.

— C'était un peu son privilège en tant que grand frère.

— Ah oui ? Et toi, c'était quoi ton excuse ?

— Je crois que je voulais que tu m'aimes bien.

Je laisse échapper un petit rire.

— Visiblement, ça a fonctionné. (Je caresse le tronc de l'arbre à côté de moi pour éprouver son écorce rêche sous mes doigts.) Tu sais qu'il avait l'habitude de me voler mon journal intime de temps en temps ? Il croyait que je ne m'en rendais pas compte, mais il se trompait.

— Je l'ignorais.

Ouf, sauvée.

— À ton avis, comment savait-il exactement où et quand me trouver quand j'ai commencé à sortir ? (Je me tourne vers lui.) Il le découvrait dans mon journal, jusqu'au jour où j'ai décidé d'en tenir un deuxième pour brouiller les pistes.

Kyle rit.

— Il croyait avoir réussi à effrayer tout le monde.

— Nan, Cam ne faisait pas peur à grand monde. *(Faisait. Faisait.)* Je déteste dire ça.

— Dire quoi ?

— « Faisait ». Parler de lui comme s'il n'était plus là. Je sais qu'il n'est plus là, mais ça ne me paraît pas normal.

Je baisse les yeux et Kyle se rapproche de moi.

— Tu n'as vraiment jamais parlé de lui à personne à part moi, c'est ça ?

Je secoue la tête.

— Tu le ferais, toi ? Tu parlerais d'Iz, si c'était elle à la place de Cam ?

Il s'arrête pour réfléchir, comme si c'était la première fois que cette idée lui venait à l'esprit.

— Non, répond-il lentement. Je crois que je ne pourrais pas.

— C'est douloureux de penser à lui comme à quelqu'un qui a disparu. Il n'est pas vraiment allé nulle part, tu sais ? Il est toujours ici, à Verity Point. Il est à tous les coins de rue, derrière toutes les portes qu'on franchit. Ses idioties survivent dans notre esprit, et les tours que vous jouiez sans cesse sont encore présents dans toute la ville. Mais lui… il est toujours dans nos cœurs. Il n'en partira jamais. Il n'est pas *ici*, mais en même temps si. Ça ne veut rien dire, je sais, mais il n'y a que son corps qui soit mort. Tout le reste de lui est en vie. Je dois réussir à le garder en vie, d'une manière ou d'une autre. Je n'arrive pas à affronter l'idée qu'il ne soit plus là.

CHAPITRE 20

KYLE

Ses paroles résonnent encore dans tout mon être. Il sera en vie aussi longtemps qu'on le gardera dans nos mémoires. Cam restera en vie aussi longtemps qu'on gardera un petit morceau de lui dans nos cœurs.

Exactement comme Iz l'a dit. « Mort » ne signifie pas forcément « disparu ».

Je passe les bras autour de la taille de Roxy par-derrière et je pose le menton sur son épaule.

— Je comprends. C'est aussi ce que je ressens, tu sais ? Il est toujours là. Je m'attends à tout moment à ce qu'il m'attrape par surprise et qu'il me donne des pétards pour que je les fasse exploser sur le trottoir, ou à recevoir un texto de lui pour me dire qu'il a une super-idée.

— L'idée étant presque toujours de me faire tourner en bourrique, murmure-t-elle avec un sourire.

— Oh oui. Neuf fois sur dix. On ne mettait nos plans en pratique que la moitié du temps, sinon on aurait passé notre vie à t'asticoter.

— Bon sang, si toutes les fois où vous avez caché mes affaires et remplacé mon shampooing par de la mousse à raser, ce n'était que la moitié de ses idées, je suis bien contente que vous vous soyez limités !

— Le coup du shampooing, c'était une trouvaille de Cam. Enfin, au début du moins. (Je fais la grimace en me rappelant son cri quand elle avait compris ce qu'on avait fait.) Mais, maintenant que j'y repense, tu étais jolie comme un cœur dans ta serviette.

Roxy me donne un coup de coude affectueux.

— Si tu savais comme il m'en a voulu d'avoir surgi de la salle de bains dans cette tenue ! Il ne m'a pas adressé la parole pendant deux jours après ça.

— Oh, je veux bien te croire.

Je l'attire par terre et je m'allonge sur le dos. Elle pose la tête sur mon torse et un bras sur mon ventre. J'inspire son parfum et je souris.

— Il était tellement protecteur avec moi, reprend-elle d'une voix songeuse. À ton avis, qu'est-ce qu'il dirait s'il nous voyait comme ça ?

— Je crois qu'il me frapperait en m'insultant, mais qu'il s'en remettrait.

— Moi je pense qu'il serait content, ajoute-t-elle d'une petite voix presque brisée.

— Tu sais quoi ? Tu as raison. Il me l'a dit, une fois. En plus, c'est ce qu'il y a de mieux pour tout le monde.

Elle penche la tête pour me regarder.

— Comment ça ?

Avec un petit sourire en coin, j'écarte quelques cheveux de son visage.

— Comme ça, je tiens ma promesse *et* je te rends heureuse. Je suis heureux tant que tu es heureuse et, au final, c'est tout ce qui compte.

— Il te traiterait de gonzesse s'il t'entendait parler, raille Roxy avant de se presser un peu plus contre moi.

Je lève les yeux vers le ciel, une expression sereine sur le visage.

— Ouais, mais je m'en fiche.

Si on m'avait dit il y a un an que je serais là maintenant avec Roxy, avec les sentiments que j'éprouve pour elle, j'aurais éclaté de rire. Je n'aurais jamais cru pouvoir la voir autrement que comme la sœur de Cam, mais voilà où on en est. Mes sentiments pour elle sont plus forts que je n'aurais pensé en être capable. Et je sais pourquoi. Je la connais. Je connais la moindre de ses habitudes et la moindre de ses manies, comment elle aime que les choses soient faites, je sais analyser son humeur d'un simple regard, et elle me connaît exactement de la même façon. Elle me connaît aussi intimement que je la connais, et ça fonctionne.

Nous partageons tous les deux une lourde peine. Nous avons tous les deux le cœur brisé, et c'est curieux de se dire que c'est notre chagrin qui nous a réunis. Quelle ironie de savoir qu'on a réussi à trouver le bonheur à une époque où il n'y en a aucun !

C'était peut-être notre destin depuis le début. Peut-être qu'on est chacun le remède dont l'autre a besoin. Peut-être qu'on était depuis toujours destinés à trouver de la beauté dans notre souffrance.

*

Un corps remue à côté de moi et je le serre instinctivement un peu plus fort. Roxy glousse tout bas en me grimpant dessus.

— Qu'est-ce que tu fais ?

J'ouvre les yeux. Elle est assise sur moi, ses genoux de chaque côté de mes hanches, les mains posées de part et d'autre de ma tête.

— Bonjour, dit-elle avec un sourire radieux avant de déposer un baiser sur mes lèvres.

— Oui, la journée s'annonce bonne, je murmure en plaçant mes mains sur ses hanches. Qu'est-ce que tu fais sur moi ?

— Tu n'es pas content ?

Elle se tortille et se frotte contre moi. Je sens mon sexe durcir et je repousse ses hanches.

— Pourquoi, j'en ai pas l'air ?

Elle se lèche les lèvres et secoue la tête. Ce geste, associé à la lueur qu'elle a dans les yeux, ne fait rien pour calmer mon érection et l'empêcher de presser contre sa culotte. Parce que bien sûr elle porte une jupe, et la seule chose qui nous sépare, c'est sa culotte, mon caleçon et mon jean. Elle penche la tête et pose son front contre le mien, ses cheveux créant un voile autour de nous.

Ses lèvres sont douces et sucrées. Je la serre dans mes bras et elle s'allonge sur moi. Toutes les parties de nos corps sont en contact étroit, et elle commence à insérer sa langue entre mes lèvres. Elle glisse une main dans mes cheveux et l'autre sous mon tee-shirt.

— Rox. On est dehors.

— Je m'en fiche, murmure-t-elle contre moi.

— Et si moi je m'en fiche pas ?

— Alors on aurait pu faire beaucoup plus que s'embrasser contre cet arbre, l'autre jour, si tu m'avais laissée faire.

Tu m'étonnes.

Elle se presse contre moi et chaque cellule de mon être réagit. Mon cerveau pense à ce qu'il y a sous sa jupe, mes mains à le retirer et ma queue à plonger au fond d'elle. Tout au fond.

Alors qu'est-ce que ça peut me faire d'être dehors !

Je remonte ma main dans son dos, je lui attrape la nuque et j'attire son visage contre le mien. Cette fois, c'est moi qui l'embrasse, fougueusement, et je mordille sa lèvre inférieure. Elle enroule ses jambes autour des miennes et me caresse le torse. Je touche ses cuisses nues et glisse sous sa jupe pour lui prendre les fesses à pleines mains.

Sa peau exposée est trop tentante. Elle gigote de nouveau et ma main descend. Mon jean semble rétrécir quand mes doigts touchent la zone douce et humide entre ses jambes. Et, si je n'étais pas hypnotisé par sa façon de m'embrasser, je serais obligé de serrer les dents pour me retenir.

Parce qu'à cet instant précis je n'ai envie que d'une chose : la renverser sur le dos, arracher le bout de dentelle qui tient lieu de culotte et prendre possession d'elle avec autant d'ardeur que nos corps l'exigent.

Roxy fait glisser ses doigts sur mon ventre jusqu'à ma ceinture et tripote le bouton de mon jean, qui s'ouvre d'un coup.

— Impressionnant, je dis entre deux baisers dans son cou.

— Efficace, plutôt.

— J'aime ton efficacité.

— Moi aussi, murmure-t-elle en baissant sa main.

La légère caresse de ses doigts au bout de mon sexe me fait décoller les hanches du sol. Elle s'empare de moi d'une main assurée et frotte mon gland avec son pouce. J'ai besoin d'être en elle. Tout de suite.

Je sors de ma poche un préservatif. Roxy l'enroule elle-même sur moi sans me quitter des yeux puis me guide en elle.

Elle sursaute quand je me redresse et que je l'embrasse, et je ris contre sa bouche.

— Idiot, marmonne-t-elle.

J'agrippe mes doigts à ses cheveux tandis qu'elle se baisse sur moi. Son corps se crispe l'espace d'une seconde, mais elle ne s'arrête pas tant que je ne suis pas au fond, et ma respiration siffle dans ma gorge. Elle est humide, étroite et, *bon sang, elle se comprime.*

Elle glousse, le souffle court.

— Vengeance.

— Peste.

Je dépose une série de baisers dans son décolleté tandis qu'elle se lève et se laisse retomber, sans cesser de remuer les hanches.

Elle fourre sa langue dans ma bouche et la déplace en rythme avec les mouvements de son corps.

Elle est folle. Elle est folle et elle me rend fou. À chaque pression de son entrejambe, à chaque coup de langue, à chaque souffle associé à un petit gémissement, elle risque un peu plus de me faire perdre pied. Elle me donne tellement envie d'elle que je ne sais pas si elle sera capable d'assouvir ce désir. Je ne sais pas si un jour je pourrai me passer de tenir son corps contre moi, sur moi, sous moi, pour lui faire ça.

Je la retourne sur le dos et enfonce mes hanches contre elle. Elle enfouit son visage dans mon cou et on respire tous les deux péniblement. Même si nos peaux ne se touchent pas vraiment, je ne sens qu'elle. Je ne sens que le désespoir brûlant de l'emmener au sommet, comme elle le fait avec moi. Et je vais m'y tenir.

Je suis bien décidé à l'emporter au sommet et à la faire basculer.

Je perds la notion du temps, et je ne sais pas combien de minutes s'écoulent avant qu'elle succombe. Qu'on succombe tous les deux. Je suis complètement perdu.

— Mince, souffle Roxy. Quelle heure il est ?

— Après ce qu'on vient de faire, c'est tout ce que tu trouves à dire ? je raille tandis qu'elle se relève.

— Non, pour de vrai. Quelle heure il est ?

Je me ressaisis, range le préservatif dans son emballage et l'emballage dans ma poche arrière, puis je sors mon téléphone.

— Neuf heures et demie.

— Merde ! Je bosse à dix heures !

Les yeux écarquillés et barbouillés de maquillage, elle plaque sa main sur sa bouche. C'est un spectacle inestimable et je ne peux m'empêcher de rire.

— Kyle ! (Elle me pousse.) Ne ris pas ! C'est ta faute.

— Hé, pourquoi ce serait ma faute ?

— Tu… tu as usé de tes charmes sur moi ! bredouille-t-elle.

Je ris de nouveau et je l'attire contre moi. J'embrasse ses lèvres gonflées.

— Fais gaffe ou je recommence.

— Tu parles d'une menace, marmonne-t-elle. (Puis elle recule et s'essuie sous les yeux.) On y va.

Je la suis au milieu des arbres.

— Qui a dit que c'était une menace ?

Elle me jette un regard et poursuit sa marche. Sans rien ajouter, elle dévie au dernier moment pour emprunter le chemin de traverse qui mène chez elle – un des avantages de vivre au milieu de nulle part. Je la rattrape, passe mes bras autour de sa taille et l'embrasse à la base du cou.

— Tu dois vraiment aller travailler ? je grogne contre sa peau.

— Oui. (Elle serre ma main.) Ma mère va déjà se demander où je suis quand elle va monter pour me réveiller.

— Qu'est-ce que tu vas lui dire ?

— Je ne sais pas encore.

On arrive en vue de sa maison, que l'on contourne jusqu'à la porte d'entrée. Roxy s'écarte de moi, m'embrasse sur la joue et se tourne vers chez elle. C'est comme ça qu'elle me dit au revoir ?

— Hé ! je crie.

Elle s'arrête et pivote sur elle-même. Elle me regarde approcher d'un pas décidé, les yeux écarquillés. Je l'attrape, je saisis sa tête d'une main et je la renverse en arrière. Un couinement s'échappe de ses lèvres quand je l'embrasse, mais elle ne me repousse pas. Elle s'agrippe à mes épaules et me rend mon baiser.

— C'était un vrai baiser de cinéma, murmure-t-elle.

J'effleure son nez avec le mien, un sourire aux lèvres.

— Voilà ce que tu peux dire à ta mère.

Roxy jette un regard à sa maison. Le visage de Myra apparaît au coin d'une fenêtre et un sourire radieux se dessine sur ses lèvres. C'est le premier sourire authentique que je lui vois depuis mon retour.

— Je crois que ce n'est plus la peine de lui dire quoi que ce soit, songe Roxy. Peut-être une explication, mais c'est tout.

Je ris et je l'embrasse de nouveau, sans effusion cette fois, et je lui tapote gentiment les fesses quand elle se dirige vers l'entrée.

Ray ouvre la porte et pointe son doigt sur moi, les sourcils froncés.

— Qu'est-ce qui t'a pris de retenir ma fille toute la nuit ?

— Papa, grogne Roxy. Vraiment ?

— Pour qui tu te prends ? insiste-t-il.

Je le salue en laissant échapper un rire.

— Vous ne me faites pas peur, mon vieux !

— Mince. (Il hausse les épaules.) Ça valait le coup d'essayer.

*

Je regarde Iz arpenter la cuisine et préparer le déjeuner. Elle ne cesse de me jeter des coups d'œil et, chaque fois, mon sourire s'agrandit un peu plus. Elle devient folle à force d'essayer de comprendre pourquoi je fais ça – pour essayer de comprendre ce que je sais. L'asticoter est certainement mon activité préférée.

À part embrasser Roxy.

Iz s'approche en pointant son couteau à beurre sur moi.

— OK, je cède. Pourquoi tu me mates comme ça, espèce de malade ?

C'est parti. Je ne réponds pas et me contente de sourire. Bon sang, je m'éclate.

— Kyle.

Sourire.

— Kyle !

Je me gratte le nez.

— Kyle !

— Je me demandais seulement si tu avais aimé rouler des pelles à l'un de mes meilleurs amis.

— C'est drôle, je me posais le même genre de question.

Elle agite son couteau dans ma direction.

— Oui. Beaucoup, je réponds avec un clin d'œil.

Ses traits se froissent.

— Si ? Pourquoi Si ? j'ajoute.

— Sérieux ? Tu veux savoir comment marche mon cerveau ?

Pas vraiment.

— C'est juste que je ne vous ai jamais imaginés tous les deux… tu sais. En train de vous racler les amygdales.

— Mon Dieu, ta fraternité n'a pas une bonne influence sur toi, on dirait.

— Heureusement que je déménage au prochain semestre, je réponds avec un haussement d'épaules. Sérieux, pourquoi Si ?

Un sourire illumine lentement son visage et semble s'étirer jusqu'à ses oreilles.

— Parce qu'il a des muscles qui font baver les filles et un petit cul qui fait mal rien qu'à le regarder. Et à en juger par…

— D'accord, d'accord ! (Je lève les bras.) Je n'ai pas besoin d'entendre ma sœur donner son estimation sur la taille de la bite de mon pote.

— Et, à en juger par sa façon d'embrasser, il doit baiser comme une star du porno.

Je ricane bruyamment.

— Ta sororité a une mauvaise influence sur toi, on dirait.

— Heureusement que je m'en fiche comme de ma première culotte, alors ?

Elle mord dans son sandwich.

— En fait, je dois te demander quelque chose.

— Autre chose que l'attirance sexuelle que j'ai pour ton copain ?

— Je pense que ça ne me dérange pas plus que ne peut te déranger mon attirance pour Roxy.

Je bluffe. Je suis expert quand il s'agit d'afficher un visage impassible ; Iz, elle, n'arriverait même pas à duper une classe de maternelle.

— Bref. Qu'est-ce que tu veux ?

Je pianote sur la table. Comment lui demander ce que je n'ai même pas bien médité dans ma tête ?

— Comment… (Je m'interromps et… Merde, crache le morceau !) Comment convaincre Roxy de venir avec moi à Berkeley le mois prochain ?

Iz se fige, la bouche pleine, et me dévisage. Puis elle mâche lentement et déglutit.

— Est-ce que j'ai bien entendu ?

— Je sais pas. Qu'est-ce que t'as entendu ?

— Tu veux que Roxy aille à Berkeley. Avec toi.

— Au moins, ton ouïe fonctionne parfaitement.

— Bon sang, Kyle ! C'est du sérieux !

Elle fait claquer sa main sur la table.

— Je sais, Iz, d'accord ? Je sais. (Je passe mes doigts dans mes cheveux.) Seulement… je ne peux pas la laisser ici. Pas en ce moment.

Ma sœur s'assoit en face de moi, étudie mon visage et sourit.

— Ne me sors pas ta psychologie de comptoir, je la préviens avec un regard noir.

— Tu es amoureux d'elle.

Fichu décryptage du langage du corps.

— Oh oui, répète-t-elle en écarquillant les yeux. Oh oui, tu es amoureux.

— Pas la peine d'avoir l'air aussi surprise, je réplique sèchement.

— Je ne le suis pas. Je ne pense pas. Seulement… (Elle penche légèrement la tête.) Je ne sais pas. Tu veux vraiment qu'elle t'accompagne à Berkeley ?

Je hoche lentement la tête.

— C'est Roxy, tu vois ? Comment veux-tu que je retourne là-bas sans elle ?

— Ce n'est pas si loin.

— Si je mets plus d'une demi-heure à pied, c'est déjà trop loin, Iz.

Elle soupire et se frotte le visage.

— Je ne sais pas. Tu as essayé de le lui proposer, tout simplement ? Tu lui as demandé si elle comptait s'inscrire là-bas quand elle l'aurait décidé ? Elle serait acceptée... Elle est intelligente, Ky. Elle a juste un peu dévié de son cap.

— Je sais. Et bien sûr que non je ne lui ai pas proposé, sinon je ne te demanderais pas conseil ! (Je hausse les sourcils et Iz les épaules.) Exactement. Je suis amoureux d'elle, Iz. Merde. Je sais même pas. Je veux juste qu'elle vienne avec moi à Berkeley.

— Alors tu vas devoir le lui demander, raisonne-t-elle. Mais si elle ne veut pas.

Je ne réagis pas. Qu'elle se serve de ses trucs de psycho pour trouver la réponse toute seule.

— Kyle Michael Daniels, prononce lentement Iz d'un air soupçonneux, ne me dis pas que tu comptes rester ici si elle refuse de t'accompagner.

Je pianote de nouveau sur la table et je me mets à siffler.

— Tu veux devenir médecin depuis... depuis toujours. Tu ne peux pas sérieusement envisager de laisser tomber ? Je sais bien qu'il s'agit de Roxy, mais... sérieusement, tu ferais ça ?

Je croise ses yeux, qui sont exactement de la même couleur que les miens.

— Je sais bien, mais elle représente plus qu'un rêve, Iz. Roxy, c'est tout pour moi et elle est bien réelle. Sans elle à mes côtés, il n'y a plus de rêve. Alors oui. S'il le faut, je resterai. Avec elle. Pour elle. Je ferais tout et n'importe quoi pour cette fille.

CHAPITRE 21
ROXY

J'allume mon ordinateur et je lance internet. *Quelles études suivre pour devenir vétérinaire ?* Sur une impulsion, je tape *Berkeley* à la suite de ma question. L'UCLA était la première sur ma liste, à l'origine… Je sais que c'est la Californie du Sud, et Berkeley la Californie du Nord, mais peu importe. Il s'agit de simples recherches, après tout.

Cours de sciences basiques, cours avancés de biologie et de comportement animal. Choix facile. Les sciences ont toujours été assez naturelles pour moi, et ces cours me mèneraient au boulot de mes rêves.

Mais je n'ai pas à prendre de décision dans l'immédiat. En fait, je devrais retourner sur Google et chercher d'autres universités à travers le pays. Mais je ne le fais pas. Je mets mon ordinateur en veille et je me lève.

La maison est silencieuse étant donné que mes parents sont au travail. Je traverse lentement le couloir et ma main reste en suspens devant la porte de Cam. Je tourne prudemment la poignée et je pénètre à l'intérieur. Mes pieds me guident jusqu'à son lit et je grimpe dessus. Son odeur a presque disparu. Il n'y a plus trace de son *Davidoff*, et mon estomac se noue. C'est le parfum qui devrait embaumer sa chambre, alors je me lève, je m'empare du flacon et j'en diffuse une bouffée. L'effluve frais m'amène un sourire aux lèvres.

C'est réconfortant. C'est ici qu'il est le plus vivant. C'est ici que je me souviens le plus de Kyle et lui.

*

— Vous allez vous faire prendre, je les ai prévenus, assise sur le bureau de Cam, mes jambes se balançant sous moi.

— Et alors ?

Mon frère a haussé les épaules d'un air nonchalant.

— Tout le monde saura que c'est nous, de toute façon, a murmuré Kyle. Personne d'autre n'a les couilles de faire ce qu'on fait.

— OK, un point pour toi. Mais comment est-ce que vous allez échanger toute la chantilly contre de la mousse à raser ?

Ils se sont contentés de sourire.

— D'accord. D'abord, je me sens dans l'obligation de vous signaler que vous avez une obsession malsaine avec ce truc. Et ensuite, je n'ai pas l'intention d'être complice de votre idée stupide.

— Roxy, a gémi Cam. C'est toi qui as les clés du café.

— Maman va te tuer !

— Mais non. (Kyle m'a tiré une mèche de cheveux.) C'est toi qui vas faire l'échange.

— Heu, allô ? Tu n'as pas entendu ce que je viens de dire ? Je ne fais rien du tout. Tu peux toujours courir.

— D'accord. Mais tu peux au moins nous faire entrer, non ?

Cam m'a fait son regard de chien battu. Il ne savait pas du tout s'y prendre, mais je ne pouvais jamais y résister malgré tout.

— Je ne peux pas vous faire entrer. Maman va me virer et me botter les fesses. En public, j'ai ajouté.

— Alors comment… ?

Je me suis levée et dirigée vers la porte. La main sur la poignée, je leur ai jeté un regard par-dessus mon épaule.

— Je ne peux pas vous faire entrer, mais je ne peux pas vous empêcher de me voler mes clés. Celles que je range dans le tiroir du haut de ma table de nuit quand je ne travaille pas.

Cam et Kyle m'ont regardée avec de grands sourires, une lueur de malice étincelant dans leurs yeux.

*

Ce souvenir m'arrache une petite grimace. Ils m'ont bel et bien volé mes clés et ont réussi leur coup sans se faire prendre. Je ne leur ai jamais demandé comment ils avaient transféré la mousse à raser dans les bombes de chantilly et ils ne me l'ont jamais dit. Mais ils en ont assumé la responsabilité en assurant que je n'étais au courant de rien. Et, pour être honnête, je ne savais même pas quand ils l'avaient fait.

Ils m'avaient vraiment volé mes clés.

J'étais un peu leur complice de l'ombre dans tout ce qu'ils faisaient – ou alors j'étais leur victime – et personne ne le découvrait jamais. Je pense que notre trio me manque autant que Cam en particulier. C'est dur de se faire arracher une aussi grosse partie de son quotidien.

Tellement dur de devoir dire adieu à quelqu'un que vous pensiez avoir à vos côtés toute votre vie.

*

Certaines personnes sont des démons masqués.

Elles prennent un malin plaisir à vous pousser à succomber à l'une de vos faiblesses. Elles semblent savoir quand vous passez une mauvaise journée et vous tombent dessus avec une solution. Un remède. Une échappatoire.

Mais c'est toujours la mauvaise. Ce sont toujours des solutions à court terme qui n'arrangent jamais rien. Une courte échappatoire proposée par un démon ne vous aidera jamais à avancer dans la direction que vous souhaitez.

Et c'est exactement ce que je ressens à cet instant précis, face à Layla.

— Allez, Roxy. J'ai besoin de cet argent et toi tu as besoin de ça.

J'observe ses cheveux roux et ses grands yeux marron. Elle a l'air désespérée. Pas moi.

— Je n'en veux pas, Layla. Je n'en ai pas besoin, d'accord ? Tu vas devoir te trouver un autre client.

— Roxy !

— Tiens. (Je sors mon téléphone et je lui donne le numéro d'un type que j'ai rencontré à Portland il y a quelques mois.) Il est toujours à la recherche de trucs. Appelle-le.

— Il est à Portland, bordel !

Je hausse les épaules et tourne les talons.

— Tu as besoin d'argent ou tu n'en as pas besoin ?

Tu as besoin de l'échappatoire ou tu n'en as pas besoin ? Pour l'instant, je n'en ai pas besoin. Je n'en ai pas besoin pour oublier à quel point je souffre. Je dois serrer les dents et subir.

Ma famille mérite mieux que ce que je lui ai infligé récemment.

Je reprends la direction de chez moi en traînant les pieds. Je prends conscience de la véritable vacuité de Verity Point sans mon frère et les tours qu'il jouait avec Kyle. Et je regrette d'avoir ruiné toutes mes chances d'aller à l'université en septembre. Maintenant, je me retrouve coincée ici pour une année supplémentaire.

J'enfonce ma clé dans la serrure. Des mains se posent sur mes épaules et je pousse un cri.

— C'est moi, dit Kyle dans un rire.

— Oh mon Dieu. Imbécile ! Tu m'as fait flipper.

Il rit de nouveau et me suit à l'intérieur.

— Désolé. Je pensais que tu m'avais entendu arriver.

Je secoue la tête.

— Non. J'étais dans ma bulle.

— Je peux te poser une question ?

— Tu peux.

— Tu en as pris ?

Je m'arrête.

— Pris quoi ?

— Tu sais de quoi je parle.

— Non, vraiment pas.

— Ben vient de te voir avec Layla.

Bien sûr. Et il a fallu qu'il s'empresse de le répéter à Kyle, n'est-ce pas ?

Je pince les lèvres d'agacement.

— Et, évidemment, tu as supposé que je lui avais acheté de l'alcool ou de la drogue.

— Non… enfin, peut-être. Je me posais la question, répond-il prudemment.

Mon agacement se transforme vite en colère et je me mords la lèvre. Je le dévisage une seconde avant de détourner les yeux.

— Ravie de voir que tu as confiance en ma capacité à dire non.

Je monte dans ma chambre à toute allure. Les marches craquent derrière moi sous les pas de Kyle.

— Hé, je n'ai pas dit ça !

Il place son pied contre la porte pour m'empêcher de la lui refermer au nez.

— Tu le pensais.

— Non.

— N'importe quoi. (Je me tourne vers lui.) Tu savais que j'étais avec elle et tu as pensé que j'avais cédé. Eh bien, figure-toi que non ! Elle a dit qu'elle avait besoin d'argent, alors je lui ai donné le numéro de quelqu'un d'autre qui pourra lui acheter ses trucs. Ben a évidemment laissé cette partie de côté, n'est-ce pas ?

— Il m'a seulement dit qu'il t'avait vue.

— Alors, il semblerait qu'il n'en a pas vu assez.

Je suis presque en train de crier. Je n'arrive pas à croire qu'il pense vraiment ça, qu'il puisse me croire assez faible pour céder à n'importe quelle tentation qu'on m'agiterait sous le nez.

— Je t'ai dit que j'arrêtais. Je t'ai dit que je ferais de mon mieux et tu ne m'en crois même pas capable ?

Il fait un pas en avant.

— Rox.

Je repousse son bras tendu.

— Tu ne m'en crois pas capable, c'est ça ? je répète. Admets-le. Tu t'es rué ici pour me demander si j'avais acheté quelque chose. Tu ne m'as pas demandé si j'avais refusé. Tu as tout de suite imaginé le pire.

Les épaules de Kyle s'affaissent, et il passe une main dans ses cheveux. J'ai raison et on le sait tous les deux.

Je prends une profonde inspiration, l'estomac noué.

— Tu peux y aller, maintenant, je murmure avant de me détourner.

— Quoi ?

— Va-t'en. Je ne sais pas si j'ai envie d'être avec quelqu'un qui a aussi peu d'estime pour moi.

— C'est ce que tu penses ?

— Au moins, moi, je suis capable d'admettre ce que je pense.

— Alors, si je comprends bien, on laisse de côté le fait que j'aie pu croire ça uniquement parce que je me soucie de toi ?

— Ne t'avise pas de me jeter ça à la figure. Tu ne me crois pas capable d'arrêter de boire et le reste, et c'est tout.

— Combien de fois il faut te le répéter ? Je n'ai pas dit ça !

Je me prends le visage entre les mains et je sens une boule monter dans ma gorge.

— Non, tu ne l'as pas dit, mais tu le pensais. Alors va-t'en. S'il te plaît.

— C'est pas fini, Rox. Appelle-moi quand tu seras calmée.

Il quitte ma chambre et j'entends ses pas lourds dans l'escalier. Je traverse la pièce pour claquer ma porte, contre laquelle je me laisse glisser, les larmes aux yeux.

Une semaine plus tôt, il m'a demandé de cesser ce comportement rebelle et il renonce déjà à me faire confiance.

Je ne veux pas l'écouter me raisonner. Je ne veux pas l'écouter essayer de nier ce qu'il n'a *pas* dit, parce que ce qu'il a dit suffit amplement.

Il me connaît mieux que personne, peut-être même mieux qu'Iz et Selena, mais pas encore assez pour croire que je vais tenir parole.

Les larmes coulent sur mes joues et j'appuie ma tête contre la porte.

— Va te faire foutre, je murmure.

Chapitre 22

KYLE

Trois jours.

Trois fichus jours depuis qu'elle m'a demandé de partir, et je suis à court d'options. Je suis à court d'idées pour l'obliger à s'arrêter et à ne pas reprendre. Je ne sais pas quoi faire d'autre. Je ne sais pas ce que je suis censé faire d'autre.

Quels que soient mes progrès, quels que soient mes moyens de persuasion, j'ai tout fichu par terre en parlant avant de réfléchir. Retour à la case départ, sauf que cette fois j'ai beaucoup plus de choses à rattraper. Je dois la convaincre que je crois en elle et que je la sais capable de tenir sa parole.

Merde, j'en ai besoin. Pour elle. Pour moi. Pour nous. Il faut qu'elle y arrive. Il faut qu'elle accepte la disparition de Cam pour pouvoir avancer. Chaque fois qu'elle boit, elle se raccroche à une chose qui n'existe pas. Il faut qu'elle s'arrête et qu'elle se raccroche à quelque chose de bien réel.

Les souvenirs. Les bons moments. L'avenir.

Je sais qu'elle n'oubliera jamais cette fameuse nuit. Elle a assisté à l'accident et l'a regardé mourir une heure plus tard, mais elle ne peut pas rester sur ce dernier souvenir. Le seul moyen d'apaiser sa peine, c'est de penser aux bons moments qu'on a passés ensemble.

Je suis la personne qui peut l'aider à se rappeler.

Et j'ai tout fait foirer.

J'ai détruit tout ce qu'il y avait entre nous. J'aurais dû réfléchir à deux fois avant de débarquer comme ça pour lui poser cette question. Roxy est capable d'exploser sans prévenir. J'aurais dû me douter qu'elle réagirait ainsi… de la même façon que moi.

Parler avant de réfléchir.

Sur une impulsion.

Mais tout ce qui nous concerne s'est déroulé de manière impulsive. Chaque dispute, chaque baiser, chaque fois qu'on a fait l'amour… C'est toujours arrivé sur l'impulsion du moment précédent, avant même qu'on prenne le temps d'y réfléchir. Alors il était logique que cette histoire ne fasse pas exception.

J'en arrive à la conclusion que j'aurais dû m'y attendre, quand Si franchit ma porte d'entrée.

Il me donne une tape à l'arrière du crâne.

— Lève ton cul de ton canapé et monte dans ma voiture.

— Pour quoi faire ?

— La fête. Il faut qu'on te remonte le moral, misérable crétin.

— Je n'ai pas besoin qu'on me remonte le moral. Je suis un vrai boute-en-train. Tu vois ?

Je feins un sourire et il rit.

— Écoute, mec, Roxy sera là. Va la voir, parle-lui et ensuite allez là où vous allez vous cacher chaque fois et faites votre affaire.

— Il va falloir un peu plus qu'une simple discussion pour la convaincre de partir avec moi de son plein gré, cette fois-ci.

Je me lève et je le suis jusqu'à sa voiture.

Hé, elle n'a pas l'intention de revenir vers moi, alors c'est moi qui vais faire le premier pas.

— Ben a pas donné dans la dentelle, hein ? demande Si en me jetant un regard.

— Non, c'était ma faute. Il s'est contenté de me dire ce qu'il avait vu – c'est moi qui ai tiré mes déductions. J'aurais simplement dû lui poser la question plutôt que de l'accuser directement ou, mieux encore, ne rien dire du tout.

Il hausse les épaules.

— Tu l'as accusée seulement parce que tu te fais du souci pour elle.

— Ah ouais ? Rends-moi service et va lui dire, OK ?

— Je le ferais si j'étais pas certain qu'elle allait m'arracher les couilles.

— Ravi de voir que tu fais passer tes couilles avant notre amitié.

On échange un sourire, mais le mien manque de conviction. Une crainte me noue l'estomac et je sais pourquoi. Roxy et la fête ne font que trop bien la paire, et j'ai peur de ce que je vais trouver là-bas. J'ai peur qu'elle ne soit bourrée, ou défoncée, ou peut-être même en compagnie d'un autre mec.

Et dire que je me demande pourquoi elle croit que je ne lui fais pas confiance…

Merde.

De la musique parvient de la maison devant laquelle Si se gare, et je me fiche même de savoir où on est. Tout ce qui compte pour moi, c'est de la voir. Je me faufile à l'intérieur et je passe en revue chaque pièce que je traverse. Si m'imite, et on finit par la trouver dans la cuisine.

Elle lève la tête à notre entrée et plonge son regard dans le mien. Un regard lourd. Triste, doux, furieux, dur. Un mélange tel que la culpabilité me noue l'estomac pendant un instant, jusqu'à ce qu'elle détourne la tête.

— Aïe, murmure Si.

— Merci, je réplique en acceptant la bière qu'il me tend.

— Qu'est-ce que tu vas faire ?

— La même chose qu'avant, quand je voulais lui parler : la pousser à sortir de ses gonds.

— Fais pas l'idiot, Ky, intervient Iz en arrivant derrière moi. Je crois qu'elle est déjà assez remontée contre toi.

— Hé, c'est elle qui m'a demandé de partir. J'ai merdé, d'accord ? Mais elle n'a pas voulu m'écouter quand j'ai essayé de m'expliquer.

— Vous êtes aussi têtus l'un que l'autre, c'est bien ça votre problème. Aucun de vous ne veut écouter l'autre ni céder. Vous allez vous contenter de rester chacun à un bout de la cuisine, triste et furieux, jusqu'à ce que l'autre parte.

— Merci pour ton diagnostic. Chèque ou espèces ?

— Des fois je me demande pourquoi je prends la peine d'essayer de t'aider, trouduc.

Je passe mon bras autour de ses épaules.

— Je sais, Iz. Excuse-moi.

Elle hausse les épaules pour essayer de se dégager.

— Ce n'est pas auprès de moi que tu dois t'excuser. C'est auprès de la fille là-bas, qui se demande si elle devrait faire une croix sur toi.

Remue bien le couteau dans la plaie, Iz, merci. Un bon coup dans l'estomac, ce sera moins douloureux.

Et c'est alors que je la vois s'envoyer un shot avec Selena.

— Ouais. (Je hoche la tête dans sa direction.) Elle a vraiment l'air d'hésiter. On dirait plutôt qu'elle a déjà fait son putain de choix.

— Non, réplique Iz d'une voix songeuse en s'appuyant contre le mur. Elle a abandonné l'idée d'arrêter. Elle pensait que tu avais confiance en elle, mais plus maintenant, alors à ses yeux elle n'a plus de raison de se priver.

— Elle devrait arrêter pour elle-même, intervient Si. Parce que, sinon, elle va prendre la même route que Cam.

La vérité est douloureuse. Comme une fichue garce.

Iz se tourne vers Si.

— Tu as raison, mais ça ne veut pas dire qu'elle s'en rend compte. (Elle baisse la voix :) Sa raison, c'était Kyle. Il était son roc. C'est la seule personne qui connaissait Cam comme elle, la seule personne capable de comprendre ne serait-ce qu'un millième de sa peine. On le sait tous, Si. On n'est pas bêtes. Aucun de nous ne peut faire pour elle ce dont il est capable.

— Je suis toujours là, vous savez, je dis en voyant Roxy avaler un nouveau shot.

— Et maintenant… reprend Iz sans me prêter attention, elle pense qu'elle l'a définitivement perdu.

Un type s'approche d'elle et elle lui sourit. Je me mords l'intérieur de la joue en les voyant entamer une conversation. Je sens Iz et Si qui m'observent attentivement. Même Selena me jette un coup d'œil à travers la pièce.

Mes mâchoires se crispent quand il se penche vers elle. Toutes les parties de mon corps sont en alerte rouge. Pour qui il se prend, cet enfoiré, à draguer ma copine sous mes yeux ? Parce que c'est comme ça. Peu importe ce qu'elle dit, elle est à moi.

Je m'agrippe au comptoir. Tout mon corps et tout mon être n'ont envie que d'une chose : aller là-bas et lui rouler la pelle du siècle devant tout le monde.

— Je crois que c'est mon signal, murmure Iz.

Elle traverse la pièce et se plante entre Roxy et le type. Il recule et laisse Iz l'entraîner dans le salon. Une bouteille claque sur la table à côté de moi. Je jette un coup d'œil à Si.

On dirait que je ne suis pas le seul à avoir des problèmes, ce soir.

Je reporte mon attention sur Roxy. Je suis des yeux le moindre de ses mouvements et je parcours les courbes de son corps. Je foudroie du regard tous les types qui essayent de l'approcher et ils saisissent le message.

Interdiction d'approcher. Interdiction d'approcher pour tous les salopards sauf moi.

— C'est parti, murmure Si d'une voix trop amusée à mon goût.

Je détourne les yeux du type qui aborde maintenant Selena et je vois Roxy se ruer vers moi. Sans un mot, elle m'attrape par le col et me tire derrière elle. Je jette un coup d'œil à Si par-dessus mon épaule. Il éclate de rire.

Roxy m'entraîne dans le jardin. Elle m'observe d'un air furieux, les mains sur les hanches.

— Qu'est-ce que tu fous ?

— J'ai l'impression que tu m'as volé ma réplique, non ?

— Je te répondrais bien de ne pas jouer au plus malin, mais visiblement tu as décidé de faire ton crétin, ce soir.

— Rox, je soupire, on peut s'en aller et parler ? Loin d'ici ? S'il te plaît.

Ses épaules s'affaissent et elle les hausse imperceptiblement.

— Je ne sais pas si j'en ai envie. Je t'en veux énormément.

— À tel point que tu as décidé de boire.

Elle relève vivement les yeux.

— Je me suis dit que tu avais tellement peu confiance en moi, de toute façon, que ça n'avait aucune importance.

Hein ?

— Aucune importance ?

— Oui. Tu es persuadé que je vais replonger, alors qu'est-ce que ça peut te faire ?

Qu'est-ce que ça peut me faire ? Qu'est-ce que ça peut me faire !

— Tu es d'une importance capitale pour moi, merde !

J'ai envie de l'attraper par les épaules et de la secouer. J'ai tout essayé et, si ça, ça ne marche pas, si elle n'a pas confiance en moi, alors je n'ai plus le choix : je dois faire la seule chose que je pensais pouvoir éviter. J'ai envie de la supplier de ne pas m'y forcer, mais, à chaque seconde qui passe sans qu'elle reprenne la parole, je sais que je vais y être obligé.

Je vais devoir prendre le plus gros risque de ma vie.

Je vais devoir lui tourner le dos avant la fin de la soirée.

CHAPITRE 23

ROXY

Son visage exprime ce que je ressens : la colère, la confusion, la peine.

— Mais tu n'as toujours pas confiance en moi, je dis doucement.

— Merde, Roxy, si ! J'ai confiance en toi, d'accord ? (Il prend mon visage entre ses mains.) Je sais que tu peux y arriver.

— Et sinon ? Alors quoi, Kyle ? Est-ce que cette scène va continuer de se reproduire jusqu'à ce que je finisse par piger ? (Je recule.) Et si c'est ce que je suis devenue, définitivement ?

— Ce n'est pas toi. On le sait tous les deux.

— Non. On pense le savoir. Mais je ne sais plus qui je suis. Tu comprends ça ? Je ne sais pas si je suis l'ancienne Roxy, ou la nouvelle, ou quelqu'un de totalement différent. Là, maintenant, je pense que je suis la nouvelle Roxy et tu la détestes. Tu détestes tout ce qu'elle est et tout ce qu'elle fait, et ça… (Elle agite la main entre nous.) …ne marchera pas.

— Je ne pourrai jamais te détester, tu le sais bien.

— Non, je ne le sais pas. (Je déglutis.) Tu as dit toi-même que ta Roxy, c'était la personne que j'étais avant. Mais pas celle-là. Peut-être qu'on se trompe. Tu ne veux pas de cette Roxy, n'est-ce pas ?

— Bordel de merde, Rox ! C'est *toi* que je veux. Je ne sais pas comment, à partir d'un simple malentendu, on en est arrivés à ce que tu décides que je ne veux pas de toi !

— Mais tu ne veux pas de *cette* Roxy ! je m'écrie sans me soucier des visages qui se pressent aux fenêtres pour nous observer et des personnes qui font le silence dans le jardin pour nous écouter. C'est peut-être la personne que je suis réellement. Probablement. J'imagine…

Je m'interromps un instant. Je dois retenir mes larmes. Pourquoi la vérité doit-elle être aussi douloureuse ? Pourquoi faut-il qu'elle me brise le cœur encore un peu plus ?

Pourquoi la vérité ne peut-elle pas être belle, pour une fois ?

— Tu imagines… ?

Je baisse les yeux.

— J'imagine que, si tu ne veux pas de la personne que je suis maintenant, tu ne veux pas de moi du tout.

Je n'arrive pas à relever les yeux. Je ne veux pas voir son regard quand il réalise que je dis la vérité. Parce que c'est le cas. Il l'a dit lui-même : sa Roxy, c'est l'ancienne Roxy. Et ce ne sera plus jamais moi, même si j'y mettais la meilleure volonté du monde.

— La Roxy que je connaissais avait du respect pour elle-même, pour les autres, et elle méprisait le genre de personne que tu es devenue. La Roxy que je connaissais avait le plus merveilleux des sourires et illuminait toujours mes journées, même quand elle n'était que la petite sœur de mon meilleur ami. Voilà la Roxy que je veux, la Roxy que tu essaies de cacher, répond-il d'une voix douce.

— Je ne peux pas être celle que tu veux que je sois.

Mes yeux se remplissent de larmes et mon cœur se brise. Il ne se brise pas un petit peu, non, c'est un effondrement général qui menace de m'anéantir.

— Tu ne peux pas, ou tu ne veux pas ?

Je secoue la tête.

— Alors j'imagine… J'imagine que j'ai essayé, mais que c'est fini.

Je relève les yeux.

— Si tu veux continuer à te détruire comme ça, Rox, je ne peux pas rester là à te regarder faire. Je ne peux pas passer une soirée de plus à te regarder te noyer dans l'alcool pour oublier. Continue comme ça, et c'est toi qui finiras par monter dans la voiture de quelqu'un parce que tu es trop saoule pour avoir les idées claires. Et tes parents devront enterrer un autre enfant. (Il commence à s'éloigner. À reculons. Loin de moi.) Si tu veux tomber, vas-y, mais tu ne m'entraîneras pas avec toi. Je n'ai pas l'intention de te regarder t'infliger ça plus longtemps.

Il s'en va.

Il s'en va pour de vrai.

— J'avais raison. Tu n'as absolument pas confiance en moi !

— Oh, je crois en toi. Le problème, c'est que toi non. Tu ne crois pas en toi, ni en moi, et tu crois encore moins en nous deux. Sinon, tu ne serais pas là en train de boire ce soir. Et je ne serais pas obligé de mettre un terme à nous deux.

— Comme si tu n'en avais rien à faire. Tu t'en vas comme si tu n'en avais rien à faire.

Ma voix se brise sur le dernier mot. Mon estomac se noue et j'ai la nausée. Il s'en va.

Mais n'est-ce pas moi qui l'y ai poussé délibérément ?

Si.

Non.

J'essayais de l'amener à voir ce que je vois.

Je ne pensais pas que ça finirait comme ça.

Je ne pensais pas que ce serait aussi douloureux.

— Je n'en ai pas rien à faire, Rox. C'est même tout l'inverse, à tel point que je douille. Tu crois que j'ai envie de faire ça ? Tu crois que j'ai envie de te tourner le dos et de te laisser ici ? Non, mais tu ne veux pas y croire. Tu ne veux pas y croire et, dans ce cas, je ne peux pas croire en nous.

Il tourne les talons et s'éloigne pour de bon.

— Kyle, je l'appelle. *(Non, non, non. Ne t'en va pas.)* Kyle !

— Tu as été très claire, Rox. (Sa voix est triste. *Pitié, ne fais pas ça !*) Tu as dit toi-même que tu ne pouvais pas être ma Roxy. En fait, tu n'as pas cessé de le répéter.

Il disparaît au coin. Je plaque mes mains sur mon ventre et me plie en deux. Les larmes menacent de déborder et je secoue la tête.

Il a raison.

Je lui ai dit que je ne pouvais plus être sa Roxanne.

Je lui ai dit que je ne pouvais pas essayer.

Je lui ai dit que je ne croyais pas en nous.

Il a raison et j'ai tort.

Je suis naïve et impulsive. Je ne réfléchis pas avant d'agir. Je me laisse contrôler par mes humeurs, et maintenant voilà. Je suis plantée là, en train de contempler l'espace vide que Kyle devrait occuper.

— Qu'est-ce que vous regardez, tous ? je hurle aux gens qui m'observent avant de m'éloigner en courant de la maison.

Je ne veux plus être là. Je voudrais être à des kilomètres. Il n'y a qu'un endroit où je veux être en ce moment.

Auprès de Cam.

Je cours en direction du cimetière, les larmes aux yeux, et je rampe à travers un trou dans les buissons. Mes pieds me guident jusqu'à la tombe de Cam et je m'effondre sur le sol juste devant.

Je laisse mes larmes couler et tomber par terre, et je pose la tête contre la stèle.

— J'ai foiré, Cam. J'ai enfin eu ce que je voulais et j'ai tout fait foirer. Et maintenant je suis dans un état pire qu'avant, parce que je n'ai plus aucun de vous deux. J'ai le cœur brisé en mille morceaux. (Je m'agrippe au marbre froid.) J'ai fait n'importe quoi et tout est ma faute.

Le flot de mes larmes s'accentue encore. Je suis seule. Je suis tellement seule… et je ne peux m'en prendre qu'à moi-même.

— Qu'est-ce que je suis censée faire ?

Il devrait pleuvoir. Le ciel devrait être gris et sombre pour s'accorder avec mon humeur, mais ce n'est pas le cas. Il est d'un bleu éclatant, avec un putain de soleil qui brille.

Au moins, l'intérieur du café est calme. Je ne sais pas si j'aurais été capable de me montrer douce et gentille aujourd'hui. J'arrive à peine à sourire.

La voix de ma cousine me parvient :

— Eh bien, tu parles d'une tête des mauvais jours ! (Je lui jette un regard noir tandis qu'elle s'assoit devant moi.) J'ai entendu ce qui s'est passé.

— Pas d'ordinateur, aujourd'hui ?

— J'ai fini hier soir. Je m'octroie un jour de repos. (Elle remue sur son siège.) Bien essayé, au fait. Est-ce que ça va ?

— Ça va.

J'attrape une tasse et je mets la machine à café en route.

— D'accord. Message reçu. Tu n'as pas envie d'en parler.

Je soupire et je lui sers une tasse.

— Je ne sais pas, Lou. Je ne sais pas ce que je veux faire.

Elle s'empare de sa tasse et m'adresse un regard compatissant.

— À part rentrer chez toi et pleurer toutes les larmes de ton corps ?

Je déglutis et hoche lentement la tête.

— C'est à peu près ça.

— Pourquoi tu ne vas pas simplement lui présenter tes excuses ? Vous avez tous les deux fait une erreur.

— C'est pas si simple. (Je pose mes coudes sur le comptoir et je me penche en avant.) Enfin, oui, on a tous les deux dit des choses qu'on n'aurait pas dû dire, mais le mal est fait. Ça ne changerait rien. Il est parti et je l'accepte.

Louisa lève les sourcils.

— Waouh. Tu essaies de te convaincre toi-même, hein ?

Il faut bien. Sinon, je ne sais pas ce que je vais pouvoir faire.

— Roxy, reprend-elle doucement, rends-toi service et demande à tante Myra si tu peux partir plus tôt. Rentre chez toi ; pleure un bon coup et dors. Tu as le droit de le faire, tu sais. Elle comprendra.

Je secoue la tête.

— Non, je ne veux pas. Je veux…

— Roxy, chérie, rentre à la maison, déclare ma mère depuis la cuisine. Lou, tu peux me donner un coup de main jusqu'à l'arrivée de Selena ?

— Tu vas me rémunérer ? s'enquiert Louisa avec un sourire.

— On verra comment tu t'en sors, la taquine ma mère.

— D'accord. Je prends la relève, répond Louisa en se tournant vers moi. Tu vois ? Allez, ouste.

Ma mère vient et me caresse les cheveux.

— Ça va aller. On se parle plus tard, d'accord ?

On dirait que je n'ai pas le choix. Je dénoue mon tablier et je le tends à ma cousine.

C'est un des jours où j'apprécie la petitesse de Verity Point. D'accord, la moitié des habitants me regardent sûrement en train de rentrer chez moi mais, au moins, je peux y être en très peu de temps.

Je ferme la porte de ma chambre derrière moi, je m'y adosse et je jette un regard circulaire à la pièce.

Même cet endroit me rappelle Kyle. De la photo sur ma commode à son parfum qui s'attarde encore sur mes oreillers. Je ne peux pas rester ici une seconde de plus.

Je fourre quelques affaires dans un sac et je ressors de chez moi.

Sans confiance, je n'ai plus de raison de rester.

CHAPITRE 24

KYLE

— Tu es sûr que ça va ?

— Iz, ça va très bien. Tu peux y aller.

Elle soupire.

— OK. Je vais au café.

Je ne réponds pas. Je sais pourquoi elle va là-bas et j'ai déjà trop Roxy en tête pour pouvoir penser à quoi que ce soit d'autre. Et savoir qu'elle souffre est la dernière chose dont j'ai besoin.

L'expression sur son visage quand je l'ai laissée a failli me tuer. Ses yeux brillaient d'une lueur de tristesse et de stupeur que je ne lui avais jamais vue. Et la douleur dans sa voix quand elle a essayé de me rappeler m'a donné la sensation d'être le plus gros enfoiré de la terre, mais je n'avais pas le choix.

Je ne l'ai toujours pas.

C'était ma dernière option. M'éloigner d'elle, nous briser le cœur à tous les deux, c'est tout ce qui me restait pour la convaincre de s'arrêter. Un ridicule petit malentendu

– dont on était tous les deux responsables – et elle a replongé la tête la première dans ses vieilles habitudes.

Pourtant, j'ai toujours du mal à croire que je l'ai vraiment laissée.

À la place d'un autre, je me serais déjà collé mon poing dans la figure. Mince, qui j'essaie d'embobiner ? J'ai envie de me coller mon poing dans la figure tout seul.

Je me lève et grimpe l'escalier jusqu'à ma chambre. J'ai envie de tout envoyer chier aujourd'hui. Tout ce qui n'implique pas de suivre ma sœur jusqu'au café pour empoigner Roxy et lui présenter mes excuses jusqu'à ne plus avoir de souffle.

Rien de ce que je pourrai faire ne nous sauvera de cette dispute, sauf si c'est elle qui revient vers moi et pas l'inverse. Je ne suis pas stupide. Si c'est moi qui fais le premier pas comme j'en ai envie, ça signifie que je lui pardonne tout. Je lui pardonne d'avoir renoncé à elle-même, à nous, et pour l'instant c'est hors de question.

Je n'ai jamais cessé de croire en elle. Je n'ai jamais cessé de croire en nous. Pas une seconde.

J'aurais peut-être dû insister encore plus pour qu'elle me croie. J'aurais peut-être pu me montrer honnête avec elle. « Tu es d'une importance capitale pour moi » est un tel euphémisme ! C'est même l'euphémisme du siècle !

Si je le pouvais, je reviendrais en arrière. Si je le pouvais, je lui dirais ce que je ressens vraiment, je resterais auprès d'elle plutôt que de l'abandonner. Je referais tout différemment, et on n'en serait pas là aujourd'hui. Elle n'aurait pas le cœur brisé, elle n'aurait pas eu les larmes aux yeux vendredi soir et elle ne m'aurait pas regardé lui tourner le dos.

L'ironie de la situation, c'est que mon seul but cet été était d'apaiser son chagrin… et, au lieu de ça, je lui en ai ajouté une couche.

Honnêtement je n'aurais jamais cru pouvoir faire ça. Je pensais – même si je ne l'avais pas planifié – qu'être ensemble tous les deux suffirait. Je pensais que *moi*, je suffirais à la faire renoncer à son attitude destructrice. Je pensais que tout ce qui se passerait entre nous suffirait à la faire renoncer à son rôle de mauvaise fille.

Parce que ce n'est pas elle. Elle a beau m'avoir répété qu'elle n'était plus la même qu'auparavant, qu'elle était une personne différente, je sais bien que ce n'est pas vrai. Je l'ai connue avant la mort de Cam. J'ai vu son sourire et l'étincelle dans ses yeux, j'ai entendu son rire, ses railleries et son esprit, sa malice.

Mais j'ai également perçu la douleur et la confusion. S'il ne restait plus une once de l'ancienne Roxy, elle n'aurait pas été blessée quand je suis parti. Elle ne s'en serait pas souciée. Elle peut toujours essayer de se convaincre du contraire, mais elle est bel et bien toujours ma Roxy.

Mais ce n'est pas la Roxy dont je suis tombé amoureux.

Je suis tombé amoureux de la personne qu'elle est en ce moment même.

La Roxy perdue et blessée, seule et paumée, et par-dessus tout la Roxy au cœur brisé. Pourtant, c'est la Roxy qui n'a pas peur de vous attraper par les couilles. La fille espiègle, sexy et provocante à un moment, douce, tendre et apaisé l'instant d'après. C'est un mélange d'innombrables éléments contradictoires, mais dont je suis tombé amoureux en intégralité.

Je n'ai pas laissé tomber Roxy la mauvaise fille.

J'ai laissé tomber le mélange de bon et de mauvais, le mélange de son passé et de son présent.

J'ai laissé tomber la fille dont je suis tombé amoureux.

Et c'est pire que tout ! Les émotions qui tourbillonnent en moi n'en sont que plus intenses, parce que désormais j'ai changé d'avis : je n'estime plus devoir rester à l'écart d'elle pour son propre bien. Je crois que je dois me bouger le cul pour récupérer la fille que j'aime.

Je ne dois pas oublier que cette solution était la troisième et la dernière possible. Je ne m'attendais pas à ce que ce soit aussi douloureux. Je ne m'attendais pas à ce qu'on tombe amoureux et à ce qu'on se brise le cœur mutuellement.

J'imagine que la troisième solution n'est pas toujours la bonne.

— Kyle ! s'écrie Iz en grimpant l'escalier d'un pas précipité avant d'entrer en trombe dans ma chambre. Kyle !

Je sursaute.

— Quoi ? Qu'est-ce qu'il y a ?

— Tu dois faire quelque chose.

Elle déglutit péniblement et cligne des yeux, mais je distingue nettement l'éclat des larmes.

— Quoi ?

— Personne ne l'a vue ou entendue depuis quatre jours. Elle a disparu.

Voilà comment, en une seconde, tout bascule. Mon cœur s'arrête, j'ai le souffle coupé. Chaque muscle de mon corps se raidit, et je dévisage ma sœur en espérant qu'on ne pense pas à la même chose. En espérant que le nœud dans mon estomac ne donne pas raison à ce qui me fait soudain tellement peur.

— Qui ça ? (Iz plaque sa main sur sa bouche.) Iz, dis-moi qui !

Merde. Pitié, ne le dis pas. Pitié, ne prononce pas son nom. Une larme coule sur la joue de ma sœur.

— Roxy.

— Elle a disparu ? je répète. (Je plonge mes doigts dans mes cheveux.) Qu'est-ce que tu entends par « disparu » ?

— Elle manque à l'appel depuis samedi après-midi. Myra a téléphoné à tout le monde, au cas où Roxy se cacherait quelque part. Elle pensait la trouver auprès de

Selena, mais elle n'y est pas. Elle n'a pas de nouvelles non plus.

— Et Layla ? je demande d'une voix étouffée.

Iz secoue la tête.

— Elle ne l'a pas vue depuis… tu sais.

Je hoche la tête. Je sais.

— Pourquoi elle ne nous a rien dit ? Je suis resté assis ici à m'apitoyer sur mon sort pendant tout ce temps, alors que Roxy est je ne sais où !

— Myra ne voulait pas nous inquiéter. Elle pensait qu'elle était peut-être partie un jour ou deux pour se calmer. Apparemment, ça lui est arrivé juste après la mort de Cam, mais maintenant elle est morte d'inquiétude. Roxy n'a jamais disparu pendant quatre jours entiers auparavant.

Je me laisse retomber en arrière sur mon lit et j'enfouis mon visage dans mes mains.

— Est-ce qu'elle a déjà prévenu les flics ?

— Non. Elle voulait nous parler d'abord… pour voir si on savait quelque chose.

— Alors allons-y.

— Attends, me coupe Iz en s'élançant derrière moi. Kyle ! C'est pas tout.

— Quoi ? Qu'est-ce qu'il peut y avoir de pire que la disparition de la fille que j'aime ? Quoi ?

Ma sœur m'attrape et me serre comme elle ne l'a pas fait depuis notre petite enfance. Je sens mon corps entier se raidir, et je lutte pour retenir les larmes qui me brûlent les yeux.

Je suis furax qu'elle soit partie et que personne ne sache où elle est passée. Mais je suis inquiet. Terrifié. Je n'ai jamais eu une telle peur de toute ma vie. Je pensais être effrayé de l'avoir perdue, mais ce n'est rien comparé à la peur qui me transperce comme un couteau en ce moment même.

La peur de la perdre définitivement.

Elle peut être n'importe où. Avec n'importe qui. En train de faire n'importe quoi.

J'ai besoin de savoir que Roxy va bien.

Rien d'autre n'a la moindre importance.

— Myra est effondrée, me dit Iz en me relâchant. Vraiment effondrée. Elle est enfermée dans sa chambre et refuse de sortir. Elle est juste… Bon sang, Ky. Elle pleure, c'est tout. Elle n'arrive plus à lutter et je m'inquiète pour elle. Elle ne veut pas laisser Ray entrer. Elle ne veut parler à personne. Tout ce qu'elle fait, c'est pleurer.

Je ne lui réponds pas. J'ouvre la porte de toutes mes forces et je me mets à courir vers chez elle. Mes pieds martèlent l'asphalte. Je cours plus vite que je n'ai jamais couru de ma vie.

Sans Cam, la seule personne capable d'être la force de cette famille, c'est moi. Je suis celui qui peut les aider à tenir le coup, et c'est exactement ce que j'ai l'intention de faire.

Je me rue à l'intérieur, puis à l'étage, et ce n'est qu'à ce moment-là que je remarque Iz, essoufflée, sur mes talons. Ray est appuyé contre la porte de la chambre de Roxy, les épaules affaissées, les poings serrés.

Pendant la moitié de mon enfance, j'ai considéré cet homme comme un second père. Je l'ai vu passer par tous les états, de la rage pure au fou rire, mais je ne l'ai jamais vu aussi vulnérable. Je ne l'ai jamais vu aussi anéanti.

J'arrache mon regard pour frapper à la porte de la chambre parentale. Une fois. Deux fois. Trois fois.

— Ouvrez, Myra !

Rien.

— Allez, c'est moi. (Un autre coup.) S'il vous plaît.

Rien.

Bang-bang-bang.

— Je vous jure que je ne bougerai pas d'ici tant que vous ne m'aurez pas ouvert !

Rien. Rien sauf les sanglots désespérés qui filtrent sous la porte.

Des sanglots de désespoir et de capitulation.

L'expression de la douleur la plus intense.

— Très bien, je lance à travers le battant. Je vais m'asseoir ici jusqu'à ce que vous sortiez.

Je m'adosse à la porte et je me laisse glisser. Ray s'est approché et je croise son regard interrogateur et abattu. Je le soutiens fermement malgré les tremblements de mon corps.

— Vous avez perdu votre fils, mais je suis toujours là, moi.

CHAPITRE 25

ROXY

J'observe les pingouins, plaquée contre la vitre. La fraîcheur de la paroi me calme. L'un des animaux suit les mouvements de mon doigt de l'autre côté.

Les pingouins et moi, on n'est pas très différents. Eux et moi sommes coincés dans un endroit où l'on ne veut pas être. Sans la moindre issue, on est destinés à vivre de cette manière jusqu'à ce qu'un miracle se produise. Mais eux n'ont pas choisi cette vie. Moi si.

J'ai choisi de m'enfermer moi-même. J'ai choisi de laisser mon chagrin me gouverner, d'agir et de parler avant de réfléchir. Et, maintenant, je suis comme un pingouin.

Froide. Seule. Prise au piège.

Coincée dans un cercle sans fin que je ne suis pas certaine d'avoir le pouvoir de briser.

— Excusez-moi, dit une voix derrière moi. Je vais devoir vous demander de partir. Le zoo a fermé ses portes il y a quinze minutes.

— Oh, je suis désolée. Je n'ai pas fait attention.

Je m'écarte de la vitre pour prendre la direction de la sortie.

Les routes de Portland regorgent de personnes pressées de retrouver après le travail leurs familles parfaites pour leurs dîners parfaits. Les rues sont bondées de couples se rendant au restaurant, d'enfants qui supplient leurs parents de leur acheter des bonbons avant d'aller au McDonald's et d'adolescents rieurs qui établissent leurs projets pour la soirée.

Je me fraie un chemin à travers cette foule pour rentrer au motel dans lequel je loge. Là, je pourrai boire jusqu'à ce que Layla vienne me chercher pour m'emmener chez son cousin Alex, où je boirai encore. Je pourrai oublier cette année de merde et me laisser aller. Je pourrai me noyer dans une mer de vodka et me vider l'esprit. Aucun souvenir. Aucun sentiment. Rien du tout.

Oublier, s'étourdir, c'est tout ce qui compte quand on souffre trop pour pouvoir ressentir quoi que ce soit d'autre.

J'entre dans ma chambre minuscule. Le claquement de la porte qui se referme me paraît bien trop définitif, à l'image de tout ce qui s'est déroulé au cours des derniers mois.

Je m'assois sur le lit et j'ouvre une bouteille de vodka. Je la porte à mes lèvres et je savoure la brûlure du liquide qui coule dans ma gorge.

J'ai tout perdu, même la chose à laquelle j'aurais dû me raccrocher. Je n'aurais jamais dû laisser Kyle partir. J'aurais dû lui courir après vendredi soir, le rattraper et lui dire que je m'étais emportée bêtement, que j'avais besoin de lui.

J'aurais dû ravaler ma fichue fierté et lui avouer que j'étais amoureuse de lui.

Maintenant, c'est trop tard. Et cet échec cuisant, c'est ma faute. J'ai provoqué ce désastre toute seule.

Je n'ai même pas envie de penser à lui. Je ne peux pas. Je ne veux pas penser à ses lèvres sur les miennes ni à ses mains sur ma peau. Je ne veux pas entendre son rire dans mon oreille ni sa voix qui me taquine. Je ne veux pas… je ne veux pas…

Je veux tout. Je veux absolument tout ce que j'ai rejeté.

Une partie de moi veut le récupérer encore plus que Cam. Mon cœur saigne pour eux deux, pour les deux garçons qui ont toujours été à mes côtés dans ma vie, mais mon âme, elle, pleure pour Kyle. C'est mon âme qui me renvoie ma propre stupidité, qui me renvoie mes paroles cinglantes et ma cruauté.

Et c'est trop tard. Il est parti. Je suis partie.

Un coup frappé à ma porte me tire de ma rêverie, et je pose la bouteille de vodka à moitié vide sur ma table de nuit. Je rejoins Layla à l'extérieur.

On monte dans sa voiture et le trajet jusque chez son cousin se déroule sans un mot. Les différences entre Selena et elle sont immenses. Selena ne m'emmènerait pas à une fête comme celle-là pour que je me mette la tête à l'envers. Elle me suivrait pour s'assurer que je suis en sécurité. Elle ne m'offrirait pas de moyen d'évasion, elle lutterait contre. Iz aussi. Toutes deux essaieraient de me retenir et me donneraient des claques.

Mais elles ne sont pas là. Elles sont à Verity Point en train de faire je ne sais quoi et moi je suis ici pour oublier, m'engourdir et sombrer dans le néant.

L'appartement d'Alex est un lieu de fête permanente. Étant donné qu'il vit dans l'un des quartiers les plus miteux de la ville, tout le monde se fiche bien de ses activités. Je suis presque certaine que ses voisins sont un dealer et une pute.

Alors que je me sers un verre bien dosé et que je l'avale d'un trait, j'ai soudain la sensation d'être observée. Même chose pour le suivant, et le suivant, et je sens des yeux suivre mes faits et gestes dans la masse de corps ivres qui se pressent les uns contre les autres. Des yeux tout à la fois inquisiteurs, menaçants et admiratifs.

Mais c'est le côté menaçant qui me fait hésiter. Je ne sais pas d'où vient ce regard, mais il enflamme une étincelle de peur le long de ma colonne. Je jette un œil circulaire à l'appartement et, incapable d'en trouver la source, je me sers un autre verre.

Je dois sûrement me faire des idées, m'effrayer toute seule.

La soirée se prolonge. Je bois encore et encore, je me noie dans l'alcool et la musique comme je n'ai cessé de le faire ces derniers jours. Mais la sensation ne me quitte pas.

Le regard. L'impression d'être épiée dans le moindre de mes mouvements. Traquée.

Je finis par localiser la source dans un coin de la pièce, deux yeux sombres qui me dévisagent. Je ne les reconnais pas, ni les cheveux clairs et les joues mal rasées. Je ne sais absolument pas de qui il s'agit.

Mais, à sa façon de m'observer, de soutenir mon regard avec une intensité telle que j'ai peur de détourner les yeux, je comprends qu'il me connaît.

Je déglutis et lui tourne le dos. Je me laisse une demi-heure avant de rentrer au motel. Je ne suis absolument pas à l'aise ici, et je ne veux pas rester plus longtemps qu'il ne le faut.

Je suis bourrée, pas stupide.

Lentement, je me fraie un chemin à travers la masse des invités en direction de la sortie et j'espère qu'il ne m'a pas remarquée dans la faible lumière de l'appartement. J'ouvre la porte, inaperçue, et je me glisse dans la rue.

La nuit est étrangement silencieuse et je titube légèrement, le pas incertain. J'ai autant envie de jeter un regard par-dessus mon épaule que j'ai la sensation très nette d'être suivie. Par peur, je ne regarde pas. Je ne compte pas regarder. Je ne peux pas regarder.

Je regarde.

Le type de la fête est juste derrière moi. Il me suit. D'un pas vif.

Je retourne brusquement la tête et je prends une profonde inspiration. Oh mince. Qu'est-ce que je fais ? Je cours ? Ce serait un peu trop évident. Mais je ne peux pas continuer à marcher comme ça. Merde. Pourquoi faut-il que je sois en dehors de la ville, où il n'y a nulle part où se cacher ? Si j'étais dans le centre, je pourrais entrer dans un restaurant ou un autre lieu public.

— Roxy.

Merde. Continue d'avancer. Continue. Fais comme s'il s'était trompé de personne.

Les pas derrière moi augmentent de vitesse et, avant que j'aie pu réfléchir, une main saisit mon bras.

— Bien essayé, mais je sais que c'est toi.

La vodka me procure une fausse assurance et je me tourne vers le type.

— T'es qui, bon sang ?

— Tu te souviens pas de moi ? Ça devrait pas me surprendre, ricane-t-il tandis que ses traits se déforment sous l'effet de la colère. Tu te rappelles aucun des mecs que tu te tapes, c'est ça ?

J'écarquille les yeux et j'essaie de retirer mon bras.

— Je… je ne vois pas de quoi tu parles.

— Les mecs n'aiment pas forcément être utilisés. (Il se penche plus près de moi, et l'odeur de bière dans son haleine me répugne.) T'as une idée de ce que ça fait ?

— Je ne vois vraiment pas de quoi tu parles.

Je tente de nouveau de dégager mon bras tandis que la panique monte dans ma gorge. J'ai soudain totalement dessaoulé et j'ai une conscience très nette de ce type en face de moi. Je recule et il se déplace avec moi.

— J'arrivais pas à le croire quand je t'ai vue ici ce soir. On dirait que c'est l'occasion rêvée pour t'apprendre ce que ça fait d'être utilisé, non ?

Respire, Roxy.

— Je ne… Laisse-moi partir, s'il te plaît, je lui demande en tirant sur mon bras pour la troisième fois.

Il me saisit l'autre bras et m'attire à lui. Mon corps déclenche l'alerte rouge et, quand il me pousse contre un mur, je sens ma gorge se bloquer. Je me débats, mais il ne desserre pas son étreinte malgré mes implorations. J'ouvre la bouche pour crier quand…

— La ferme, siffle-t-il en plaquant sa main sur ma bouche.

Je le mords. Violemment. Il m'insulte, puis m'envoie un coup de poing sur la pommette. Je serre les dents pour m'empêcher de crier et, cette fois, je laisse mon instinct parler. Je lui enfonce mon genou dans l'entrejambe.

Il gémit et me relâche. Je m'enfuis comme une dératée, boostée par l'adrénaline qui afflue dans tout mon corps. Je n'ose pas prendre une seconde à regarder en arrière. La joue en feu, j'essaie de contenir les palpitations de mon cœur comme si je pouvais les faire cesser.

Je cours sans m'arrêter jusqu'au motel et je m'enferme dans ma chambre. Je m'appuie contre la porte jusqu'à avoir repris mon souffle et laissé ma peur se calmer. Mais je tremble toujours furieusement et je n'arrive pas à croire à ce qui a bien failli se produire.

C'est ça, ce que j'ai engendré ?

Je traverse la petite pièce jusqu'au miroir et je scrute ma joue. Mon œil et ma pommette sont rouges et je sais que j'aurai un bleu demain, mais je préfère encore un œil au beurre noir à ce que j'aurais pu subir.

Le lit grince sous mon poids quand je m'assois dessus, et je regarde mon reflet dans le miroir. Les cheveux ébouriffés, le visage meurtri, les lèvres desséchées d'avoir couru… Ce qui aurait pu arriver…

Me suis-je réellement créé une si mauvaise réputation ?

Je sais que la réponse est oui.

CHAPITRE 26

KYLE

La porte devant laquelle je suis couché s'ouvre lentement et Myra sort. Les cheveux relevés en chignon, le visage rouge et gonflé, les yeux ternes et sans vie. Sa douleur est palpable.

C'est la pire, la plus dévastatrice. Du genre à entraîner tout le monde avec vous dans votre chute.

— Tu es toujours là, dit-elle calmement.

— Oui. (Je me frotte le cou et je me lève.) Vous devriez vraiment poser de la moquette ici. Le parquet, ce n'est pas ce qu'il y a de mieux pour dormir.

— Tu aurais dû rentrer chez toi.

— Je vous ai dit que je resterais jusqu'à ce que vous sortiez, je lui rappelle d'une voix douce. Vous voulez parler ?

Elle prend une profonde inspiration et laisse les larmes couler sur ses joues.

— Je…

Je la rattrape en voyant ses jambes céder sous elle, et je comprends alors à quel point elle est faible.

Elle renonce à tout.

Myra s'agrippe à moi et enfouit son visage contre mon épaule sans cesser de pleurer. Ce ne sont pas les mêmes pleurs qu'hier, durs et remplis d'une souffrance inconcevable. Ce sont des sanglots qui me donnent envie de me joindre à elle.

Je la serre comme je serre Roxy quand elle est effondrée. Jusqu'à ce que Myra soit épuisée et ne puisse plus verser une seule larme.

— Descendons au rez-de-chaussée. (Je passe mon bras autour de sa taille.) Vous allez boire quelque chose de chaud et peut-être manger un toast, et vous vous sentirez mieux.

— Je n'ai pas faim, Kyle. Je veux juste récupérer ma petite fille.

Je déglutis péniblement. *On est deux.*

— Au moins une boisson chaude. Un thé.

Elle hésite, avant de céder. Elle sait que, de mon côté, je serai inflexible.

Je l'installe à la table de la cuisine et je me retourne en voyant Ray entrer.

— Iz est toujours là ?

— Non, fiston, répond Ray. Elle est partie cette nuit après s'être assurée que j'allais bien.

Trois tasses, dans ce cas.

Je rejoins mes seconds parents à la table.

— Je n'arrive pas à croire qu'elle ait disparu.

— Tu étais notre dernier espoir, ajoute Ray tristement. On pensait qu'elle était peut-être avec toi.

— Non. Je ne l'ai pas vue depuis vendredi soir.

La culpabilité s'insinue dans mon ventre. Merde.

— Elle est partie samedi. Au café, Myra l'a renvoyée à la maison plus tôt et, quand on est rentrés, elle n'était plus là. On ne s'est pas trop inquiétés. Ce n'est pas vraiment une surprise quand elle s'envole comme ça, c'est déjà arrivé quelques fois après la mort de Cam, mais Selena savait toujours où elle était et elle finissait par revenir. Cinq nuits sans nouvelles, elle ne nous l'avait jamais fait et on est les derniers à l'avoir vue.

— Vous avez appelé la police ? je demande à Myra en poussant la tasse vers elle. Buvez.

— Non, répond-elle d'une petite voix en prenant la tasse. Je pensais... Je pensais qu'elle finirait par revenir. J'ai trop peur de les appeler. J'ai trop peur qu'il lui soit arrivé quelque chose de grave.

— Est-ce qu'il ne vaut pas mieux savoir ?

— Non. Cam, et maintenant elle... S'il lui est arrivé quoi que ce soit... Je ne sais pas ce que je ferai, Kyle. (Elle frissonne.) Je ne peux pas perdre mes deux bébés. Je ne peux pas.

Ray l'attire contre lui, les yeux brillants. Je secoue ma jambe pour garder mon sang-froid. Quelqu'un ici doit rester fort, et ça doit être moi. Il faut que je sois le ciment qui les maintient ensemble.

Je dois bien ça à mon meilleur ami.

— D'accord. (Je me lève.) Où sont les clés du café ?

— Quoi ? demande Ray.

— Quelqu'un doit ouvrir le café. Vous en avez besoin pour vivre. Tant qu'il est fermé, vous ne faites pas rentrer d'argent. J'y vais assez souvent pour savoir comment le faire tourner.

— Kyle, tu n'es pas obligé.

— Si, je réponds fermement en levant la main. Je vais appeler les filles. Iz et Louisa pourront faire la cuisine, et je resterai en salle avec Selena.

— Kyle.

— Les clés. (Je secoue légèrement la main pour faire bonne mesure.) Vous avez besoin l'un de l'autre, tous les deux, et j'ai besoin de me rendre utile, alors laissez-moi faire.

*

— Elle est vraiment aussi mal ? demande Louisa de l'autre côté du comptoir.

Je hoche la tête.

— Elle a trop peur d'appeler les flics. Je pense que ça veut tout dire, non ?

— Pauvre tante Myra, murmure-t-elle. Je n'arrive pas à croire que Roxy ait fait ça. Elle a du mal à penser aux autres depuis que Cam est mort, mais je ne croyais pas qu'elle serait aussi égoïste.

— J'imagine qu'elle a l'impression d'avoir tout perdu. (Je déglutis.) Je suis en partie responsable. Je l'ai laissée tomber, Lou. Je croyais que c'était le déclic dont elle avait besoin, je ne pensais pas qu'elle s'enfuirait je ne sais où ! J'ai pris un risque et ça n'en valait pas la peine.

Elle me donne une tape sur le bras.

— Ce n'est *pas* ta faute ! s'écrie-t-elle. Ce n'est la faute de personne. Pas même celle de Roxy. C'est un coup que personne n'a vu venir. Tu ne pouvais pas envisager qu'elle allait faire ça quand tu lui as tourné le dos. Et tu sais quoi ? C'était la meilleure chose que tu puisses faire, Kyle. Au final, elle aura le déclic dont elle a besoin et on sait tous que tu seras là quand elle reviendra.

— Comment tu peux prétendre ça ?

— Parce que je vois dans tes yeux que tu t'effondres chaque fois que quelqu'un prononce son nom.

Je m'effondre partout ailleurs, aussi.

— D'accord. Tu n'as pas des plats à préparer ?

— Si. Je m'accorde seulement un instant pour me dire que ça ferait vraiment une bonne histoire.

Je secoue la tête et je la pousse vers la cuisine.

— Allez.

La sonnette tinte au-dessus de la porte d'entrée quand les sœurs Stevens font leur apparition.

— Elle est rentrée ?

— Non. On ne l'a pas encore retrouvée.

— Oh, zut alors !

— On aimerait pouvoir vous aider, dit Isla.

— Vous pouvez. (Je leur souris tristement.) Vous pouvez espérer.

CHAPITRE 27

ROXY

J'essaie de lutter contre le martèlement dans ma tête et le lancinement dans ma joue en regardant l'écran noir de mon téléphone. Les rayons du soleil de l'après-midi filtrent à travers la vitre sale, illuminent mon lit et dansent sur l'écran.

Je n'ai pas allumé mon téléphone depuis que j'ai quitté Verity Point. Il est resté dans le tiroir de la table de nuit, éteint, et il a sûrement accumulé les messages. Je meurs d'envie de le rallumer pour les écouter, mais je sais qu'ils vont me demander de revenir, et je ne peux pas.

Je sors de ma chambre et je gagne à pied le centre-ville. L'air frais m'aide à m'éclaircir les idées et, quand mes jambes commencent à me faire mal à force de marcher, je bifurque vers le McDonald's et commande un Happy Meal. J'ouvre la boîte et j'en extrais le jouet. Optimus Prime.

Le préféré de Kyle.

Je soupire. Je fourre la petite silhouette dans ma poche et je mange tout en regardant par la fenêtre. Quand ce n'est pas Cam c'est Kyle, et vice versa. L'un d'eux est toujours dans ma tête et me fait mal au cœur. Le temps passe et je reste assise là, laissant le monde défiler sans moi.

Je me demande si je vais rester dans cet état d'engourdissement. Y a-t-il trop de peine en moi pour que je puisse encore éprouver des sentiments ? Non. Je ressens encore, c'est pourquoi mes émotions me dominent à chaque instant et volent la moindre de mes pensées.

Je finis par rallumer mon téléphone et j'active le mode avion avant que les messages puissent s'afficher. J'en suis arrivée à un point où je ne sais même plus quel jour on est. Ce qui s'est passé la nuit dernière est une piqûre de rappel, un coup de pied au cul, mais ça ne change rien au fait que j'ai passé toutes mes journées dans un état d'oubli et d'abandon depuis que j'ai quitté la maison.

Merde. La date.

Je lance mon calendrier et je vois le point rouge à l'endroit indiquant une date cinq jours plus tôt. Il me raille, me menace, m'alerte. Il me dévisage. Je cligne des yeux, figée devant ce point rouge. Je ne sais pas comment ça a pu m'échapper.

Je ne sais pas comment mon retard a pu m'échapper.

*

Courir. C'était ma première pensée en quittant le McDonald's, il y a deux jours maintenant. Courir, me cacher et quitter Portland. Je ne peux plus boire. Comment le pourrais-je ? Quand je sais que quelque chose… un *bébé* est peut-être en train de pousser à l'intérieur de moi ? Je ne peux pas. Impossible.

J'ai quitté le fast-food, je suis passée dans une pharmacie puis à mon motel, où j'ai volé une couverture, j'ai rempli mon sac de nourriture et j'ai repris le bus pour

Verity Point. Ces deux derniers jours, je me suis cachée à la gorge pour essayer d'y voir plus clair.

J'avais besoin de fuir, et c'est le seul endroit que j'ai pour me cacher.

Je frôle les troncs d'arbres tandis que je marche sans but. L'écorce rugueuse ressemble à mes pensées qui sont variables, changeantes d'une seconde à l'autre. La tempête dans ma tête m'empêche d'avoir les idées claires.

Bien sûr, la fuite n'est pas une solution et je ne vais pas pouvoir me cacher éternellement, mais je ne peux pas rentrer à la maison sans savoir. Ce serait plus facile de pouvoir en parler à quelqu'un, mais c'est impossible. Si je suis trop effrayée pour répondre moi-même à la question, il est impensable de pouvoir répondre à quelqu'un d'autre pour le moment.

En plus, le seul qui a besoin de la réponse n'est pas là. Le seul qui mérite de connaître la vérité et qui me serrerait dans ses bras pendant que j'attends n'est pas là. Et je ne peux en vouloir qu'à moi-même.

Je l'ai repoussé. Je l'ai repoussé avec autant de force que quand je le retenais contre moi. Je ferais n'importe quoi pour le récupérer. Je suis seulement trop têtue pour lui présenter mes excuses.

Trop têtue, trop effrayée et trop coupable pour prendre mon téléphone et composer son numéro. Trop lâche pour lui offrir la vérité qu'il mérite. La vérité dont il a besoin.

La vérité qui est de notre responsabilité à tous les deux. Un cliché vieux comme le monde – trop pris par l'instant pour utiliser un préservatif. Je n'ai jamais oublié avant – *jamais* – mais j'ai oublié avec Kyle. J'ai oublié d'ouvrir le tiroir de la table de nuit pour y prendre un petit emballage carré.

Sans ça, je n'en serais pas là aujourd'hui. Je ne serais pas en train de me cacher comme une fugitive, submergée par ma propre culpabilité et ma peur. Je serais encore probablement à Portland, en train de me demander quoi faire. De me demander si je dois rentrer à la maison ou non.

Maintenant, la petite boîte blanche qui dépasse de mon sac semble me narguer. Elle me supplie de déchirer l'emballage et d'obtenir la réponse que j'attends désespérément. Mais je ne le ferai pas. Parce que je garde l'espoir de trouver le courage de l'appeler… même si je sais que ça n'arrivera pas.

Je vérifie de nouveau mon calendrier, comme si je pouvais m'être trompée une centaine de fois. Et ce n'est pas le cas.

Silence.

C'est tout ce qui m'entoure.

Il me laisse réfléchir. Il me fait réfléchir.

Je sais que personne ne viendra me chercher ici. C'est vraiment la cachette parfaite. Aucun regard curieux, aucun murmure, rien du tout.

Je ne suis pas rentrée à la maison hier soir. J'en avais envie, mais je ne suis pas prête à parler à qui que ce soit. Je ne suis pas prête à expliquer ce qui m'arrive.

Bon sang, il faut déjà que je le découvre, pour moi.

La petite boîte blanche me nargue de nouveau. Ses implorations me brûlent le cerveau.

C'est le seul moyen d'obtenir la réponse. J'ai une semaine de retard maintenant. Soit je le suis, soit je ne le suis pas.

Je ne sais pas ce que je ferai si je le suis.

Je ne sais pas comment je l'annoncerai à Kyle.

Je saisis la boîte et retire l'emballage. Je caresse les contours en suivant mes doigts des yeux.

Je pourrais savoir en cinq minutes. Avoir la réponse que j'attends. Je pourrais mettre un terme à mes questionnements et à mes inquiétudes, et le découvrir avec certitude.

Je pourrais.

Je ne sais pas si je vais le faire. Même si ça me rend folle de ne pas savoir, je ne sais pas si je suis prête.

Peut-être que je vais le faire.

Peut-être pas.

CHAPITRE 28

KYLE

Je fais claquer mon téléphone sur mon canapé. Encore sa messagerie. Maintenant, je me demande si la seule raison de mes appels ne serait pas d'entendre sa voix sur le répondeur, comme si ça voulait dire qu'elle allait bien.

— Quand l'avez-vous vue pour la dernière fois, monsieur ?

— Il y a dix jours, répond Ray. Elle avait passé une nuit difficile, alors on l'a laissée quitter le travail plus tôt samedi.

— Une nuit difficile ? C'est-à-dire ?

— On a rompu, j'interviens d'une voix calme, coupable.

Myra me prend la main et la serre avec le peu de force qui lui reste.

Au bout de dix jours, elle a fini par accepter que notre meilleure option soit de prévenir la police, peu importait l'issue.

— D'accord. (L'agent griffonne quelque chose sur son calepin.) Et vous dites que son frère est mort au début de l'année ? Cameron ?

Myra hoche la tête.

— Ah, je m'en souviens, ajoute le deuxième agent en secouant la tête. Un terrible accident.

Tout le monde garde le silence un moment. Comme si c'était utile qu'il nous le rappelle.

— Et vous pensez que sa disparition est liée à cet événement ?

— Bien sûr que oui, intervient ma sœur en entrant dans la pièce. Tout le monde le sait.

— Iz… je la préviens.

— Et vous êtes ? demande l'agent en haussant les sourcils.

— Sa meilleure amie, étudiante en psychologie, donc plus que qualifiée pour répondre à des questions concernant son état d'esprit.

— Iz ! (Je me lève.) Rentre à la maison.

— Ma meilleure amie a disparu et tu veux que je rentre à la maison ?

— Oui. Je t'appelle plus tard. S'il te plaît, Iz.

Elle pousse un profond soupir.

— Je venais chercher les clés du café. Je vais ouvrir, aujourd'hui.

— Accrochées au mur dans le couloir, lui dit Ray.

— Merci.

Elle prend les clés, nous jette tour à tour un regard et claque la porte derrière elle.

Je me rassois et me tourne vers les policiers.

— Désolé pour ma sœur. Elle est inquiète.

— Ce n'est pas grave, répond le plus âgé des deux. Donc, pour résumer, vous avez rompu, elle a quitté le travail, puis elle a disparu. Et elle est bien partie de son plein gré ?

— Oui, répond Myra.

— L'association de ces éléments – le décès de son frère et votre rupture – est à l'origine de sa fuite, c'est exact ?

Sa fuite.

— C'est exact.

— Auriez-vous une idée de l'endroit où elle pourrait se cacher ?

Se cacher.

— Je sais, je réponds lentement. Je sais où elle est.

Bien sûr. Il n'y a qu'un endroit où elle peut être allée se cacher.

Un seul.

Je sors en trombe et je me mets à courir comme un dératé. Les branches déchirent mon tee-shirt mais je m'en fiche. Je n'arrive pas à croire que je n'y ai pas pensé plus tôt. J'aurais dû le savoir.

La gorge, voilà où je l'emmenais se cacher quand elle avait besoin de s'évader.

C'est moi qui lui ai procuré sa cachette.

Maintenant je dois être son roc, son pilier. Je dois régler cette histoire et la ramener à la maison. À sa place.

Je m'arrête devant la petite clairière. Elle est assise contre un arbre, les genoux pliés, et elle regarde quelque chose dans ses mains. Elle allonge les jambes et j'aperçois vaguement ce qu'elle tient.

Un bâton blanc.

Qu'est-ce que… ?

Oh merde.

— T'as quelque chose à me dire, Rox ?

CHAPITRE 29

ROXY

Oh non.

Je lève lentement les yeux et je déglutis. Kyle se tient les bras écartés entre deux arbres, chaque main posée sur un tronc, le regard rivé sur moi.

— Comment tu m'as retrouvée ?

— Peu importe.

Il s'approche de moi et je tente de dissimuler le test. C'est inutile. Il l'a déjà vu. Il sait ce que c'est.

— Hum, je bredouille.

— Pourquoi tu ne m'as rien dit ?

— Je ne sais pas encore, je murmure. J'attends.

Il prend une profonde inspiration et s'assoit par terre à côté de moi, puis il passe ses bras autour de ses genoux repliés.

— J'attends avec toi. Ensuite tu me diras quel est l'enfoiré qui t'a mis un œil au beurre noir.

Il ne me demande pas de qui serait ce bébé si le test était positif. Il ne doute pas un seul instant que ce soit le sien.

Je hoche lentement la tête et je ressors le test de ma manche. Le petit sablier tournoie au bas de l'écran, et chaque tour semble prendre une heure au lieu d'une seconde. Ma main tremble. Mon cœur bat la chamade et la peur se répand dans tout mon corps. Je me sens mal. Je n'arrive plus à respirer. Jusqu'à…

— Négatif, je souffle.

Je laisse tomber le test, submergée par le soulagement. Je passe mes mains sur mon visage et exhale un profond soupir. Je sens le regard brûlant de Kyle posé sur moi, et je sais que le moment est venu de me montrer honnête avec lui.

— Pourquoi tu ne m'as rien dit ? répète-t-il d'une voix douce.

— Cette nuit-là… la première fois qu'on a couché ensemble, le soir de l'anniversaire d'Iz, on n'a pas utilisé de préservatif. (Je me lève et je fais quelques pas.) Ensuite je suis allée à Portland et j'ai pris la pilule du lendemain quand je m'en suis rendu compte, et je pensais que c'était réglé. Je n'y pensais plus, plus du tout. Samedi, quand j'ai quitté le travail… je suis allée à Portland avec Layla. Tu ne croyais plus en nous, alors je n'avais plus rien en quoi croire, et j'ai pratiquement passé la semaine à picoler. C'est comme ça que j'ai récolté ça.

Je touche ma joue du bout des doigts et je lui raconte le déroulement de cette nuit-là.

— Il ne t'a rien fait, si ?

— Rien d'autre que ça. Je lui ai donné un coup de genou dans les couilles et je me suis enfuie. (Je prends une profonde inspiration et je poursuis avant qu'il ne puisse m'interrompre :) Mais ça… Je me suis aperçue que j'avais du retard il y a deux jours seulement. Je ne t'ai rien dit parce que j'avais peur. Ça aurait peut-être été différent si on n'avait pas rompu… Mais je ne pouvais pas simplement t'appeler et t'annoncer : « Hé, je sais que tu viens juste de me quitter, mais, pour ta gouverne, sache qu'il se pourrait que je sois enceinte de toi. » Si ? Voilà pourquoi je ne t'ai rien dit. J'étais blessée et j'avais peur.

Les brindilles craquent sous ses pieds. Kyle m'attrape et me plaque fermement contre lui. Je passe mes bras autour de sa taille et j'enfouis mon visage contre son torse en laissant les larmes couler.

— Oublie la rupture, dit-il dans mes cheveux. Ça n'a plus d'importance. J'aurais préféré que tu me le dises, Rox. Tu n'aurais pas eu à aller te cacher pour faire ce test toute seule. Tu dois te douter que j'aurais été là pour toi.

Je secoue la tête.

— Je croyais que tu t'en fichais. Et si ça avait été différent ?

— Ça n'aurait rien changé ! (Il s'écarte et me soulève le menton pour me regarder dans les yeux.) J'aurais été à tes côtés quel que soit le résultat. Notre rupture, c'est n'importe quoi. Tout ce que j'ai dit, c'est n'importe quoi. Ça ne signifie rien, d'accord ? Oublie même que c'est arrivé. Tout ce qui m'intéresse maintenant, c'est que tu ailles bien. J'étais mort d'inquiétude… à un point que tu ne peux pas imaginer.

Il m'embrasse et je me laisse aller à son étreinte ; je sens une petite partie de mon cœur s'alléger.

— Je pensais vraiment que tu t'en fichais, je murmure d'une voix étouffée en baissant les yeux.

— Oh, Rox. (Il rit et me caresse la joue.) C'est bien plus que ça. Je t'aime.

Minute, papillon ! Je relève les yeux et je les plante dans les siens. Un sourire flotte sur ses lèvres et son regard est franc.

— Hein ?

C'est tout ce que j'arrive à dire.

— Je t'aime. *Je t'aime.* L'ancienne comme la nouvelle Roxy. Toi tout entière. Je suis tombé amoureux de la personne que tu es aujourd'hui et je ne voudrais pas que tu changes d'un millimètre. Tu n'as pas à changer pour devenir celle que je veux que tu sois, parce que tu l'es déjà. Tu es déjà cette personne.

Je déglutis tandis que ses paroles s'insinuent dans mon esprit et je passe mes doigts dans ses cheveux.

— Vraiment ?

— Oui. (Il hoche la tête.) Je. T'aime. C'est clair ?

— Pas tout à fait. (Je m'approche et je souris.) Il manque quelque chose.

— Ah oui ?

Je passe mon bras autour de son cou et j'attire son visage contre le mien. Je l'embrasse fermement et je plaque mon corps contre le sien jusqu'à ne plus laisser le moindre espace entre nous.

— Kyle ? je murmure.

— Roxy ?

Je rouvre les yeux et je le dévisage un instant.

— Je t'aime aussi. Je suis désolée. Pour la semaine dernière, je dis en caressant son bras.

— Moi aussi.

— J'aurais dû t'écouter. Je n'aurais pas dû m'énerver quand tu m'as demandé si j'avais acheté quelque chose à Layla.

— Je n'aurais pas dû te poser la question, Rox. J'aurais dû te faire confiance.

— Oui, peut-être, mais j'aurais dû avoir suffisamment confiance en toi pour savoir que tu ne me posais pas la question pour m'embêter.

— J'aurais réussi mon coup si ça avait été le cas, murmure-t-il dans mes cheveux.

— Tais-toi. (Je souris.) Désolée aussi d'avoir joué la garce avec toi. Je pense que j'essayais seulement de me faire comprendre.

— On peut dire que ça a marché. Même si je ne pense pas que c'était l'issue qu'on attendait.

Je secoue la tête.

— Je ne pensais vraiment pas que tu me tournerais le dos comme tu l'as fait.

— Hé. (Kyle me serre un peu plus contre lui et je relève les yeux.) C'était du bluff. Tu crois vraiment que j'aurais pu te laisser tomber comme ça ? J'ai toujours eu l'intention de revenir vers toi. Toujours.

— Alors pourquoi as-tu pris autant de temps ? je demande, taquine.

— Je viens tout juste de comprendre où tu étais cachée. Je suis resté chez tes parents ces derniers jours, pour veiller sur ta mère et pour faire tourner le café avec les filles.

— Veiller sur ma mère ? je demande d'une voix tremblante.

— Elle s'est complètement effondrée quand tu as disparu.

Les larmes me montent aux yeux.

— Je suis désolée. Je n'aurais pas dû m'enfuir.

— Merde, Rox. Avec ta disparition, j'ai eu la peur de ma vie. Je n'ai jamais, jamais ressenti ça auparavant et j'espère que ça n'arrivera plus jamais. J'étais au fond du gouffre en pensant que tu étais partie. Vraiment partie.

— Je suis désolée, je répète.

— Dès que j'ai réalisé où tu étais, j'ai quitté ta maison comme si j'avais le diable aux trousses. Tu me crois si je te dis que je suis arrivé ici en moins de dix minutes ? demande-t-il en haussant les sourcils, un petit sourire aux lèvres.

— Impressionnant. Tu avais bu du Red Bull au petit-déjeuner ou quoi ?

— Non, j'avais seulement besoin de toi.

Je me blottis contre lui.

Après tout ce qu'on a traversé, nous voilà finalement réunis. Après avoir eu le cœur brisé par le deuil, puis brisé par un chagrin d'amour. Mais à présent je suis assise là, avec ses bras autour de moi, et je voudrais ne jamais avoir à me lever.

— Pitié, ne recommence plus jamais.

Sa voix est chargée d'émotion et je me serre un peu plus contre lui.

— Je te le promets. Plus jamais.

— Bien. Je t'aime trop pour me sentir aussi mal.

— À condition que tu me promettes de ne plus jamais me laisser tomber.

Il plonge dans mon regard.

— Je te le promets. Il n'y a que toi qui comptes.

— Il n'y a que toi.

Nos lèvres s'attardent encore un long moment.

— Il faut qu'on y aille, maintenant, non ? je lui demande d'une petite voix.

— Oui. (Il soupire.) Je vais envoyer un texto à ta mère pour lui dire que tu vas bien, mais elle va vouloir te voir. Elle est tellement inquiète pour toi, Rox !

Je déglutis avec un sentiment de culpabilité grandissant.

— Je sais. J'ai été horrible avec papa et elle.

— Désolé, mais je suis d'accord. Tu as été atroce.

— Tu sais, je peux encore m'énerver, si c'est ce que tu cherches.

Kyle éclate de rire et m'aide à me lever.

— Ce n'est pas parce que tu n'es plus fâchée contre moi que je ne vais pas te dire les choses telles qu'elles sont. En plus, tu ne restes jamais fâchée contre moi très longtemps.

— Ça peut encore changer.

Il m'attrape par-derrière et passe ses bras autour de mes épaules.

— Oh que non. En général, une fois que tu t'es calmée, on finit *très proches* l'un de l'autre, alors je compte sur toi pour ne pas faire ta mauvaise tête trop longtemps.

Bon sang, quelle perspicacité.

— Et, même si je n'ai pas envie de te laisser partir, tu dois aller parler à ta mère… et à la police.

Hum-hum. J'ai fait les choses à fond cette fois, hein ?

— Reste avec moi, je dis en me retournant. S'il te plaît. Même si tu m'attends à la maison.

— C'est à toi de régler ça, pas à moi.

— Je le sais. (Je m'agrippe à son tee-shirt et je pose mon front contre son torse.) Mais ça va faire mal, non ? Je vais devoir me souvenir de tout. Je vais devoir être honnête à propos de ma souffrance. Et… On va devoir parler de la nuit de sa mort. (Ma poitrine se serre.) Tu es la seule personne avec qui j'en ai parlé.

Il me caresse le dos et prend une profonde inspiration.

— D'accord, mais je reste à l'étage. C'est votre conversation ; vous avez beaucoup de choses à éclaircir. Je ne reste que parce que je sais que tu auras besoin de moi après.

Je repense au jour où je me suis effondrée dans les bois et où j'ai évoqué la nuit de la mort de Cam. Je n'aurais jamais pu tenir le choc si Kyle n'avait pas été là pour me réconforter après coup.

— Merci, je murmure.

Kyle dépose un baiser au sommet de mon crâne.

— Allez viens. Rentrons chez toi.

Rien ne m'effraie plus que la conversation que je suis sur le point d'avoir avec mes parents. Ça promet d'être aussi difficile que lorsque j'ai quitté l'hôpital.

Sauf que, cette fois, je ne suis pas engourdie. En quittant l'hôpital, j'étais passée par la palette de toutes les émotions possibles et j'étais épuisée. J'avais pleuré, crié et frappé les murs. Et, au moment de partir, je n'avais plus rien en moi. Plus aucune émotion.

Cette fois, ce n'est pas pareil.

Je ressens la peine et la colère. La tristesse et la culpabilité. Je ressens le chagrin et le regret.

Et, cette fois, j'ai Kyle à mes côtés.

Je ne peux m'empêcher de me demander si ces derniers mois auraient été différents s'il était revenu pour les funérailles. S'il avait été là, on se serait soutenus mutuellement comme aujourd'hui.

S'il avait été là, je me serais peut-être inscrite à la fac cette année plutôt que la prochaine.

— Prête ? demande-t-il en me serrant les épaules.

Je hoche la tête. Aussi prête qu'on peut l'être, du moins.

— Roxy.

Maman se tourne vers moi à la seconde où Kyle ouvre la porte, et je lui tombe dans les bras. Papa nous entoure toutes les deux et ils pleurent de concert.

Je suis alors heurtée de plein fouet par l'égoïsme dont j'ai fait preuve envers mes parents. Ils avaient besoin de moi autant que j'avais besoin d'oublier, mais je n'ai pas pensé à eux. J'étais concentrée sur moi-même, ma douleur, ma culpabilité.

J'ai perdu mon frère, mais ils ont perdu leur fils.

Ce jour-là, nous avons tous perdu un membre de notre famille. Nous avons tous perdu notre meilleur ami, notre lumière, notre petit clown. Nous avons tous perdu notre étoile.

— Je suis désolée, je dis en sanglotant contre l'épaule de ma mère. Je suis vraiment désolée.

— Tu es là maintenant. (Mon père dépose un baiser sur ma tempe.) Tout le monde est exactement à sa place.

CHAPITRE 30
KYLE

La porte de la chambre de Roxy s'ouvre et elle entre lentement. Elle a les yeux rouges, les larmes ont laissé des traînées sur ses joues. Elle m'adresse un petit sourire triste qui manque de me briser le cœur ; je tends les bras vers elle. Elle traverse la pièce en courant et se jette sur mes genoux avant d'enfouir son visage dans mon cou. Je la serre de toutes mes forces puis je l'embrasse. Elle laisse échapper un profond soupir, le corps tremblant.

— Ça va ? je lui demande doucement.

Elle hoche la tête.

— Autant que possible, j'imagine. On a parlé, j'ai tout déballé, et il y a eu beaucoup d'excuses et de larmes. Ils sont partis ouvrir le café. Je pense qu'on a tous besoin d'un peu d'espace.

— Bien. Tu te sens mieux ?

Elle hoche de nouveau la tête mais ne dit rien. Avec un soupir, je pose ma joue au sommet de sa tête. Je la serre longuement dans mes bras.

— Merci, murmure-t-elle après un moment en relevant la tête.

Un sourire affleure sur mes lèvres.

— Pour quoi ?

— D'être là. Tu avais un peu de retard, six mois de retard, mais je crois me rappeler que t'es toujours en retard.

— C'est pour faire durer le plaisir, je murmure. C'est pas ma faute si t'es un peu trop rapide, question plaisir…

— Kyle ! s'exclame-t-elle, les lèvres entrouvertes.

— Quoi ? (Je souris.) Tu m'as tendu une perche.

— C'est plutôt toi qui aimes tendre ta perche…

Ma mâchoire tombe.

— Roxy !

Ses yeux pétillent et elle fait mine de bouder.

— Quoi ?

— Tu as beaucoup de chance d'être coincée avec moi, tu le sais ? Je ne suis pas sûr que quelqu'un d'autre saurait comment te prendre.

— Je ne me laisse pas prendre par n'importe qui.

Je glisse ma main entre nous et j'empoigne son sein.

— Quelle belle prise…

Elle rit et une étincelle d'impertinence remplace la lueur de tristesse dans ses yeux.

— Ça aussi, c'est une belle prise, Daniels.

Elle baisse sa main et saisit mon sexe, qui tressaille sous sa caresse et durcit à la seconde où je vois Roxy me regarder avec des paupières lourdes.

— Une belle prise ? (Je la pousse jusqu'à l'allonger sur le matelas.) Tu veux dire un gros magot.

— Peut-être, murmure-t-elle.

— T'as déjà oublié, hein ?

Je frotte mon nez contre sa joue et souffle dans son cou. Elle frissonne.

— Oublié quoi ?

— Arrête, tu vas blesser mon ego.

Je pose mes lèvres dans son décolleté.

— Il t'en restera toujours assez.

Elle glisse sa main sous mon tee-shirt, puis dans mon dos, et insère ses doigts sous ma ceinture avant de les ramener devant. Je sens ma mâchoire se crisper quand elle atteint le bouton de ma braguette.

— C'est pas ma faute. Il y a cette fille… Elle est incroyable, douce et carrément sublime. C'est la créature la plus sexy que j'aie jamais vue et elle a envie de moi. Tu ne peux pas m'en vouloir d'avoir l'ego gonflé quand je suis l'objet de la jalousie de presque tous les types qui posent les yeux sur elle.

Les lèvres à quelques millimètres des siennes, je sens son sourire sans avoir besoin de les toucher.

— Alors tu es au mauvais endroit. Je ne vois aucune fille douce, ici.

Je ris.

— Tu es douce et enflammée, Roxy. Tout ce que j'aime.

— Ah oui ? J'ai laissé la douceur au placard. Il n'y a plus que les flammes.

Pour le prouver, elle déboutonne habilement mon jean et accroche ses doigts à la ceinture de mon caleçon.

— Joli travail.

Je finis par poser mes lèvres sur les siennes. Elle soupire contre ma bouche et se tortille sous moi. Elle me presse contre elle et retire sa main tout juste quand je plaque mes hanches contre elle. Elle enroule ses jambes autour de ma taille en me retenant.

Mon sexe durcit encore un peu plus quand elle lève les hanches. Je pose ma main sur sa cuisse. Je me retiens de lui arracher sauvagement ses vêtements. Chacun de ses mouvements sous moi est d'une exécution parfaite. Elle sait exactement ce qu'elle fait. Elle sent forcément mon membre pressé contre elle à travers nos pantalons. Chaque fois qu'elle se cambre, qu'elle remue, ses gestes sont délibérés.

Elle dépose une série de baisers de ma joue jusqu'à mon oreille.

— On dirait que je suis de nouveau ouverte à ton interprétation.

Je souris et plonge ma main à l'arrière de son jean.

*

— Je ne peux même pas en assumer la responsabilité sur ce coup, je dis en secouant la tête. C'était l'idée de Cam.

— Allez ! s'exclame Roxy, incrédule. Tu voudrais que je croie que c'était l'idée de Cam de voler les cordons des peignoirs de tout le monde pour les attacher au-dessus des lits superposés et sauter dans le vide comme pour faire du saut à l'élastique ?

Ah, c'était amusant.

— Oui.

— Je ne te crois pas. Tu as forcément eu ton mot à dire.

— C'est lui qui a eu l'idée et mon seul rôle, c'est de lui avoir répondu que ce serait drôle ! (Je lui souris et lui serre la main.) Recouvrir ta porte de film alimentaire ? Ça, c'était bien moi, bébé.

— Bien sûr que oui. Tous les fichus tours que vous me jouiez tous les deux, c'était ton idée !

On ne peut nier la vérité.

— Comme je te l'ai déjà dit, je voulais que tu m'aimes bien.

Je lui lance un clin d'œil.

— Je crois que je te détestais jusqu'à mes quatorze ans.

— Et après ? Tu t'es réveillée un matin et tu as décidé que je n'étais plus un crétin ?

— Qui a dit que j'avais décidé ça ? réplique Roxy avec un sourire.

— M'oblige pas à faire ressortir le crétin, Hugues.

— Il se trouve que j'aime ce crétin-là, Daniels. Non, j'ai seulement décidé à ce moment-là que... je... *t'aimais bien.*

L'inflexion sur le mot « aimais » ne m'échappe pas... Peut-être que j'aurais dû lui voler son journal intime, comme Cam me l'avait demandé plusieurs fois.

— Alors, comme ça, tu m'aimais bien ? (Je pivote devant elle et je m'arrête.) Bien à quel point ?

Elle pince les lèvres.

— Roxy... (Je l'observe et je suis ravi de voir que son œil au beurre noir a presque complètement disparu.) Est-ce que tu avais le béguin pour moi quand tu avais quatorze ans ?

Elle glisse sa langue entre ses lèvres et la légère rougeur sur ses joues répond à ma question.

— Non, ment-elle effrontément. Tu étais le crétin de meilleur ami de mon frère.

— Tu mens très très mal.

Je reprends ma marche en l'entraînant avec moi.

— Je ne mens pas !

— Oh que si.

Elle marmonne quelque chose.

— D'accord. J'avais le béguin pour toi quand j'avais quatorze ans.

— Et quinze, et seize, et dix-sept, et dix-huit... je la taquine.

— Bon sang, oui, je sais. Je ne sais pas à quoi je pensais.

— Tu pensais avec beaucoup d'intelligence.

— Est-ce que ça fait de moi un génie, aujourd'hui ?

Je souris et m'arrête, sans me soucier de me trouver au beau milieu d'une rue de Portland. Je l'attire contre moi et j'écarte une mèche de cheveux de son visage.

— Pourquoi voudrais-tu être un génie ?

— Tu essaies juste de me faire répéter, c'est ça ?

— Peut-être.

— On dirait une vraie gonzesse.

— Fais gaffe. (On reprend notre marche.) Ou bien je vais devoir te prouver ma *virilité* ici même.

— Des promesses, des promesses, soupire-t-elle. Hé, Kyle ?

— Oui, Roxy ?

Elle tire sur ma main et se hisse sur la pointe des pieds pour approcher ses lèvres de mon oreille.

— Je t'aime.

Je souris béatement, comme je le fais toujours dès qu'elle prononce ces mots.

— Petite maligne.

Elle me donne une tape sur la poitrine.

— Trouduc.

Je passe un bras autour de ses épaules pour l'attirer contre moi.

— Je t'aime aussi.

Je ne me lasse jamais de l'entendre ou de le dire. Qu'est-ce que ça peut faire si je n'avais pas prévu de tomber amoureux d'elle ? C'est ce qui a fini par arriver, et je ne voudrais rien y changer pour tout l'or du monde.

Peut-être qu'elle n'a pas tort quand elle me traite de « gonzesse ».

— Petit malin, dit-elle en se blottissant contre moi.

— Ça se discute.

— C'est fou la bêtise que tu peux mettre dans un seul mot.

— C'est juste pour essayer de te mettre dans mon lit, bébé.

Elle rit, puis passe ses doigts dans ses cheveux. Une lueur d'amusement brille dans ses yeux.

— Tu n'es avec moi que pour mes fesses.

— Et tes mains. Et ta bouche. Oh, et tes nichons. Surtout pour tes nichons.

Elle éclate de rire de nouveau, plus fort, et me donne un petit coup dans l'estomac.

— Tu es fou.

— J'aurais bien une réponse un peu tarte à te donner, mais je pense que je vais me contenter de : « Quoi, tu viens seulement de t'en rendre compte ? »

— Plutôt sucrée ou épicée ?

Je hausse un sourcil.

— Quoi ?

— Ta réponse « tarte ». Plutôt sucrée ou épicée ?

— C'est qui la folle, maintenant ? (Je lui tapote le bout du nez.) Pour info : très épicée.

Elle laisse échapper un petit gloussement et je ne peux m'empêcher de l'imiter. Depuis qu'elle a parlé avec ses parents, quelques jours plus tôt, c'est comme si un poids énorme avait quitté ses épaules. Je le décèle dans son comportement ; elle est plus enjouée, plus taquine. Même au boulot, elle est plus heureuse.

Lui tourner le dos est la meilleure chose que j'aurais pu faire. Ça nous a fait beaucoup de mal à tous les deux, mais aujourd'hui elle est redevenue la fille dont je me souvenais. Elle est plus âgée, plus mature et carrément plus sexy, mais ses rires et ses plaisanteries me rappellent la Roxy avec qui j'ai grandi.

Elle n'est pas parfaite. Elle est têtue comme une mule et me provoque sans cesse, mais ça me plaît.

J'espère seulement que, pour ce que je m'apprête à lui dire, elle ne va pas me contrarier.

— Allons manger un morceau.

— Où ça ?

— Où tu veux, Rox.

— Au McDo.

Je m'arrête.

— Tu te fiches de moi ?

Elle relève les yeux.

— Quoi ?

— Je viens de te dire qu'on pouvait aller dîner où tu veux, et tu choisis le *McDonald's* !

— Quel est le problème avec le McDo ?

— Rien, seulement… (Je secoue la tête.) Laisse tomber.

— Je n'aime pas les restaurants branchés. Je préfère un bon hamburger avec des frites.

— OK, comme tu veux. Si tu veux un fast-food, c'est parti pour le McDo.

On prend la direction du McDonald's le plus proche. Je n'arrive pas à croire qu'elle ait choisi un fast-food. Ce n'est pas exactement l'endroit que j'avais en tête pour lui demander de venir à Berkeley avec moi.

Je m'imaginais de vrais serveurs, pas ce putain de Ronald McDonald.

On passe notre commande et Roxy nous trouve une table pendant que j'attends au comptoir. Je ne savais pas que les filles commandaient des menus XL et je lui en fais la remarque en prenant place à côté d'elle.

— Pff, réplique-t-elle en fronçant les sourcils. Je ne suis pas une brindille. Si j'ai envie de malbouffe, j'y vais à fond. Ce ne sont pas un hamburger et des frites qui vont me faire grossir, si ?

Je suis définitivement amoureux d'elle.

— Il faudra seulement que je fasse un petit peu plus d'exercice, ajoute-t-elle en haussant les sourcils avant de pointer une frite dans ma direction. Et, avant que tu dises quelque chose, mon cher, je sais à quoi tu penses, et ça fait partie des exercices possibles.

Oui. J'aime cette fille.

— Et dire que j'avais un calepin rempli d'idées à te soumettre pour te convaincre, je dis dans un soupir.

— Peut-être que j'ai encore un peu besoin d'être convaincue.

— Ici ?

Elle me jette une frite.

— Tu es insatiable, Daniels.

— Peut-être, peut-être pas. (Je glousse.) Seulement, je pense qu'avec toi je ne serai jamais rassasié. C'est tout.

— Ce n'est pas nécessairement une bonne chose d'en avoir trop.

— Ça dépend pour qui. Et ça dépend de quoi…

— Je crois que je vois où ça va nous mener.

Je souris. Je pourrais rester des heures à plaisanter, à échanger des piques avec elle. Je ne me lasserai jamais de son impertinence, de ses remarques pleines d'ironie et de ses réflexions taquines. Et je ne me lasserai jamais non plus de répliquer avec le même bagou.

— Je voudrais te demander quelque chose, je déclare lentement.

— Oh-oh. (Roxy repose son milkshake.) Qu'est-ce que j'ai encore fait ?

Je ris malgré moi.

— Rien. Je veux seulement te demander quelque chose.

— Bon, eh bien ne tourne pas autour du pot et pose ta question.

Je lui donne un petit coup sous la table et elle me le rend.

— Est-ce que tu as pensé à ce qui va se passer quand je repartirai en Californie dans quelques semaines ?

Le petit sourire sur ses lèvres s'estompe et elle baisse les yeux.

— Non.

— Moi, si.

Elle hoche lentement la tête. Je prends une profonde inspiration sans la quitter des yeux. C'est parti.

— Je veux que tu viennes avec moi.

Elle relève brusquement les yeux, écarquillés de stupeur, et entrouvre les lèvres.

— Quoi ?

— Viens avec moi en Californie.

— Tu vis dans une résidence de fraternité, Kyle.

Je secoue la tête.

— Mes parents ont économisé pour nos études. On avait le choix de s'en servir pour payer nos cours ou pour louer un appartement pendant un an à partir de notre deuxième année. On a tous les deux choisi l'appartement. Et on a encore les fonds de nos grands-parents ; il n'y a pas grand-chose, mais assez pour se trouver un endroit où vivre.

— Et tu n'en as pas touché un seul dollar ?

— Non. On nous a appris l'existence de ces comptes quand on a eu dix-huit ans et, Iz et moi, on a décidé la même chose. C'est logique : on a un endroit pour vivre et où on pourra rester quand on aura fini la fac, mais, si on s'en va, on a déjà les moyens de se trouver un autre appartement.

Elle baisse les yeux et plonge plusieurs fois une frite dans le ketchup.

— Oui, j'imagine. Alors tu vas emménager dans un appartement quand tu y retourneras ?

— Oui.

— Et tu veux vraiment que je vienne avec toi ?

— Tu comptais aller à l'UCLA de toute façon, non ? Viens vivre avec moi à Berkeley et tu déménageras l'année prochaine. Il y a des tonnes d'endroits en Californie qui proposent les cours que tu cherches.

Y compris Berkeley. Mais je ne vais pas lui dire que je le sais… ni que j'ai cherché précisément à Berkeley.

— Je sais. (Elle relève de nouveau les yeux et croise les miens.) Berkeley aussi.

Tiens donc. Je souris.

— J'ai seulement cherché pour… je ne sais pas. Évaluer mes différentes options, tu vois ?

Je hoche la tête et je réprime un sourire. Je ne sais pas qui elle essaie de duper.

— C'est une bonne école, je lui fais remarquer pour voir jusqu'où elle est capable d'aller.

— C'est vrai. Et, enfin… je veux aller dans une bonne école.

— C'est évident.

— Et le changement de météo n'est pas négligeable par rapport à l'Oregon.

— Ça ne fait aucun doute.

— Mais il y a beaucoup de choses à prendre en compte.

Je lui prends la main par-dessus la table en retenant mon amusement.

— Ce sera un vrai avantage pour toi d'emménager avec moi. Tu pourras découvrir la fac et l'environnement, et décider si c'est là que tu as envie de t'inscrire.

— Oui, j'imagine. Mais est-ce que tu n'as pas une horde d'admiratrices là-bas qui vont me regarder de travers ?

Cette idée me fait rire à gorge déployée.

— Je ne vois que quatre filles dont l'attitude pourrait rivaliser avec la tienne et aucune d'elles ne fait partie d'une hypothétique horde d'admiratrices, donc je pense que tu es tranquille de ce côté-là.

On se lève et on vide nos plateaux à la poubelle avant de partir.

— C'est bon à savoir, murmure-t-elle d'une voix songeuse.

— Roxy.

— Quoi ?

— Arrête de faire l'idiote et réponds à ma question.

— Excuse-moi. C'était quoi la question, déjà ?

Quelle emmerdeuse. Je m'arrête et je l'attire contre moi.

— Viens à Berkeley avec moi.

— C'est un ordre, pas une question.

— Tu fais exprès de me compliquer la tâche, c'est ça ?

Ses yeux pétillent d'amusement et un sourire affleure sur ses lèvres.

— Peut-être, répond-elle tranquillement.

— Est-ce que tu veux une déclaration d'amour épique ? Je pourrais monter sur le toit du McDo sans problème.

Je fais mine de m'en approcher, et elle pousse un couinement en me retenant par mon tee-shirt.

— Non ! Pas besoin de déclaration d'amour épique aujourd'hui, merci. (Elle rit.) Demande-moi encore une fois.

— D'accord. (Je cale une mèche de cheveux derrière son oreille.) Roxy, veux-tu venir à Berkeley avec moi ?

Elle passe ses bras autour de mon cou.

— Seulement si tu me promets une déclaration d'amour épique une fois qu'on sera là-bas.

— Je crois que je peux faire ça.

— Alors oui. Je viens avec toi. Pour voir un peu à quoi ça ressemble, ajoute-t-elle avec malice.

— Bien sûr, je réponds avant de l'embrasser tendrement.

Tout comme le fait de lui avoir tourné le dos, cette question valait la peine de prendre le risque.

CHAPITRE 31
ROXY

C'est curieux comme les choses changent.

Votre vie peut changer en un clin d'œil – pour le meilleur ou pour le pire – sans que vous puissiez rien y faire. Il faut accepter les obstacles dont la vie parsème votre chemin et essuyer les coups. Il faut encaisser la chute et se relever, même si c'est dur.

On ne choisit pas forcément la voie qui convient, mais ce n'est pas grave. Personne n'est parfait et on n'est pas toujours forcé de prendre les bonnes décisions. Les erreurs qu'on fait n'ont pas toujours d'importance ; l'important, c'est de les reconnaître et de rectifier le tir.

Je n'aurais jamais pu deviner ce qui allait arriver à Cam, alors je n'aurais rien pu y changer. Je l'ai accepté, aujourd'hui. J'ai toujours gardé un sentiment de culpabilité en moi pour l'avoir laissé monter dans la voiture de Stu, mais je ne dois pas oublier que c'était *son* choix. Celui de Cam. Pas le mien. Pour ce que j'en savais, nous allions conduire en toute sécurité et arriver à destination en un seul morceau. Je n'aurais pas pu deviner l'issue de cette terrible nuit.

On ne peut pas changer ce qu'on ne peut pas prévoir.

Ma vie en revanche, la façon dont j'ai affronté les conséquences de cette nuit-là, voilà ce que je peux changer. Je peux arrêter l'alcool, la drogue et les coups d'un soir avec les mauvais types. Je peux arrêter les fêtes jusqu'à me sentir prête à y retourner.

J'ai reconnu mes erreurs désormais, et je m'en suis excusée. Je ne peux rien faire d'autre que de ne pas les répéter, et c'est plus facile quand on est épaulée par une personne qui croit en nous. Par quelqu'un qui nous comprend.

Kyle connaît la peine que je ressens car il éprouve la même. Je déteste savoir que c'est la disparition de Cam qui nous a rapprochés, mais voilà une autre chose à laquelle je ne peux rien changer. Bien sûr que je renoncerais à Kyle pour ramener Cam s'il le fallait, mais je pense que, si Cam avait le choix, il aimerait les choses telles qu'elles sont.

Il préférerait me savoir heureuse et amoureuse plutôt que d'aimer quelqu'un à distance. Même si la personne que j'aime est son meilleur ami.

J'ai encore du mal à utiliser le passé. Dans mon cœur, c'est mon frère. Il sera toujours mon frère comme il sera toujours le meilleur ami de Kyle. Nous n'avons pas cessé de l'aimer parce qu'il est mort. Il vit toujours en nous, et c'est la seule chose qui importe.

Même si j'aurais vraiment aimé qu'il soit à mes côtés quand Kyle m'a tourné le dos.

Je lui en veux, mais c'est la meilleure chose qu'il aurait pu faire. Il était tout ce qui me restait à ce moment-là, et je ne savais pas que j'étais tombée aussi bas jusqu'à ce que je touche le fond. Son abandon m'a fait plus de mal que je l'aurais cru, et je pense que je n'avais pas réalisé ce que je ressentais jusqu'à cet instant. Ce que je ressens pour lui.

Et la vérité, c'est que je suis amoureuse de lui ; entièrement, douloureusement, incontestablement amoureuse de lui.

Il savait ce dont j'avais besoin alors que je l'ignorais. Il sait quand me serrer dans ses bras, quand me taquiner, quand se moquer de moi, quand me pousser dans mes limites et quand me ramener à la raison. Il sait comment m'enlacer et me garder tout contre lui jusqu'à ce que je sois prête à m'effondrer, et comment me caresser pour me faire comprendre qu'il m'aime sans avoir besoin de prononcer un seul mot.

Kyle ne se contente pas de me dire qu'il m'aime. Il me le montre. Il me le fait sentir et il m'y fait croire de tout son être.

Les dernières semaines ont été un véritable déchaînement de crasses. On a essuyé tous les orages possibles et perdu plus d'un bateau dans la tempête. On s'est disputés et réconciliés, avant de se bagarrer de plus belle.

C'est quand on se dispute sur des petits détails qu'on sait qu'on est vraiment amoureux. C'est la preuve que cet amour vaut la peine qu'on se batte pour lui.

Si je dois me battre avec lui chaque fichu jour de ma vie pour lui prouver à quel point je l'aime, alors je le ferai sans le moindre remords.

*

— Tu vas en Californie ? Avec mon frère ? me demande Iz en me dévisageant comme si j'avais perdu la tête.

— C'est ce que je viens de dire.

J'effeuille les pétales d'une marguerite.

— C'est un cauchemar de vivre avec lui. Il laisse traîner ses chaussettes partout et après il gueule parce qu'il n'a plus rien de propre.

— Il va très vite se mettre à faire sa lessive. Toutes les chaussettes que je ramasserai par terre finiront à la poubelle.

Iz éclate de rire.

— Il va adorer.

— Je lui apprendrai à les ramasser, j'ajoute d'une voix songeuse en le regardant jouer au football avec ses copains.

— Quand est-ce que tu t'es décidée ?

— Hein ? Oh, la semaine dernière.

— Et tu ne me le dis que maintenant ? (Elle me pousse.) Je suis furax, Roxy. Pourquoi tu as gardé ça pour toi toute une semaine ?

Je hausse les épaules.

— On devait d'abord en parler à mes parents. Ma mère hésitait, mais mon père a tout de suite accepté et a fini de la convaincre. Elle me l'a annoncé ce matin. Elle m'a dit qu'elle avait préféré se concentrer sur le fait que je serais plus proche d'écoles potentielles plutôt que sur le fait que j'allais vivre avec un *vrai garçon* !

On rit ensemble et Iz soupire.

— Je n'arrive pas à croire que ma meilleure amie va vivre avec mon frère. Et vous êtes tous les deux plus jeunes que moi ! Qu'est-ce que ça veut dire, hein ?

Je jette un bref coup d'œil à Si.

— Il y a un garçon que ça ne dérangerait pas de te tenir compagnie la nuit.

Elle se mord la lèvre.

— Un baiser, Roxy. On s'est embrassés une fois, et maintenant tu fais comme si on était fous amoureux ! Je le vois rarement à la fac. C'est un hasard total qu'il ait atterri à Miami avec moi et, étant donné qu'il est dans l'équipe de foot, il a une centaine d'admiratrices qui hurlent son nom tous les week-ends.

Je me couvre la bouche de ma main.

— Quelle énergie.

Iz enfouit sa tête dans ses bras.

— OK, je ne vais pas le nier, j'aimerais profiter un peu de cette énergie. Regarde-le. (Elle fait un geste dans sa direction.) Il est tout en muscles et en pleine forme, et, comme je l'ai dit à Kyle, il doit baiser comme une star du porno.

— Tu as dit ça à Kyle ? Pour de vrai ?

Elle soupire gaiement.

— Le meilleur moment de ma vie.

Je souris.

— Alors tape-le-toi. Il reste encore deux semaines avant la fin de l'été. Défoule-toi et, quand tu iras faire la pom-pom girl pendant ses matchs, fais en sorte qu'il s'en souvienne.

— Hmm. (Elle baisse les yeux sur les fesses de Si et les ramène sur moi.) J'ai le pressentiment que l'encourager à ce point serait un peu déplacé pendant un match…

On glousse toutes les deux.

— Qu'est-ce qui vous fait rire ? demande Kyle.

Il s'assoit derrière moi et passe ses bras autour de mes épaules.

— Rien que tu aies envie d'entendre, répond brièvement Iz. En plus, je pense que notre conversation est terminée, n'est-ce pas, Roxy ?

— Oui, Iz. (Je penche la tête en avant pour dissimuler ma bouche derrière le bras de Kyle.) Pour l'instant.

— J'ai de la peine pour toi, Roxy, déclare Si en s'asseyant devant nous. De vivre avec ce crétin.

— Rassure-toi, Si, ce ne sera pas si dur, je réponds. Après tout, je vais avoir du sexe à volonté.

Kyle ricane dans mon dos et Si fait la grimace.

Eh oui, les filles aussi peuvent jouer au jeu des remarques salaces.

— Elle t'a mouché, là, mec, intervient Kyle. Réfléchis : pendant que tu seras dehors en train de chercher une gonzesse à te taper, moi je n'aurai qu'à rentrer chez moi.

Mon regard glisse vers Iz et je hausse les sourcils. Elle me jette un regard de pierre. Je souris. Notre échange échappe totalement aux mecs. Évidemment.

— … pas tant de filles que ça, répond Si.

— N'importe quoi ! s'exclame Iz en reportant son attention sur la conversation. Tu oublies, Si Jason, que j'assiste au moindre de vos matchs à domicile, et tu ne quittes jamais les fêtes sans une espèce de bimbo à ton bras.

Si se tourne vers elle et sourit.

— Je suis surpris que tu l'aies remarqué. Est-ce que tu n'es pas trop occupée d'habitude à te faire baratiner par tout le reste de l'équipe ?

— Eh oui. Que veux-tu ? Ils pourraient t'apprendre deux ou trois trucs sur le bon goût en matière de filles.

— Cassé, murmure Kyle dans mon oreille.

— Question goût j'en connais un rayon, Iz. En fait, au rayon filles, je crois que j'ai goûté tout ce qu'il se fait…

— Oooh, je murmure à mon tour à Kyle.

— Vraiment ? À en juger par la façon dont elles t'encerclent, je suis surprise que tu puisses seulement les distinguer les unes des autres. Est-ce qu'elles n'ont pas toutes un goût de pute ?

— Elle gagne, on murmure en chœur avant de rire en silence.

— Et si j'aime le goût des putes ?

— Alors ça confirme ma théorie : tu es le seul gamin de ton équipe de foot.

— Laisse tomber, mec, intervient Kyle en regardant Si. Tu ne gagneras pas. Il faut qu'on y retourne, de toute façon.

Ils se lèvent pour reprendre leur match. Si se penche pour murmurer quelque chose à l'oreille d'Iz avant de s'éloigner, un petit sourire suffisant aux lèvres. Iz reste bouche bée.

— Qu'est-ce qu'il t'a dit ? je lui demande dès qu'elle semble avoir retrouvé ses esprits.

Elle déglutit.

— Il m'a dit que je devrais me souvenir de sa virilité quand il m'a embrassée, et que, si j'ai oublié, il serait plus que ravi de me faire une piqûre de rappel que je n'oublierais pas de sitôt.

Je souris lentement, amusée, avant de soupirer.

— Pourquoi faut-il que vous soyez à la fac à Miami ? J'adorerais voir ça.

— Ne… Attends, murmure-t-elle tandis que Kyle reparaît en courant.

— Qu'est-ce que… (Je fronce les sourcils quand il me prend les mains.)… tu fais ?

— Tu viens jouer au foot.

Il me tire sur mes pieds.

J'enfonce mes talons dans le sol et j'entends Iz éclater de rire.

— Je fais *quoi* ?

— Tu joues au foot.

— Je sais pas ce qui te fait rire, lance Si à Iz en la forçant à se lever à son tour. Tu viens jouer aussi.

— Sûrement pas ! Je suis pom-pom girl, je ne participe pas !

Elle se débat et il rit en la traînant vers le reste de l'équipe.

— Vraiment, Iz ? Tu crois que tu vas arriver à te libérer ?

— Je te préviens, dès qu'on sera de retour à la fac, je vais mettre au point un slogan spécial pour encourager ton équipe, espèce d'idiot !

Elle fait la moue et il la relâche.

— Allez, me dit Kyle en me tirant derrière lui. Viens jouer.

— Je ne joue pas au foot.

— Maintenant, si.

Je me laisse faire, car je n'ai pas vraiment le choix. Il est plus fort que moi, de toute façon… et j'ai vraiment envie de voir Iz essayer de jouer. Elle ramasse le ballon et regarde Si.

— Qu'est-ce que je fais de ça ?

— Tu le lances…

Il sourit.

Elle le lui jette en pleine tête.

— Bordel de merde ! s'écrie Si en se prenant le visage dans les mains.

Iz affiche un sourire satisfait.

— Qu'est-ce que je vise bien ! J'ai peut-être un don, après tout.

— Tu aurais un don si tu ne visais pas la tête des gens !

— Hé, ne me sous-estime pas. Visiblement, je sais lancer un ballon, je suis rapide, forte et agile. Tu serais surpris.

— Tu n'es pas un putain de cheval de course, Iz, lui jette Kyle.

— Tu connais des chevaux de course qui savent lancer un ballon, toi ?

— Heu, non.

— Alors ferme-la avant de te recevoir un ballon au coin de l'œil, toi aussi. (Elle pose ses mains sur ses hanches.) Bon, vous nous avez traînées jusqu'ici, alors maintenant qu'est-ce qu'on fait ?

Kyle m'attrape par les épaules et me dirige vers son côté du terrain. Si fait la même chose avec Iz.

— Mets-toi là. Quand tu rattrapes le ballon, lance-le, m'explique Kyle.

— Le lancer où ? je demande d'un air incrédule.

— Soit à Mark, soit à Ben, d'accord ?

— Heu, d'accord. Je préférerais que personne ne me lance la balle, pour être honnête.

Il rit en reculant et j'échange un regard avec Iz. *Qu'est-ce qu'on fout là, bon sang ?* Le ballon vole dans l'air et on le suit toutes les deux des yeux sans esquisser le moindre mouvement.

On nous a forcé la main, après tout.

Je n'ai aucune idée de ce qu'ils trafiquent et je ne sais pas si nous sommes seulement censées faire quelque chose.

— Roxy ! me crie Ben – et, avant d'avoir pu réagir, je vois le ballon arriver sur moi.

Kyle prend son élan et me plaque au sol.

— Aïïïe ! (Je prends une profonde inspiration et je lui donne un coup dans le bras.) Qu'est-ce qui te prend ?

— C'est mon boulot de plaquer la fille sans méfiance qui se contente de rester plantée là à faire la belle.

D'accord.

— Je crois que tu as changé cette règle.

— Peut-être un peu. Mais seulement pour pouvoir faire ça.

Il pose une main sur ma nuque et m'embrasse délicatement.

— Mmm. On peut garder cette règle.

— Absolument, répond-il avant de m'embrasser de nouveau.

C'est sans aucun doute le meilleur match de foot auquel j'aie jamais participé.

ÉPILOGUE

KYLE

Roxy traverse l'appartement en examinant le moindre centimètre carré. Ce n'est pas très grand, mais c'est parfait pour deux personnes. Elle a réussi à trouver du boulot dans un café du centre-ville avant de quitter l'Oregon. Je lui ai dit que nos économies nous feraient tenir jusqu'après Noël, mais elle m'a répondu qu'elle deviendrait folle si elle devait se tourner les pouces toute la journée, alors je l'ai laissée faire. En plus, ce sera bien pour elle de rencontrer du monde.

Je n'arrive toujours pas à réaliser qu'elle est ici. En Californie. Avec moi.

— Je crois qu'il faudrait repeindre, mais sinon c'est sympa.

Je m'approche d'elle et je la serre dans mes bras.

— C'est ton avis d'expert ?

Elle hoche la tête avec un petit sourire.

— La couleur des murs ne va pas avec les meubles, et la chambre a besoin d'un coup de pinceau. Une touche de couleur dans la salle de bains serait appréciable, aussi. Le blanc, c'est lassant.

— C'est tout ?

— Oui. Avec quelques photos et d'autres petits détails, ce sera parfait.

— On dirait que tu vas t'installer ici pour un moment.

— Qui te dit que ce ne sera pas le cas ?

Elle hausse les sourcils et pose ses mains sur mon torse.

Je penche la tête vers elle.

— J'avais l'impression que tu voulais déménager à Los Angeles l'année prochaine.

— Sois pas bête, murmure-t-elle en passant ses mains autour de mon cou. On sait tous les deux que je reste à Berkeley. Il faut bien que quelqu'un lave tes chaussettes.

— Et il faut bien que quelqu'un surveille tes fesses.

— Tu sais, j'aime bien ta façon de surveiller mes fesses.

Je l'attrape par les fesses pour la plaquer contre moi.

— Je crois qu'elles ont bien besoin d'être surveillées. Dans notre chambre.

Elle rit et pose ses lèvres douces sur les miennes. Je recule en l'entraînant avec moi et je l'embrasse plus fermement. Elle insère sa langue dans ma bouche et mord ma lèvre inférieure. Je m'apprête à la soulever quand…

Le putain d'interphone se met à sonner.

Je soupire et j'appuie sur le bouton.

— Oui ?

— Laisse-nous entrer ! hurle Megan dans le combiné.

Roxy hausse les sourcils.

— C'est qui, « nous » ?

— Maddie et moi !

— Vous voulez vraiment monter maintenant ? Vous ne pouvez pas repasser plus tard ?

— On veut rencontrer ta petite amie ! crie Maddie. Laisse-nous entrer, Kyle, ou on appuie sur tous les interphones jusqu'à ce que quelqu'un nous ouvre !

— Je vous fais confiance, je murmure sèchement. OK, montez.

Je relâche le bouton et je regarde Roxy.

— Ta horde d'admiratrices ? demande-t-elle.

— Deux des filles dont le comportement rivalise avec le tien. Ça promet, je finis, tandis qu'on frappe à la porte.

J'ouvre le battant.

— Roxy, je te présente Megan et Maddie.

— Heu, salut ? dit Roxy avec hésitation.

— Elle est très jolie, déclare Megan.

— Oui, acquiesce Maddie. Comment t'as fait, Kyle ?

Nous y voilà.

— Elle est intelligente et futée.

— J'en doute pas, dit-elle. Je me demande pourquoi elle est avec toi, en revanche, si elle est aussi intelligente.

Je la pousse gentiment du coude.

— Soyez gentilles, toutes les deux.

— On sera gentilles avec elle, réplique Megan avec un sourire. Avec toi, c'est une autre histoire.

Roxy sourit, appuyée contre le mur.

— Ça arrive souvent, hein ?

Je passe un bras autour de ses épaules.

— Oui, vous êtes toujours méchantes avec moi, les filles. Surtout toi, je dis à l'intention de Roxy en enfonçant un doigt dans ses côtes.

Elle me donne une petite tape sur le ventre.

— C'est trop facile avec toi, réplique-t-elle. Même arracher un bonbon à un bébé serait plus difficile.

— Je l'adore ! s'exclame Maddie. Elle va être comme un poisson dans l'eau, ici.

— Hé, est-ce que tu vas t'inscrire à Berkeley ? lui demande Megan.

— L'année prochaine, répond Roxy. Kyle m'a traînée ici avec lui pour cette année. J'espérais passer une autre année en paix avant de me retrouver de nouveau coincée avec lui, mais je n'ai pas eu cette chance.

— Oh, vous vous connaissez d'avant, alors ? demande Megan en nous regardant tour à tour.

— Oui, elle a le béguin pour moi depuis ses quatorze ans, je réponds.

— Ça ne veut rien dire, ajoute Roxy. Lui a le béguin pour *lui-même* depuis ses dix ans.

Je souris. Satanée Roxy.

— Tu sais, j'avais peur d'emmener ta copine à la fraternité, avoue Maddie. Mais j'ai l'impression qu'elle se débrouille très bien toute seule.

— Bon sang, si elle arrive à gérer Kyle, elle peut rencontrer nos mecs, dit Megan avec un sourire.

— Je n'ai rien à voir avec Braden et Aston ! je proteste. (Elles me jettent toutes deux un regard.) D'accord, seulement le samedi.

— Et c'est samedi aujourd'hui, me rappelle-t-elle. Alors tais-toi. Hé, pourquoi vous ne viendriez pas à la résidence ce soir ?

— Je ne sais pas…

— Allez, tu sais que personne ne nous croira si on annonce que tu as une petite amie, le taquine Maddie.

— Ah-ah-ah.

— Allons-y, déclare Roxy. On n'a rien de prévu.

Je peux trouver des milliers d'autres choses à faire à deux.

— Tu es sûre ?

— On n'aura pas besoin de rester très longtemps : on a encore des affaires à déballer.

— Hé ! J'ai une idée. (Les yeux de Maddie pétillent. Oh, non. Je la connais, elle avec ses idées.) On va emmener Roxy boire un café et, pendant ce temps-là, tu pourras déballer !

— J'espère que tu aimes le Starbucks, je murmure à Roxy.

Je l'embrasse avant que les filles me l'enlèvent.

— J'adore, murmure-t-elle. Sois sage et profites-en pour déballer aussi mes affaires.

— Ce n'est pas vraiment ça que j'avais prévu de déballer, mais bon…

Je l'embrasse de nouveau et Megan l'entraîne.

— On te la ramènera en un seul morceau ! me lance Maddie par-dessus son épaule.

— Avec un regard tout neuf sur toi et plein de détails croustillants ! glousse Megan.

Roxy sourit et se laisse tirer par la main dans les escaliers.

Je la regarde partir. Si des filles devaient débarquer pour me l'enlever, je suis ravi que ce soit ces deux-là. Elles sont folles mais adorables et, même si je sais qu'elles vont lui dire tout ce qu'elles savent sur moi, je m'en fiche.

Je veux seulement qu'elle soit heureuse ici.

Je passe devant la salle de bains et j'aperçois nos deux brosses à dents sur le côté du lavabo. Un sourire illumine mon visage.

Oui. Elle sera heureuse ici, ne serait-ce que parce que je vais me plier en quatre pour y parvenir. Mon regard est attiré vers la photo de Cam, elle et moi prise après un match de football. J'adresse au cadre un petit geste du menton.

— Je t'avais promis que je veillerais sur elle, non ?

« Pour l'éditeur, le principe est d'utiliser des papiers composés de fibres naturelles, renouvelables, recyclables et fabriquées à partir de bois issus de forêts qui adoptent un système d'aménagement durable. En outre, l'éditeur attend de ses fournisseurs de papier qu'ils s'inscrivent dans une démarche de certification environnementale reconnue. »

PAPIER À BASE DE FIBRES CERTIFIÉES

hachette s'engage pour l'environnement en réduisant l'empreinte carbone de ses livres. Celle de cet exemplaire est de : 500 g éq. CO_2
Rendez-vous sur www.hachette-durable.fr

Composition et mise en pages
Nord Compo à Villeneuve-d'Ascq

Imprimé en Espagne par RODESA
Dépôt légal 1re publication : juin 2015
40.3337.5 – ISBN 978-2-01-397326-7
Édition 01 : juin 2015